Winfried K. Dallmann

Jenseits der Welten, nördlich der Nacht

Erlebnisse und Begegnungen im hohen Norden

Bibliographische Information der Deutschen Nationalbibliothek:
Die Deutsche Nationalbibliothek verzeichnet diese Publikation in der
Deutschen Nationalbibliografie; detaillierte bibliografische Daten
sind im Internet über http://dnb.dnb.de abrufbar.

© 2021 Winfried K. Dallmann
Herstellung und Verlag:
BoD – Books on Demand, Norderstedt

ISBN: 978-3-752-66643-4

Inhalt

Inhalt

VORWORT

We do not inherit the world from our ancestors;
we borrow it from our children.
Wir erben die Erde nicht von unseren Vätern,
sondern leihen sie von unseren Kindern.

Indianische Weisheit

Die nordische Natur ist weit, unendlich weit. Wälder, Sümpfe, Berge und Täler – nicht nur soweit das Auge sieht, sondern auch soweit die Füße tragen. Sie ist dünn bevölkert, wenn man sie mit südlicheren Gefilden vergleicht – sehr dünn. Aber können wir damit machen, was wir wollen?

Die Geschichten, die hier erzählt werden, gehen von eigenen Erlebnissen aus – nicht unbedingt immer in zeitlich richtiger Reihenfolge, aber einer stetigen Entwicklung folgend, wie sie in einem Leben abläuft. Anfängliche romantische Faszination und Überwältigung weicht nach und nach mehr nüchterner Betrachtung. Viel Hintergrundstoff wird eingeflochten, der aber natürlich längst nicht alle Aspekte dieser grandiosen Landstriche aufzeigen kann. Doch trotz aller Kenntnis von Fakten bleibt eine Hingezogenheit zum hohen Norden bestehen, die einen nicht loslässt und immer wieder ruft.

Der Buchtitel ist von Haruki Murakamis Buch ‚Südlich der Grenze, westlich der Sonne' inspiriert. Ein etwas diffuser Titel, zugegeben, der aber irgendwie das Ungewohnte, das Anderssein dieser Welt zum Ausdruck bringt: Jenseits der Welten – also wo die gewöhnlichen Dinge, mit denen man in den gewohnten Gefilden weiter im Süden aufwächst, nicht unbedingt gelten. Nördlich der Nacht – also wo Tag und Nacht nicht so sind wie wir sie kennen. Wer im Sommer nach Norden fährt, lässt die Nacht hinter sich. Wer im Winter fährt, kann ihr nicht entweichen. Tag und Nacht sind nichts Selbstverständliches mehr. Hier gelten andere Regeln.

Für viele der Erlebnisse der frühen Jahre (1. und teilweise 2. Teil) liegen Tagebuchaufzeichnungen vor. Diese sind weitgehend, wenn auch gekürzt und in überarbeiteter Form, wiedergegeben. Andere Erlebnisse, wie ‚Das Erbe der Perestrojka‘ und ‚Grenzland‘ wurden kurz nach dem Erlebten schriftlich zusammengefasst. Bei wieder anderen, wie einigen von denen in Teil 3 bis 5, konnten die Erinnerungen anhand von zahlreichen digitalen Bildern und schriftlichen Berichten aufgefrischt werden. Trotzdem sind natürlich nicht alle Details und wörtlichen Zitate hundert Prozent authentisch. Aber die aufgefangene und vermittelte Atmosphäre, die Gedanken und Räsonnements, sollten im Großen und Ganzen den tatsächlichen entsprechen.

Mit dem ersten Kapitel will ich den Leser abrupt aus seiner gewohnten Umgebung reißen und ohne viele vorbereitende Worte in eine fremde Welt werfen. Eine Welt, die den wenigsten Menschen bekannt ist und die daher fremd und drohend erscheinen mag: Die Welt der weiten, nordischen Wildnis. So wie wir sie erlebten, anfangs voller Abenteuerlust, aber ohne jegliche Erfahrung. ‚Learning by doing‘, sagt man auf Englisch. Erst später, in den darauffolgenden Teilen des Buches, wird diese zunächst unnahbar erscheinende Wildnis mit Inhalt gefüllt. Zum Schluss ist sie überhaupt nicht mehr leer, sondern voll von Menschen, Mythen, Schicksalen und Problemen. Und fast unmerklich werden nach und nach sogar die Grenzen zu unserer gewohnten Welt immer weniger deutlich ...

ERSTER TEIL

AUFBRUCH

Selbst ein Weg von tausend Meilen
beginnt mit dem ersten Schritt

Japanische Weisheit

Tanz der Nordlichter

Morgamojan Kultala, 6. Januar 1978

Ich sitze bei schummerigem Kerzenschein, trinke Tee und esse eine Kleinigkeit, lege von Zeit zu Zeit ein neues Holzscheit in den Ofen und schreibe Tagebuch. Dietmar scheint zu schlafen. Wir haben jede Menge Holz geschlagen und den Ofen auf Hochtouren gebracht, nachdem er gestern und heute Nacht mit dem bereitgelegten Holz, das wir hier vorgefunden haben, nicht viel anzufangen wusste. Hier am Tisch, weit weg vom Ofen, sind 20° C. Am Ofen sind es 40. Draußen ist es 50 Grad kälter. Hoffentlich erleben wir mal wieder eine schöne, warme Nacht, so wie diejenigen in der Hütte am Ravadasjärvi.

Morgamojan Kultala, das ‚Goldgräberdorf am Morgam-Bach‘ liegt am Ufer eines kleinen Flüsschens, jetzt natürlich vereist, das oberhalb von hier aus zahllosen Bächen des umliegenden Hügellandes entsteht. Außer der Wildnishütte, dessen eine Hälfte für Wanderer zugänglich ist, gibt es noch ein weiteres, kleineres, festes Häuschen unten am Fluss, wo auch gefällte Baumstämme unter einem Vordach gestapelt liegen. Dort stehen auch ein Sägestuhl und ein Hauklotz, eine Vorratshütte auf Pfählen und ein Klohäuschen. Die Vorratshütte und das kleinere Haus sind verschlossen. Wahrscheinlich werden sie im Sommer von den Leuten benutzt, die hier eine Konzession zum Goldwaschen haben.

Mittagsüber wird es jetzt schon recht hell. Um die hellste Stunde herum vermutet man bereits den Sonnenschein auf den Baumwipfeln liegen zu sehen, aber die Sonnenscheibe lässt sich dann doch nicht blicken, bevor es wieder dunkler wird. Wenn Wolken am Südhimmel sind, werden sie von unten her gleißend hell oder rot-orange angestrahlt. Wenn wir in eine paar Tagen auf eine der umliegenden Bergkuppen steigen würden, sähen wir vielleicht schon die Sonne.

Alles ist tief verschneit. Im Durchschnitt einen halben Meter tief. Wir haben Trampelpfade zum Holzschuppen und zum Klo getreten. Holz ziehen wir, nachdem wir es geschlagen haben, mit dem Schlitten zur Hütte. Auf den Bäumen liegt eine ungeheure Schneelast. Man sieht wegen der fehlenden Schatten kaum Kontraste in der absolut weißen Landschaft – jedenfalls, wenn die dunklen Hütten nicht da gewesen wären.

Seit wir vor sechs Tagen das Dorf Lemmenjoki verlassen haben, haben wir keinen Menschen gesehen. Seit Oktober hat es keine Hüttenbucheintragung mehr gegeben. Das ist eigentlich genau das, was wir wollten. Dietmar, aufgewachsen im warmen Süden, und ich in der Großstadt Berlin, hatten in der Jugend Abenteuerromane aus dem hohen Norden verschlungen, wie die von Jack London, von Goldrausch und Einsamkeit, eisiger Kälte und Nordlichtern. Nie zuvor hatten wir wirkliche Kälte erlebt. Nie zuvor die Winternacht, in der die Sonne nicht über den Himmel kommt, nie zuvor Nordlichter gesehen.

Und nun waren wir hier. Zwar waren es wegen unserer fehlenden Erfahrung Strapazen geworden, aber wir waren hier. Wir waren, zumindest dem Namen nach, in einem Goldgräberdorf. Die Sonne ging nicht auf. Es war eisig kalt. Die Nordlichter tanzten am Himmel. Da meine Spiegelreflex-Kamera einen Schaden bekommen hatte, sahen sogar die Bilder später nach dem Entwickeln aus wie aus der Zeit des großen Klondike-Goldrausches der 1890er Jahre. Aber der Weg hierher war nicht einfach gewesen, wie die vorherigen Tagebucheintragungen zeigen.

Ravadasjärvi, 1. Januar 1978

Wir sitzen, immer noch etwas erschöpft, in der Hütte am Ravadasjärvi. Vorgestern Abend – das heißt, eigentlich war es schon gestern früh, kamen wir vollkommen erschlagen und auf den Knien hier an. Aber wir haben uns schnell eingelebt. Der Tee steht auf dem knisternden Herdfeuer. Kerzen erleuchten spärlich den Raum mit den dunklen, hölzernen Wänden. Es zieht, wenn man der Wand zu nahe kommt. Auch am Boden ist es kühl. Aber sonst erreichen wir ganz angenehme Raumtemperaturen. Unsere Tagesration Holz haben wir schon geschlagen. Der Tagesrhythmus besteht vorwiegend aus Schlafen, Essen, Heizen und Holzhacken. Wobei man Essen zubereiten und Heizen gut miteinander kombinieren kann.

Draußen war es die ganze Zeit 14 bis 17° C unter null gewesen. Heute Morgen wachten wir auf und lasen -26 ab. Und es fällt weiter. Der Winter ist hier zwar schon im Oktober eingezogen, aber jetzt geht es wohl erst richtig los. Dafür habe ich das Gefühl, als sei es um halb vier noch ein wenig heller am Abendhimmel als die Tage zuvor. Aber es kann auch daran liegen, dass bei der Kälte heute die Luft klarer ist.

Die Nacht vor unserem Abmarsch übernachteten wir im Dorf Lemmenjoki. Im Bus dorthin sprach uns eine ältere Frau an. Sie trug die blaue, mit rot-weiß gemusterter Borte versehene Tracht der Sami. Sie lud uns ein, bei ihr zu übernachten, da es keine andere Unterkunft im Dorf gab. Die Verständigung war allerdings recht schwierig, da sie nur Finnisch (neben Samisch, vermutlich), und das mit ganz anderer Intonation als die Finnen sprach. Ich reimte mir auf Grund der wenigen finnischen Worte, die ich verstand, zusammen, was sie wahrscheinlich meinte.

Ihre Hütte war klein, vielleicht zweieinhalb mal drei Meter. Davor noch ein Vorraum, der als Kammer und Windfang diente. Als wir nachts – sie auf dem Sofa und wir in unseren Schlafsäcken auf dem Boden – schliefen, war der Raum voll. Es standen ja auch noch ein Herd und ein kleiner Tisch darin. Sie servierte uns Kaffee und selbstgebackenen Kuchen. Wir boten ihr von unserer Schokolade an.

Am Morgen erklärte sie uns, wir sollten nahe am Flussufer bleiben, da das Eis nicht sehr gut sei. Und wir sollten ständig mit dem Skistock prüfen, ob es hielt. Weil sie selbst kaum aß, wollten auch wir nicht so ausgiebig frühstücken. So kam es, dass wir nur mit ein wenig süßem Zeug im Magen die Wanderung begannen. Den Rucksack mit Ausrüstung auf dem Rücken und die Schlitten mit Nahrung vollgepackt hinterher ziehend. Der Schnee auf dem Fluss war nicht tief und unsere primitiven Skier – ohne Wachs oder Felle – bei dem zu ziehenden Gewicht nicht gut. Daher gingen wir vorläufig zu Fuß – ständig mit dem Stock das Eis prüfend.

Bis zur Hütte am Ravadasjärvi, unserer ersten Tagesetappe, wären es auf gerader Linie 15 Kilometer flussaufwärts gewesen. Da wir dem Flusslauf und, wenn er sich zu Seen erweiterte, allen Buchten folgten, wurden es sicherlich einige Kilometer mehr. Zuerst hatten wir nach jedem Kilometer eine Pause nötig. Das ungewohnte Gewicht des Rucksacks und des Schlittens zusammen machte uns zu schaffen. Dummerweise hatten wir in der Enge der Hütte am Morgen vergessen, das Essen so zu packen, dass wir unterwegs gut herankommen. Alles war vollkommen ungewohnt für uns. Die Kälte hinderte uns daran, die Bindungen der Schlitten zu lösen und den Proviant so umzupacken, dass wir gut an geeignete Wegnahrung herankamen. Daher wurden wir immer hungriger, während das Ziehen der Schlitten uns mehr und mehr zu schaffen machte.

Um die Mittagszeit wurde der Fluss enger. Die Landschaft lag in einem blass grauen, dämmerigen, undefinierbaren Licht. Auf der Karte waren eine Strecke weiter vorne Stromschnellen eingezeichnet. Da sahen wir eine verwehte Motorschlittenspur, die von der Flussmitte kam und sich dem Ufer näherte. Sie setzte sich in unserer Richtung durch den Wald fort, wohl um die Stromschnellen zu umgehen. Wir folgten nun der Spur und schnitten dadurch ein paar Flusswindungen ab. Aber wir kamen trotzdem nur langsam voran, denn das ungewohnte Gewicht machte uns im unebenen Waldgelände noch mehr zu schaffen.

Es gab jede Menge Tierspuren. Die meisten stammten von Hasen, andere von Vögeln. Wir sahen auch zweimal einen großen, weißen Vogel mit schwarzen Schwanzfedern, der vor uns aufflatterte –unsere erste Begegnung mit einem Schneehuhn. Aber eine andere Art von Spur stammte von einem vierbeinigen Tier, das etwa die Größe eines Hundes haben mochte und kein Huftier war. Die Abdrücke der Pfoten waren undeutlich. Da wir uns nicht vorstellen konnten, dass hier weit weg von allen Dörfern Hunde frei herumliefen – was lag näher als der Gedanke an Wölfe?

Und dann sahen wir ihn auch. Weit in der Ferne, aber unverkennbar sein Gang. Dort lief er langsam über den Fluss, strebte dem anderen Ufer zu, bis er wieder im Wald verschwand. Ein einzelnes Tier. Als wir weiterliefen, sahen wir auch seine frischen Spuren, deutliche Abdrücke von großen, hundeähnlichen Pfoten. Es gab also Wölfe hier. Oder zumindest einen. Die Jack London-Geschichten unsere Jugend gingen uns durch den Kopf.

Bald sahen wir, dass sich das Eis in der Flussmitte öffnete und einem dunklen Streifen offenen Wassers Platz machte. Des Öfteren kam er dem Ufer recht nahe. Wir taten also Recht daran, uns im Wald zu halten. Doch dann wurde das Ufer steil. Die alte Motorschlittenspur hatten wir längst verloren. Was blieb uns anderes übrig als unsere Ausrüstung über die Hindernisse zu hieven? Es war vielleicht eine Strecke von hundert Metern, aber das Gelände war schwierig und voller Unterholz. Es kostete uns eine halbe Stunde, bis wir die Schlitten und Rucksäcke auf der anderen Seite der Stromschnelle wieder am

Flussufer hatten.

Wir waren beide fertig mit unseren Kräften, und bald auch mit den Nerven. Dietmar machte einen Tiefpunkt durch und war drauf und dran alles stehen und liegen zu lassen und nur mit ein wenig Nahrung und dem Schlafsack zur Hütte zu gehen, die noch etwa sieben Kilometer entfernt lag. Ich schaffte es, ihn umzustimmen, indem ich sein Gepäck, das sich zu lösen begann, wieder auf dem Schlitten festzurrte.

Mittlerweile hatte die Dämmerung, anstatt in Tageslicht überzugehen, wieder zugenommen. Wir waren acht Stunden unterwegs und hatten acht Kilometer in Luftlinie zurückgelegt. Ich hatte Hunger, aber brachte es nicht fertig, die Bindungen zu lösen und nach etwas Essbarem zu kramen. Als wir Dietmars Schlitten neu packten, hatten wir etwas Brot und Käse gegessen, aber es war trocken gewesen. Unser Wasser war zur Neige gegangen. Warum dachten wir nicht daran, dass in Dietmars Tasche, wo die Landkarten lagen, sich auch Schokolade befand?

Die Zeit verging. Wir schafften einen halben Kilometer nach dem anderen, bis sich vor uns wieder offenes Wasser auftat. Die Lampe war schon recht dunkel geworden, aber der trockene Schnee leuchtete im Halbdunkel und war von den dunkler gefärbten, feuchten Stellen recht gut zu unterscheiden. Ich glaubte, wir wären wirklich ohne Ausrüstung weitergegangen, wenn wir den Schlitten erneut hätten über Land ziehen müssen, zudem diesmal im Dunkeln. Aber es gelang uns, haarscharf am Ufer entlang vorbeizukommen. Wir brachen zwar ständig ein, aber unter uns war kein Wasser, nur trockener Grund.

Teilweise trug nun Dietmar meinen Rucksack, weil er seinen auf den Schlitten gebunden hatte und mir die Schultern schmerzten. Noch zwei Kilometer! Alle hundert Meter war eine Pause nötig. Es war bereits neun Uhr abends. Mir tat neben den Schultern nun auch der Bauch weh. Meinem rechten Bein drohte ein Krampf. Ständig mit dem Stock das Eis testend und mit der anderen Hand die Lampe haltend und ab und zu den Weg ableuchtend, ging es im Schneckentempo voran.

Doch das Schlimmste lag noch vor uns.

Dietmar hatte sich im Jahr zuvor eine Sehnenzerrung am Knie zugelegt, die zwar scheinbar geheilt war, aber nun durch die Anstrengung wieder zu schmerzen begann. Er konnte den Schlitten kaum mehr weiterziehen. Hätten wir in unserem bisherigen Zustand noch zwei Stunden benötigt, so sahen wir uns jetzt schon irgendwo vor Erschöpfung zusammenbrechen. Wenn man in einem Roman liest, dass der Held kurz vor dem Ziel aufgibt, dann lächelt man vielleicht darüber. Aber es ist wohl so, dass man sich in solch einem Zustand vollkommen auf die zu erwartenden Strapazen eingestellt hat, die nötig sind, um das Ziel zu erreichen, und die man dann gerade noch auszuhalten glaubt. Wenn dann aber unerwartete Schwierigkeiten hinzukommen, ist man der Verzweiflung und dem Aufgeben nah.

Wir aber waren zu zweit und meine Knie waren gesund. Ich versuchte beide Schlitten zu ziehen, gab aber nach dreißig Metern keuchend auf. Dann kam eine lange Ruhepause, bevor ich den einen Schlitten eine Strecke zog, stehen ließ, und den anderen nachholte. So machte ich einige Strecken dreimal, während Dietmar sich ausruhte. Inzwischen überredete ich ihn, wenigstens etwas Essbares hervor zu kramen, während er auf meine Rückkehr wartete. Als ich zurückkam, hatte er zwei Tüten Haselnüsse in der Hand, über die ich herfiel.

Bei jeder Landzunge, auf die wir zu krochen, hofften wir, dass es diejenige war, von der aus es laut Karte nur noch einen Kilometer bis zu Hütte war. Wir wollten in unserem Zustand absolut nicht im Freien schlafen, obwohl wir es bei ähnlichen Temperaturen bereits früher schon getan hatten. Aber wir waren so schlapp und hungrig, dass wir ein Feuer hätten machen und Reisig zusammentragen müssen, da wir im Vertrauen auf die Hütten keine isolierenden Liegematten dabei hatten. Außerdem gab es ja Wölfe ...

Nur die Gewissheit, dass es nun wirklich nur noch ein knapper Kilometer war, hielt uns aufrecht. Bald meinte Dietmar, er hätte sich nun lange genug ausgeruht, um seinen Schlitten wieder selbst ziehen zu können. Aber beide mussten wir weiterhin alle hundert Meter keuchend anhalten.

Und was für ein herrliches Gefühl, als wir um die letzte Landzunge krochen und den Schatten der Hütte am Waldrand erblickten! Es war uns egal, als neben uns im Unterholz ein Tier laut raschelte. Ich horchte nur auf, aber es war sofort wieder ruhig. Noch einmal – dann wieder Stille. Frische Wolfsspuren liefen durch den Schnee. Aber was soll's? Wir hatten die Hütte erreicht! Es war etwa halb eins in der Nacht.

Noch in alle Kleidungsstücke gewickelt suchten wir eine Zeitung und Streichhölzer, ließen das Gepäck im Freien, legten das bereitliegende Holz in den Ofen und wärmten uns endlich Hände und Füße. Wir waren wie erschlagen. Erst eine halbe Stunde später brachten wir es fertig, das Gepäck hereinzuholen und uns trockene Kleider anzuziehen.

Am darauffolgenden Morgen wachten wir erst auf, als das spärliche Tageslicht schon fortgeschritten war. Vor der Hütte waren frische Wolfsspuren.

Notizen:

> *Gestern war Silvester. Wir machten eine Büchse Ananas auf und gaben etwas Rum in den Saft. So hatten wir eine Art Bowle, mit der wir um Mitternacht anstießen. ...*

> *Kälte ist bis zu einem gewissen Grad Gewöhnungssache. Heute sind -28° C, aber ich ziehe mir nur eine Jacke über, wenn ich kurz hinausgehe. Die Luft zu atmen fällt nicht mehr schwer. Ich habe eine halbe Stunde lang ohne Handschuhe gearbeitet und ziehe mir, wenn ich in der Nähe der Hütte bleibe, keine Schuhe über die Fellsocken. Es ist so kalt, dass sie vollkommen trocken bleiben. ...*

> *Man braucht sehr viel mehr Salz am Essen, wenn man mit Schnee kocht, anstatt mit normalem Wasser. ...*

> *Übermorgen, wenn Dietmars Knie sich hoffentlich erholt hat, wollen wir weiter. Zunächst nur eine recht kleine Etappe von sechs Kilometern zum Kultasatama, dem ‚Goldhafen‘.*

Kultasatama, 3. Januar 1978

Die sechs Kilometer waren fast wie ein Spaziergang im Vergleich zu dem, was wir zuvor erlebt hatten. Trotzdem lief es nicht ohne Hindernisse ab. Wir liefen nun auf den Skiern. Der Schlitten war kaum zu spüren, obwohl wir ihn voller gepackt hatten. Trotzdem trugen wir noch einen Teil des Gepäcks im Rucksack, worauf wir auf dem Rückweg, wo wir noch weniger Proviant haben würden, auch verzichten wollen.

Die Landschaft am oberen Lauf des Lemmenjoki war malerisch. Teilweise felsige Steilküste zu beiden Seiten, ein gefrorener Wasserfall, der in grünen Farbtönen leuchtete. Der Himmel jedoch war bewölkt.

Auf den Skiern fühlten wir uns sicherer. Wir kürzten den Weg quer über die Buchten ab, liefen nicht mehr am Ufer entlang. Erst als sich der Fluss wieder sehr einengte, kehrten wir ans Ufer zurück. Offenes Wasser floss in der Mitte. Im Sommer muss das hier eine bildhübsche Landschaft sein. Aber jetzt war sie schwarz-weiß.

Dietmar führte an. Wir hatten die Flussenge fast hinter uns. Da stand er plötzlich mit einem Fuß im Wasser und warf sich sofort an Land. Ich eilte nach vorn und zog seinen Schlitten an Land. Vorsichtig umgingen wir die gefährliche Stelle. Ein Test mit dem Skistock zeigte, dass das Wasser hier bereits einen halben Meter tief war und dass der Grund steil zum Fluss hin abfiel.

Von nun an blieb das Eis brüchig. Vorsichtig dicht dem Ufer folgend umgingen wir einen kleinen See und eine weitere Flussenge. Deshalb ging es nun natürlich langsamer voran. Inzwischen führte ich an. Der letzte See kurz vor der Hütte lag fast hinter uns, als ich plötzlich mit dem linken Bein nach unten sackte und ebenfalls mühsam mich selbst und mein Gepäck ans Ufer hieven musste. Allerdings waren wir nun nur noch 2-300 Meter von der Hütte entfernt.

Dass das Eis hier so dünn ist, muss daran liegen, dass der Fluss ein Felsental verlässt und noch recht starke Strömung hat.

In der winzigen Hütte sind nicht, wie die Karte angibt, acht Betten, sondern nur eine Holzpritsche für zwei Personen, drei Rentierfelle und zwei Decken. Sie ist von außen ziemlich romantisch, liegt am bewaldeten Hang über dem Lemmenjoki, aber ist halb verfault und dreckig. Sie wird wohl nicht viel benutzt. Der Ofen ist abenteuerlich. Er zieht und brennt zwar, aber strahlt keine Wärme ab. Wir bekommen die Temperatur kaum über null Grad hoch. Es liegt nur ein wenig morsches Holz unter dem Ofen. Draußen liegt nichts zum Nachschlagen. So müssen wir Holz sparen, falls wir auf dem Rückweg nochmals hier übernachten müssen. Wir kauern dicht am Ofen und kochen Tee.

Morgamojan Kultala, 5. Januar 1978

Gestern war ein einerseits erschöpfender, aber andererseits bezaubernder Tag. Die Natur war einzigartig, aber unser Zustand erreichte einen neuen Tiefpunkt.

Wir kamen mit etwas Verspätung los – es war schon Viertel nach zehn – weil die Innentemperatur während der Nacht auf -5° C gefallen (draußen waren -16) und das Packen in der kleinen Hütte etwas schwierig war.

Wir ließen eine Tagesration Essen und die Skier in der Hütte und zogen zu Fuß los. Es ging von nun an durch den Wald aufwärts und auf unseren ungeeigneten Skiern war das Ziehen des Schlittens kaum möglich. Der Weg war durch Farbzeichen an den Bäumen markiert. Der Schnee lag nicht tief, vielleicht um die 25 cm.

Da wir nur knappe fünf Kilometer vor uns hatten, ließen wir uns Zeit. Wie am Vortage machten wir anderthalb Kilometer pro Stunde. Es wirkte zunächst fast wie ein Spaziergang. Als wir gerade die Hälfte der Wegstrecke geschafft hatten, ging es einen kleinen Hang hinauf. Da hörte ich Dietmar hinter mir kurz aufstöhnen. Sein Knie fing wieder zu schmerzen an. Er versuchte noch eine Weile langsam weiterzugehen, aber dann nahm ich seinen nun leichter gewordenen Schlitten und hängte ihn an den meinen. Zunächst schien es nicht sehr viel schwerer, beide zu ziehen.

Wir ahnten jetzt zum ersten Mal das Sonnenlicht in den Wipfeln der Bäume.

Nach einiger Zeit verloren wir den markierten Weg. Der Schnee lag jetzt tiefer und die Bäume trugen Schneelast auf allen Zweigen, so dass die Markierungen nicht mehr sichtbar waren. So kamen wir an einer recht steilen Stelle an den nächsten Bach, den es zu überqueren galt. Hinunter ging es gut in Serpentinen. Das Eis des Baches brach auf, aber das Wasser war nicht tief und man konnte den Fuß hineinstellen. Dann hievte ich meinen Schlitten über den Bach, wobei Dietmars mit dem Vorderende ins Wasser sauste und sofort vereiste. Dann die beiden nun schwerer gewordenen Schlitten den Steilhang auf der anderen Seite wieder hinaufzuziehen kostete gewaltige Anstrengung.

Der Hang hatte mich geschafft. Wir schlugen das Eis vom Schlitten. Trotzdem war es mir nun zu viel, beide zu ziehen. Dietmar nahm seinen zurück. So ging es besser und wir krochen langsam voran.

Kurz vor drei Uhr schritt die Dämmerung wieder fort. Wir beschlossen, dass ich vorangehen, die Hütte heizen, und dann ohne Gepäck zurückkommen sollte, um Dietmar das seine abzunehmen. Da es dunkel werden würde, bis ich zurück war, behielt er die Lampe, um meiner Spur folgen zu können. Ich nahm Karte und Kompass und hoffte, noch vor der Dunkelheit den letzten Kilometer zu schaffen.

Ich marschierte los, legte aber öfter Pausen ein, die ich dazu benutzte, mich an den umliegenden Berggipfeln und Tälern zu orientieren. Ich war im Wald und die weitere Umgebung war oft schwer zu sehen.

Der Schnee schien immer tiefer zu werden. Manchmal musste ich auf allen Vieren einen Hang hinaufklettern und mühsam den Schlitten nachziehen. Der eigentliche Weg lag weiter rechts, links lag der Fluss und ich lief auf einem Bergrücken dazwischen entlang, von dem aus die Orientierung besser war. Ich hatte keine Lust darauf, die Hütte zu verfehlen.

Meinen Tiefpunkt hatte ich vorhin, als ich Dietmar seinen Schlitten zurückgeben musste. Nach und nach stellte sich eine apathische Melancholie ein, in der ich meine Knochen und Muskeln nicht mehr spürte, nur merkte, dass ich sehr langsam vorankam. Schneeschuhe hätten wir haben sollen, anstelle der unbrauchbaren Skier! Ich setzte mechanisch einen Fuß vor den anderen. Manchmal sank der Fuß über einem kleinen Bäumchen plötzlich knietief in den Untergrund. Ich reagierte automatisch. Ich hatte halb abgeschaltet und dachte an alles Mögliche. Ich wusste, dass ich auf diese Weise die Hütte erreichen würde. Gedanken an zu Hause – warum war ich eigentlich hier? Ob die Hütte gut war, mit richtigem Ofen und doppelten Fensterscheiben? Und würde genügend trockenes Holz vorhanden sein? Meine nassen Beine waren mir egal. Ich schwitzte nun ohnehin wie ein Wasserfall.

Mittlerweile lief ich eine Schneise entlang. Wahrscheinlich hatte ich den Weg wiedergefunden. Zwar lag der Schnee hier genauso hoch wie überall, aber es standen keine Bäume mehr im Weg. Es war nun so dunkel, dass ich weder verschneite Markierungen noch die Karte mehr erkennen konnte. Ich kam an einem zerfallenen Stolleneingang vorbei. Dann landete ich plötzlich an einer Steilböschung und hörte unter mir Wasser gurgeln. Ich zog ein letztes Mal die Karte zurate, musste aber erst die Batterie meiner kleinen Taschenlampe wechseln. Die erste hatte die Kälte nicht lange mitgemacht. Dann maß ich mit dem Kompass die Richtung des kleinen Tales ein, dass sich schemenhaft im Dunkel vor mir hinzog, und war nun sicher, auf dem rechten Weg zu sein. Nur noch ein paar hundert Meter. Ich hatte nur Angst, der Bach unter mir könnte Schwierigkeiten machen. Doch als ich unten ankam, erwies er sich als ein Rinnsal, über das ich ohne Mühe steigen konnte.

Jetzt färbte sich ein matter Streifen, der schon geraume Zeit am Himmel lag, milchig grün und begann sich zu bewegen, Bänder und Spiralen, Schleier und Wolken bildend. Helle Ränder, die sich violett verfärbten und sich flammengleich über den gesamten Himmel fraßen, als ob die Atmosphäre brannte! Ich sah den Weg fast ohne Lampe. Die ganze Landschaft war in ein fahles, mattgrünes Licht getaucht, mal heller, mal dunkler.

Ich lief nun dicht am Fluss einen Pfad durchs Unterholz entlang. Und dann trat der Wald zurück. Ich sah auf und vor mir am flachen Hang lagen ein – zwei – drei Hütten. Das Goldgräberdorf!

An meinem mechanischen Dahinstapfen änderte sich nichts, bis ich den Schlitten vor der Eingangstür des größten der Gebäude abstellte. Ich öffnete die Tür und erblickte den großen, sauberen Raum, den Ofen, das Holz – und hätte mich am liebsten gleich auf die Pritsche geworfen und bis zum nächsten Tag durchgeschlafen. Aber ich konnte nicht. Ich musste Feuer machen. Es brannte schnell an. Wie gern hätte ich die Lichter über der Hütte, den brennenden Himmel, eine Zeit lang betrachtet und fotografiert. Aber draußen im Wald stapfte Dietmar durch die Nacht. Vielleicht hatte er sich schon hingesetzt und wartete darauf, dass ich ihn mitsamt seinem Gepäck abholen würde. Und es war kälter geworden, ging auf -20° C zu.

So marschierte ich wieder los. Zwar ohne Gepäck, aber kaum schneller als auf dem Hinweg. Das Nordlicht war nun so hell, dass ich mich ohne Lampe gut orientieren konnte, fast wie das Licht des Vollmondes. Nur dass es von Zeit zu Zeit flackerte.

Ich überquerte erneut den Bach, stieg die Steilböschung hinauf und stapfte weiter auf meinen eigenen Spuren entlang. Ich war vielleicht 3-400 Meter gelaufen – eine Viertelstunde, oder mehr? – da sah ich Dietmar mir entgegenkommen.

„Nie war ich so froh wie jetzt, dass du kommst", sagte er. Seine Lampe war ebenfalls dunkel geworden. Er hatte nicht mehr den Willen gehabt, die Batterien zu wechseln. Aber dann war das Nordlicht gekommen und leuchtete hell genug, so dass er meinen Spuren ohne Lampe folgen konnte. Ich nahm sein Gepäck, gab ihm meinen Stab, so dass er sich auf zwei stützen konnte. Beide Knie schmerzten jetzt und er fluchte fortlaufend beim Gehen, so dass ich Angst hatte, er würde fallen und einfach liegen bleiben. Ich fragte, ob ich das Gepäck liegen lassen und ihn stützen sollte, aber er lehnte ab. Ich erzählte von der Hütte. Er wollte nur ständig wissen, wie weit es noch sei.

Endlich hatten wir es geschafft. Eine Stunde, nachdem ich die Hütte verlassen hatte, waren wir wieder da. Eine Stunde für 600 oder 800 Meter Wegstrecke! Es war der schlimmste Zustand gewesen, in dem ich Dietmar je gesehen hatte. Nicht nur die Knie, ihm war übel und er dachte nur an den Weg zurück. Denn hier oben gab es keinen Menschen und nur Essen für wenige Tage.

Und oben am Himmel flammte das Nordlicht. Die ganze Nacht hindurch fiel ein grünlich-fahler Schein durch die vereisten Scheiben der Hüttenfenster ...

Morgamojan Kultala, 6. Januar 1978

Heute Morgen beim Aufstehen war ich lustlos und müde, träumte von sonnigen Buchten, Palmen und Süden, blickte aber nur durch die vereisten Fenster in weiße Landschaft und grauen Himmel. Erst eine Stunde nach dem Frühstück wurde es besser. Wir haben heute nicht viel mehr getan als in der Hütte eine Sauna zu veranstalten und uns einmal richtig zu waschen. Wir haben etwa 7-8 Meter Holzstämme gesägt und kleingemacht und brachten die Temperatur in Ofennähe auf 50° C. Ansonsten muss Dietmar seine Knie schonen, denn irgendwann müssen wir wieder zurück. Spätestens, wenn das Essen ausgeht.

Teufel, jetzt könnte es aber langsam wieder kühler werden! Das Thermometer fällt einfach nicht unter 30° C. Draußen ist es auch wärmer geworden und nur noch -10° C, der wärmste Tag bisher.

Am Nachmittag wurde es zunächst dunkel, aber nun liegt das Land in einem milchig-trüben, grünen Licht. Schade, wäre der Himmel klar, würde das Nordlicht wieder tanzen.

*

Die Reise ging ohne größere Schwierigkeiten zu Ende. Mit dem nun leichter gewordenen Gepäck machten wir den Rückweg problemlos. Dietmars Knie hielten durch. Nach vier Nächten im Goldgräberdorf gingen wir in einem Stück vorbei am Kultasatama nach Ravadasjärvi, wo wir meinen 22. Geburtstag feierten. Da hatte Dietmar aus irgendeinem versteckten Winkel seines Rucksacks ein riesiges Marzipanbrot als Geburtstagsüberraschung hervorgezaubert. Und auch der Weg zurück nach Lemmenjoki ging erstaunlich reibungslos über die Runden. Als wir um die letzte Landzunge vor dem Dorf kamen, bellten alle Hunde. Die alte Frau kam heraus und winkte uns wieder zu sich hinein, um bei ihr zu übernachten. Wir bekamen wieder den gleichen Kuchen und Kaffee angeboten.

*

Später einmal, mit mehr Erfahrung und modernen Skiern, legte ich übrigens die Strecke von Lemmenjoki nach Ravadasjärvi in siebeneinhalb statt siebzehn Stunden zurück. Auf anderen Touren hatten wir Schneeschuhe dabei, die bei Tiefschnee oft besser sind als Skier, und wir wurden zu guten Winterwanderern. Aber damals am Lemmenjoki hatten wir das gar nicht gewollt. Wir wollten, wie Dietmar es später einmal ausdrückte, neunzehntes Jahrhundert spielen, Goldrausch in Alaska – Jack Londons Abenteuer nachvollziehen.

***

Nordlichter sind die Seelen der Verstorbenen, die in den dunklen Winternächten für die Irdischen am Himmel leuchten, sagt eine samische Legende. Wir hatten das erfahren. Das Nordlicht gab Dietmar die Stärke nicht aufzugeben, wie er mir später einmal sagte.

Viele Jahre später erlebte ich einmal ein ähnlich berauschendes Nordlicht, als ich schon lange in Norwegen wohnte und mit einer Freundin im Norden unterwegs war. Wir standen gebannt und starrten auf eine riesige Blume am nächtlichen Septemberhimmel, die ihre Blütenblätter öffnete und uns mit ihnen umhüllte. Ein paar Tage später hörte ich, dass in jener Nacht meine Großtante, die ich sehr gern hatte, gestorben war.

Natürlich, Nordlichter entstehen in der Ionosphäre durch Ionisierung von atmosphärischen Gasen durch Teilchenstrahlung von der Sonne. In einem großen Kreis um die magnetischen Pole der Erde können diese Teilchen, der sogenannte Sonnenwind, in die Atmosphäre eindringen. So steht es in den Büchern und so stimmt es sicher auch. Aber muss die eine Erklärung die andere ausschließen? Die Dinge dieser Welt können ja viele Aspekte haben.

Die Seelen der Verstorbenen leben im Saivo. In jener Parallelwelt, die ortsgebunden ist, aber mit der die Sterblichen nur unter gewissen Voraussetzungen in Kontakt treten können. Der samische Schamane, der Noaide, konnte früher in seinen Trance-Zuständen diese Welt bereisen. Dort war alles besser, das Leben einfacher und schöner. Und dort befanden sich die Wesen, die den Sterblichen in allen Lebenssituationen weiterhalfen. Es waren meist Tiere – Vögel, Fische, Wiesel, Füchse, Rentiere. Oder auch Bären. Bären waren die stärksten Verbündeten, die man haben konnte. Kaum ein Noaide konnte sich rühmen, einen Bären als Schutzgeist zu haben.

Auch gewöhnliche Sterbliche hatten Verbündete – vielleicht könnte man Schutzengel sagen – im Saivo. Sie traten mit ihnen an gewissen Orten in der Natur in Verbindung, die für sie heilige Orte waren. Es konnte ein seltsam geformter Felsen sein, ein tiefer See, eine markante Baumgruppe in der Tundra. Dort machte man Opfer, gab ihnen Güter der hiesigen Welt, um sie wohlwollend zu stimmen. Denn sie hatten die Fähigkeit, den Lauf der Dinge unserer Welt zu beeinflussen.

Der alte Glaube der Sami, wie auch vieler anderer arktischer Völker, wurde uns erst nach und nach im frühen 18. Jahrhundert überliefert, als die Sami schon der Christianisierung unterworfen waren. Zu dieser Zeit war er schon vom Christentum beeinflusst und Begriffe wie Himmel und Hölle mischten sich mit den Überlieferungen. Daher ist es nicht so leicht zu sagen, wie die ursprüngliche Vorstellungswelt ausgesehen hat. Aber was heißt schon ursprünglich? Sie war sicher ständigen Änderungen unterlegen, passte sich den Zeiten in viel größerem Maße an, als das die in Schriften festgelegten Weltreligionen tun. Die Tradition der arktischen Völker hatte zwar festgelegte Riten, die unter allen Umständen eingehalten werden mussten, aber viel Freiheit im Glauben.

Lange Zeit nach der Christianisierung noch waren die Sami oft christlicher als die Angehörigen der Völker, von denen sie bekehrt wurden. Ihnen wurde das Schamanentum so nachhaltig ausgeprügelt, dass sie sich an den neuen Gott klammerten, in der Hoffnung in Frieden leben zu können. Alles Alte, ja manchmal bis hin zur eigenen ethnischen Identität hin, wurde schließlich von ihnen selbst als minderwertig betrachtet und verschmäht. Mit der Wiederbelebung der samischen Identität in neuerer Zeit waren einschneidende Änderungen zu spüren, besonders unter der Jugend – die inzwischen aber auch schon über ihre besten Jahre hinweg ist.

Wir hatten auf unserer Tour am Lemmenjoki keine Schutzgeister im Saivo, von denen wir wussten. Wir wussten gar nichts vom Saivo. Das Buch, aus dem ich später über den Saivo gelernt habe, war noch gar nicht geschrieben. Trotzdem mussten sie Mitleid mit uns unerfahrenen Stadtmenschen gehabt haben, als sie endlich die Nordlichter tanzen ließen um uns durchhalten zu lassen. Oder aber wir hatten doch unsere Schutzengel von zuhause mitgebracht. Wer weiß?

Nordlandwinter

Weißes Land und lichte Wälder
tiefe Stille rings umher
und der Schnee, so schwer und lastend
wird mit jedem Tage mehr
Ich möchte wissen, was ich suche
in dieser kalten Winternacht
wo die Sonne erst im Frühjahr
aus dem Winterschlaf erwacht
und die letzten grünen Farben
sind seit Wochen schon verblasst

Wenn ich vor der Hütte stehe
weht ein sanfter Wind vom See
und seit Tagen seh ich kaum
eine Wolfsspur mehr im Schnee
Mittags sind es ein paar Stunden
wo die Dunkelheit fast weicht
doch wir wissen nur zu gut
dass diese kurze Zeit kaum reicht
um das alles zu vergessen
Dunkelheit ... und Einsamkeit

Abends sitzen wir am Ofen
wenn die lange Nacht beginnt
Ein Topf Tee steht auf der Platte
draußen weht ein scharfer Wind
Warum sagt keiner „komm, wir gehen
irgendwohin, wo's nicht schneit
wo die Sonne hell und warm
auf hübsche Blumengärten scheint
Und wo vielleicht das Mädchen wartet
das im Traume nach mir weint"

Doch am Himmel wird es heller
grünlich-gelbes, fahles Licht
flammengleich kommt's immer näher
bis es über uns sich bricht
Bögen, Bänder und Spiralen
Schleier, die im Nordwind wehn
die zu Ringen sich vereinen
oder sich im Kreise drehn
— die zu Ringen sich vereinen
oder sich im Kreise drehn

Langsam wird das Tanzen ruhig
langsam gehn die Flammen aus
nur in fahlem Licht liegt lange
noch der Schneewald vor dem Haus
Eine Nacht wird es wie jede
nur das Nordlicht kommt und geht
und nicht lange wird es dauern
bis sein Bann von mir entflieht
und ich wieder träumen kann
von dem Mädchen, das mich liebt

Träume sind es, oder Sehnsucht
die aus Einsamkeit entsteht
in dem Land, das außer ihr
nur aus Schnee und Wald besteht
Die Sprache findet keine Worte:
warum die kalte Freiheit wählen
anstatt, zum Träumen viel zu satt,
das Alltagsleben in der Stadt?
Warum in Schnee und Kälte fliehen
wo man nichts als Träume hat?

Winfried Dallmann
Ravadasjärvi, 9.1.1978 (22. Geburtstag)
zur Melodie „Un poco tarde" von José Feliciano

Höllentore und Geisternächte

Erst als wir durch die kargen, bizarren Vulkanlandschaften auf dem Wege zum Mývatn (,Mückensee') fahren, wird mir richtig klar, dass ich in Island bin. Schwarze Sand- und Steinwüsten, Lavafelder und weite Ebenen mit dürrem Gras. Wir erleben alle erdenklichen Sorten von Wetter auf der dreieinhalbstündigen Busfahrt von Egilstaðir nach Reykjahlíð (,Rauchender Hang') – Sonnenschein, Nebel, Regen, nur keinen Schnee. Die Straße wechselt zwischen Schotter- und Sandpiste. Links und rechts, in der Nähe des einen oder anderen Baches, sieht man ein paar Fleckchen Wiese. Aber nicht etwa was man als saftig oder lieblich bezeichnen könnte; eher als etwas Verlorenes zwischen Frosthügeln und Lavafeldern. Es gibt keine Ortschaft auf der gesamten Strecke, nur das eine oder andere Gehöft in der Einöde.

Hinter der Brücke über den Jökulsá á Fjöllum (,Gletscherfluss in den Bergen') beginnt die Spaltenzone, die Grenze zwischen der nordamerikanischen und der eurasischen Erdkrustenplatte – wo ständige innere Erdkräfte an der Kruste zerren und sie langsam aber stetig auseinanderreißen, mit nur 2-3 cm im Jahr. Zunächst sehe ich auch hier nur karge Ebene, hier und dort Lavafelder mit Strick- und Blocklava. Dann jedoch tauchen die Rauchfahnen der Solfataren von Námaskarð am Horizont auf. Das Land wird hügelig. Gelbe, rote und weiße Farbflecken leuchten an den Bergflanken. Vulkankrater treten auf. Im Hintergrund steht ein Berg aus Rhyolith, der Hágöng. Und dann im Norden weitere Dampfwolken, die Solfataren des Spaltenvulkans Krafla (sprich: *Krabla*), deren nächster Ausbruch jederzeit bevorsteht.

Nicky, meine Freundin, und ich wandern die sagenhafte Gegend ab. Die Spalten sieht man erst richtig, wenn man zu Fuß geht. Die Stóragjá (,Große Schlucht,) mit ihrem 22° C warmen Wasser gleich bei Reykjahlíð – eine mehrere Meter breite Spalte in den Basaltlaven, mit Kammern zwischen Gesteinsblöcken und wassergefüllten Höhlen. Über ähnliche, kleinere Spalten stolpert man fast ständig im Gelände. Dann die Grjótagjá (,Grottenschlucht'), die größte von allen, die eine junge Verwerfung mit mehreren Metern Versatz ist. Das gesamte Gelände auf der einen Seite ist abgesunken. In der Spalte liegen durcheinander gewürfelte Felsblöcke – abgeknickte Lavaströme, dazwischen Höhlen und Gänge. Eine Grotte ist von einem See mit 60° C heißem Wasser gefüllt. Früher konnte man hier baden, doch nach einem kleineren Erdbeben vor einigen Jahren ist die Temperatur angestiegen.

Mitten zwischen den Lavafeldern liegt ein viereckiges, eingezäuntes Gemüsefeld. Man kann die Pflanzen zählen. Vielleicht ist es ein Versuchsfeld irgendeiner Universität für natürliche, vulkanische Düngung bei geothermaler Aufheizung, denken wir.

Wir klettern am Hverfjall, an den Þrengslaborgir (die ‚Engen Städte') mit ihren wie auf einer Perlenschnur aufgereihten Kraterwällen umher, am Krater des Lúdent und in der Troll-Landschaft der Dimmuborgir (die ‚Dunklen Städte') umher. Die Farben sind einmalig. Vulkanisch. Aus den Tiefen der Erde.

Die Schuhsohlen leiden unter der scharfkantigen Lava. Aber das Gelände ist einfach. Abgesehen von den offenen Spalten, über die man springen muss, und den Ringwällen der Krater, über die man klettern muss, die aber oft nur wenige Meter oder Zehner Meter hoch sind, ist das Land eben, eingeebnet durch glutflüssige Lava und ausgeworfene Vulkanasche. Man muss nur die zackigen Felsformen umgehen und hier und da einem sumpfigen Tümpel ausweichen.

Der nächste Tag ist kühl und windig. Wir sind bei den Solfataren von Námaskarð (‚Steinbruchkluft'). Der Weg führt vorbei unter den nach Schwefelwasserstoff stinkenden Dampfwolken einer Kieselgurfabrik. Östlich des Hügels Námafjall blubbert Grundwasser, wirft Schlamm auf die Ränder der Quelle und baut so kleine Schlammvulkane auf. Daneben sind Quellen, aus denen nur Schwefeldampf steigt. Oben auf dem Hügel gibt es fossile Schlammvulkane mit durch Verwitterung umgekehrtem Relief, bizarre Gipfelformen. Dazu die Farben des Bodens in wechselnder Zusammensetzung aus gelbem Schwefel, weißem Kaolin, rotem und violettem Gips und blaugrauem Schlamm. Drüben im Hlíðardalur (‚Seitental') leuchtet saftiges Grün in beißendem Kontrast zu den gelbbraunen Schwefelfeldern und dem Schwarz der Aschenfelder im Osten. Nur drei Kilometer nach Westen erspäht man das tiefe Blau des größten Sees Islands, des Mývatn. Nie zuvor habe ich so ein krasses Zusammenspiel von Farben in einer Landschaft gesehen.

Wir haben unsere Rucksäcke für eine längere Wanderung gepackt. Ein Ehepaar, das wir auf dem Zeltplatz kennengelernt haben, fährt uns mit ihrem Landrover zum Víti-Kratersee an der Krafla. Víti bedeutet Hölle. Die Krafla ist ein Spaltenvulkan an der geologischen Plattengrenze. Mehrfach hat er in den letzten Jahren Lavaausbrüche gehabt, zuletzt vor nur einem halben Jahr im Januar.

Der Kratersee ist tief und klar. Er hat mit den letzten Ausbrüchen nichts zu tun. Wir steigen noch am Abend die 200 Meter zum höchsten Gipfel der Krafla. Von hier aus hat man Aussicht auf den Mývatn in der Ferne im Süden und auf die nahegelegene letzte Ausbruchsstelle im Nordwesten, wo immer noch Dämpfe zwischen schroffen, schwarzen Auswurfkegeln aufsteigen. Riesige, frische Lavafelder dehnen sich von dorther über die Ebene aus. Die Sonne steht zwischen einer tiefen Schicht aus Quellwolken und einer höheren aus tiefrotem Altostratus und spiegelt sich in einem kleinen Regenwassersee. Wir trinken aus ihm – trinken die Farbspiegelungen. Selbst hier, in unmittelbarer Nähe der Schwefeldampfquelle, gibt es reines, wohlschmeckendes Wasser mit saftigen Moospolstern an den Ufern.

Über Nacht kommt Nebel auf. Die Quellwolkenschicht überrollt die ganze Gegend. Am Morgen um neun Uhr ist der Himmel wieder klar und blau. Wir wandern zu den Hreindýrahóll (‚Rentierhügel'), wo die Ausbruchsstelle vom Januar liegt. Unzählige Kilometer weit erstrecken sich die frischen, schwarzen Basaltlaven von hier nach Norden – weniger nach Süden, von wo wir kommen. Man sieht die Bewegung des Schmelzflusses in erstarrten Wirbeln, Fladen und aufgestauten Stricken an den Enden der einzelnen Lavaströme. Die Schlackenkruste kracht beim Betreten. Wir müssen einen Kilometer weit über diese schwarze, bei jedem Schritt zerbrechende Wüste wandern, um die Spalte zu erreichen.

Dann sind wir dort. Weiße Dämpfe, Geruch von Schwefelwasserstoff, Schlackenkegel zeugen von den Auswürfen der Spalte. Die größte der Solfataren liegt südlich des höchsten Gipfels der Rentierhügel. Wenn der Wind günstig steht, sieht man das leuchtend gelbe Schwefelloch, aus dem der Dampf in die Höhe faucht.

Höllentor.

Wir haben heute noch einen Marsch von 24 km vor uns. Aus der

Caldera der Krafla hinaus, über die Ebene des Jökullsá zum Dettifoss, Islands wasserreichstem Wasserfall – mit schwerem Gepäck.

Die erste Hälfte der Strecke ist weglose Wildnis. Was an Spalten und Schwefeldämpfe erinnert, bleibt hinter uns zurück und macht Platz für Wüsten aus schwarzem Sand und Heidesteppen mit Frosthügeln, sowie Dünen und Blocklavafelder. Die Berge hinter uns werden nur langsam kleiner. Und langsam, unmerklich, wachsen andere im Osten über den Horizont empor. Unvergleichliche Eindrücke.

Wir tragen Trinkwasser mit uns, für den Fall, dass wir unterwegs keines finden. Es gibt zwar genügend Rinnsale, die aber zugegebenerweise nicht sehr einladend sind. Aber am Nachmittag finden wir einen hübschen, wohlschmeckenden Regenwassersee – zwar mit Wasserflöhen, aber dunkel und klar.

Nach halber Wegstrecke treffen wir wie geplant auf die Piste zum Dettifoss. Deshalb brauchen wir uns nicht mehr zu orientieren, aber wir werden müde vom Laufen mit den schweren Rucksäcken. Der Eindruck der Blocklavawüste jedoch, unter der im Dunst verschwindenden Sonne am Abend, der ständige Blick über die Weite der Landschaft, das Gefühl der menschenleeren Einsamkeit ist so erhebend, dass wir darüber alle Mühsal vergessen. Trotzdem kommen wir ziemlich geschafft an der kleinen, nur Restwasser führenden Seitenschlucht des Jökullsá an, wo wir unser Zelt aufschlagen. Von Ferne, hinter den Felswänden, hören wir die ganze Nacht hindurch das Rauschen des gewaltigen Wasserfalls.

Unsere Seitenschlucht ist flach, die Wände nur etwa acht Meter hoch. Unser Zelt steht an einem kleinen, malerischen See mit blau schimmerndem Wasser. Wir wollen noch eine zweite Nacht hierbleiben. Es sind nur noch anderthalb Tagestouren entlang des Flusses von hier bis zur Straße im Norden, so dass wir genügend Proviant haben. Nach der Morgenwäsche und dem Frühstück lassen wir das Zelt stehen und gehen zum Wasserfall.

Das Rauschen wird zum Donnern. Eine hundert Meter breite Schlucht öffnet sich vor uns. Die flachliegenden vulkanischen Schichten der Wände machen aus der Schlucht einen Grand Canyon im Kleinformat. Was sie so gewaltig und betäubend für die Sinne des Wanderers macht, ist das Inferno der Massen von schlammigem Gletscherwasser, die sich über hundert Meter Breite oder mehr, 44 Meter in die Tiefe stürzen. Die Gischt steigt hoch empor. Ein gleißender Regenbogen schwebt in ihr. Im Sprühnebel dahinter ahnt man die Tiefe des Canyons. Steilwände mit balancierenden Basaltsäulen, die aussehen, als könnten sie jederzeit in die rauschenden Massen aus Gischt, Wasser und Schlamm stürzen. Und dann, was für ein Gegensatz – nur um die Felsenkante herum flussaufwärts, saftige Wiesen auf den Flussterrassen, im satten Grün von jungem Löwenzahn und Silbermantel!

Kaldidalur, 8. August 1981

Im Westen Islands – Hvitársiða (,Ufer des weißen Flusses'). Als ob hier nicht alle Flüsse weiß wären! Hier leben viele Menschen von der Pferdezucht und haben große Gestüte. Eine Islandreise ist keine Islandreise, wenn man nicht reitet. Wir wollen Pferde mieten. Nicht für ein oder zwei Stunden, nein, für drei Tage. Der Rezeptionist eines Hotels in Reykholt zeigt uns, wo wir unser Zelt aufschlagen können und verspricht uns, am nächsten Morgen bei den Gestüten herumzutelefonieren. Der zweite Bereiter, den er dann erreicht, Reynir Aðalsteinsson auf dem Gehöft Sigmundurstaðir, stutzt wohl etwas und berät sich mit seiner Frau, aber sagt dann zu. Es sei zwar ungewöhnlich, aber warum nicht?

Er schickt sogar einen seiner Leute um uns mit dem Auto abzuholen. Als wir ankommen, stehen die Pferde schon bereit, samt Sätteln und Zaumzeug. Unsere Spezialwünsche, Tragetaschen für das Packpferd, Fußfesseln für die Nacht und so weiter werden aufgetrieben. Noch ein paar Tipps seinerseits, und dann meint er schon, wir könnten einpacken. Nun frage ich aber doch langsam, an welchen Preis er gedacht hätte, denn wir seien Studenten und nicht unbegrenzt zahlungsfähig. Er meint, er hätte noch nie Pferde für mehrere Tage ausgeliehen und müsse deshalb einen hoffentlich für alle gerechten Vorschlag machen. Der ist dann so günstig, dass wir ohne zu zögern einwilligen.

Wir haben einen Fuchs, einen Rappen und einen Falben. Nach und nach finden wir heraus, welches die besseren Reitpferde sind und welches das Schicksal des Packpferdes erleiden muss. Der Fuchs ist kräftig und macht Schritt, Tölt oder Galopp nach Herzenslust mit. Trab kennt er zu unserem Glück nicht, was uns – oder besser gesagt mir, der im Reiten absolut kein Profi ist – das Leben leichter macht. Trab ist Dressur, nicht zur Fortbewegung gedacht, und sowohl für Pferde als auch Reiter naturwidrig. Der Falbe ist auch recht gut, wenn auch etwas langsamer und härter im Tölt. Der Rappe ist faul, aber lieb. Er wird unser Packpferd. Nur die Riemen, die wir mitbekommen haben, sind morsch und reißen, so dass wir sie mehrfach flicken müssen.

Ein Gefühl, wie wir es uns lange gewünscht haben! Mit Pferden allein ein paar Tage in der Saga-Landschaft Islands unterwegs! Wir reiten am Ufer der Hvitá entlang, vorbei an den wasserfallübersäten Wänden der Hraumfossar (,Lavafälle'), durch Birkenwäldchen ins Kaldidalur (,Kaltes Tal'). Der Wind pfeift. Es regnet ein wenig. Abends kommt die Sonne wieder hervor. Wir finden einen Platz, wo es genügend Gras für die Pferde und Wasser gibt, wo wir unser Lager für zwei Nächte aufschlagen. Felswände sorgen für Windschutz.

Am Tage darauf strahlt die Sonne. Sagenhaft schön! Aus dem Zelt zu schauen und die Pferde rings umher grasen zu sehen! Ein Bach plätschert vorbei. Unser vierter Begleiter, ein Hund, der unaufgefordert mit uns gekommen ist und sich wundert, dass wir für ihn kein Futter haben, liegt neben mir. Er muss mit ein paar Keksen vorlieb nehmen, die er missmutig hinunterwürgt. Wenn er uns nicht auf Schritt und Tritt folgt, flitzt er hinter Schafen her. Natürlich haben wir auch keine Leine, mit der wir ihn anbinden können.

Wir lassen das Packpferd mit Fußfesseln auf einer Wiese zurück und reiten, nur mit leichtem Tagesgepäck, das Kaldidalur hinauf, zwischen Gletscherzungen und Gletscherflüssen, angewitterten Vulkanbauten und Sanderflächen. Island, wie wir es uns immer vorgestellt haben!

Der dritte Tag bringt uns zu den Surtshellir (,Höhlen des Feuerriesen Surt'). Höhlen unter einer Lavaebene, von strömenden Lavamassen geschaffen, die unter ihrer eigenen erstarrten Kruste fortgeflossen sind. Wir gehen hinein, soweit wir ohne künstliches Licht kommen – unterirdische, steinige Wildnis.

Der Hund wird nun ernsthaft hungrig und stiehlt uns einen Käse. Er bekommt einen Freudeanfall, als er am vierten Tag den Hof sieht und zischt ab nach Hause wie der Blitz. Er war vermisst worden. Wir, die ungewöhnlichen Reitgäste, bekommen Kaffee und Brote serviert.

Hvitárvatn, 18. August 1981

Vom Gullfoss, dem malerischen, aber sehr touristisch erschlossenen Wasserfall aus nordostwärts, geht eine der beiden Pisten, die das Innere Islands durchqueren. Sie führt am Gletschersee Hvitárvatn vorbei und zwischen den großen Gletscherkuppen Hofsjökull und Langjökull hindurch. Wir wollen bis zum Hvitárvatn am Langjökull gehen, diesmal wieder zu Fuß.

Wir wandern mittags vom Gullfoss aus los. Es ist sonnig und kaum windig. Die Piste führt über die üblichen Buckelwiesen und Steinfelder. Kilometer für Kilometer pirscht sie sich durch das karge Land. Der breite Klotz des Bláfell (‚Blauer Berg') kommt langsam, unheimlich langsam näher. Nach etwa acht Kilometern kommen wir an den Sandá (Sandfluss), der laut Reiseberichten manchmal bei Hochwasser schwierig zu überqueren sein soll. Wir hoffen das Beste. Als wir ankommen, finden wir dort eine neue Brücke! Island ist doch nicht mehr so wie es einmal war.

Am Abend finden wir am Rande des Bláfell eine Koti, eine einfache Hütte mit angebautem Pferdestall, in der wir übernachten wollen. Sie steht ganz woanders als auf der Karte verzeichnet, nämlich am Anstieg zum Bláfellsháls, einem kleinen Bergpass. Wellige Hügellandschaft mit steinigem Boden rings umher. Nebenan im Pferdestall schwirren die ganze Nacht lang Vögel umher und poltern an den Wänden. Die Nacht ist kalt und sternenklar.

Der nächste Tag jedoch bringt Regen und Nebel. Stundenlang geht es bergan auf der Piste am Rande des Bláfell, ohne dass wir seinen Gipfel sehen können. Auf der gegenüberliegenden Wegseite strecken sich Steinfelder bis weit in die Ferne. Hier und da stechen übriggebliebene Reste einer Grasdecke mit ungleich kontrastvollem Grün aus dem eintönigen Grau der Umgebung hervor.

Nach einer fröstlichen Mittagspause im Windschatten eines Steinhaufens holt uns ein Bus ein und hält an. Er befördert eine Gruppe von Schülern nach Hveravellir. Er nimmt uns kostenlos bis an die Brücke über den Hvitá mit – eine ermutigende, warme halbe Stunde! Wir steigen an der Brücke aus und stellten fest, dass die Schutzhütte, die sich laut Karte dort befinden sollte, nicht existiert. Nach weiteren 8 km Regenmarsch erreichen wir dann die Hütte des Touristenvereins am Hvitárvatn. Eine komfortable, wellblechverschalte Holzhütte, mit nach isländischer Art an den Seitenwänden hochgezogenen, graswachsenen Erdwällen. Wir ziehen für zwei Nächte in das Obergeschoss ein. In der ersten Etage hat sich schon eine Gruppe von Franzosen breit gemacht.

Der folgende Tag bringt weniger Regen aber bleibt bewölkt. Von der anderen Seite des Sees leuchten die Gletscherzungen des Langjökull, die dort in den See münden, zu uns herüber. Kleine Eisberge driften im milchigen Wasser des Sees. Gerne würden wir die erste Gletscherzunge erreichen, aber ein sumpfiges Flussdelta liegt dazwischen und versperrt den Weg. Auf der Such nach einer Furt stehe ich plötzlich bis zur Hüfte im Wasser und wir geben die Idee auf.

Am darauffolgenden Tag verlassen wir die Hütte bei Sonnenschein. Ich habe eine Vorliebe für gemütliche Hütten in der Einsamkeit oder in grandiosen Landschaften und der Aufbruch tut mir fast weh.

Am Nachmittag gelangen wir über die Brücke auf die andere Seite des Sees, wo wir unser Zelt aufstellen. Nach einem weiteren zweistündigen Marsch ohne Gepäck über Steinwüste und Moränenlandschaft erreichen wir eine der Gletscherzungen, die sich aber schon weit vom See zurückgezogen hat. Der reißende Bach am Gletscherrand lässt es nicht zu, dass wir das Eis betreten. Nach dem langen Rückweg zum Zelt sind wir froh, dass es schon bereit steht und wir legen uns erschöpft nieder.

Spät am Abend wache ich auf. Nicky hat das Zelt geöffnet. Durch die Öffnung sehe ich die beginnende Spätsommernacht leuchten. Irgendetwas zieht uns hinaus ins Freie. Keine Wolke ist mehr am Himmel. Die Sonne neigt sich dem Horizont im Nordwesten zu, strahlt noch gerade das Plateau des Bláfell an – bis sie verschwindet und einem unwirklichen, gespensterhaften Licht Platz macht, das sich über das Land legt. Die endlose Weite der Landschaft wirkt wie geisterhaft im fahlen Licht der Dämmerung. Kein Windhauch regt sich, kein noch so unscheinbarer Laut ist zu hören.

„Wenn die Erde wirklich von Außerirdischen besucht wird, dann sicher hier und jetzt!" sagt Nicky und zerreißt damit die unwirkliche Stille für einen Moment.

In Geisternächten wie dieser, an Orten, wo es Höllentore und Schwefeldämpfe oder andere furchterregende Naturerscheinungen gibt, sind sicher die Legenden entstanden, die von außerirdischen

Erscheinungen erzählen, denke ich. In Island ist der Glaube an Übernatürliches noch viel weiter verbreitet als in anderen europäischen Ländern. Auch wenn man nicht mehr an die Midgardschlange aus der altnordischen Mythologie glaubt, so sind Feen und Elfen durchaus nicht nur auf die Sagas beschränkt, sondern bilden eine Einheit mit der gewaltigen Natur, die, wie hierzulande offenbar ist, gewaltige Kräfte beherbergt. Feuer und Eis haben das Land geschaffen und hier in Island ist es absolut noch nicht lange her. Vieles erscheint hier unerklärlich. Unerklärliche Umstände lassen immer den Glauben an Übernatürliches aufkommen. Auf diese Weise sind Religionen entstanden.

Und ich lasse den Blick über den Himmel schweifen, um zu sehen, ob nicht doch irgendwo ein Ufo auftaucht.

Lagerfeuer

Ørjedalen, Juli 1984

Lagerfeuer, Holzöfen und Kamine haben etwas Magisches an sich – haben es für mich immer gehabt, seit ich mit hungrigem Magen durch die Winternacht des Nordens gewandert bin, im tief verschneiten Dickicht der Flussufer Stromschnellen umgehen musste und abends mit letzter Kraft in einer Hütte angekommen bin oder mein Zeltlager errichtet und dann das Feuer entfacht habe.

Wärme, Ruhe, Kaffee kochen, Essen zubereiten, in die Flammen starren und meditieren, die Erlebnisse des Tages an sich vorbei ziehen lassen. Den Lauten des Waldes da draußen lauschen, während die Flammen züngeln und die Holzscheite in der Glut knacken. Verschiedenen Lauten – denen des Windes in den Baumwipfeln, denen eines murmelnden Baches oder denen der Tiere weiter drinnen im Tal. Flackernder, beruhigender Lichtschein beim Einschlafen. Geborgenheit in der Kälte der nordischen Wildnis.

Lagerfeuer sind Leben.

Immer habe ich Zunder, Messer und Streichhölzer dabei, sorge peinlich dafür, dass nachgefüllt wird, was aufgebraucht ist. Als Zunder sammle ich die Unterrinde der Birken und Kienspan ein, wenn ich auf gute Vorkommen an umgefallenen Bäumen oder Baumstümpfen stoße. Alles wird sorgfältig in einer Dose aus Birkenrinde aufbewahrt.

Seit drei Jahren bin ich mit meiner geologischen Doktorarbeit beschäftigt. Die jeweils drei Monate andauernde Geländearbeit in den Wäldern und Bergen zwischen dem Ort Hattfjelldal und den Gipfeln des Børgefjells ist eine sommerliche Lebensweise geworden. Die Aufgaben wie das Kartieren, Gesteinsaufschlüsse untersuchen und Proben nehmen bestimmen die täglichen Wanderwege. Nebenbei fallen oft Pilze oder Beeren an, die dann am Abend zubereitet oder konserviert werden.

Es ist Sommer. Die Nächte sind hell, jedenfalls während der ersten Hälfte meines jährlichen Aufenthaltes. Zwar verschwindet die Sonne nachts für zunehmend längere Zeit hinter den Bergen am Horizont, aber nicht weit genug, um es dunkel werden zu lassen. Man braucht sich nicht zu beeilen, um das Tageslicht auszunutzen. Man kehrt abends nicht heim, weil es dunkel wird, sondern weil man entweder sein Tagesziel erreicht hat oder weil man erschöpft ist – oder weil das Wetter umschlägt.

Es vergeht kaum ein Tag, solange ich im Wald bin, wo ich nicht zur Mittagspause zumindest ein kleines Feuer mache, um meinen Tee zu kochen. Nicht, dass ich mir keine Thermosflasche leisten könnte! Ihr Gewicht zu sparen wäre schon eher ein Grund. Aber eigentlich ist es der Anreiz des Feuers an sich – an einem quirlenden Bach mit kristallklarem Wasser zu sitzen und den kleinen, schon lange schwarz gewordenen Teekessel an einer Astgabel in die Flammen zu halten. Oder bei Nieselregen und nasskaltem Wind im Windschatten einer Felswand zu sitzen und die feucht gewordenen Kleider zu trocknen, auszuruhen, die Füße aus den Gummistiefeln zu ziehen, Tee oder Kaffee zu trinken, in Ruhe den Proviant zu verzehren, um dann mit frischem Mut weiterzuziehen.

Lagerfeuer sind Leben.

An den wenigen Tagen, wo die Sonne brennt und es wirklich warm ist, mache ich natürlich kein Feuer. Oder wenn es lange nicht geregnet hat und die Vegetation knochentrocken ist, so dass man ein Feuer nicht kontrollieren könnte. Dann ist auch kaltes, klares Wasser aus den Bergbächen viel besser als warmer Tee oder Kaffee. Aber das kommt nicht so oft vor in dieser Gegend. Oder ich bin hoch oben über der Baumgrenze, wo es kein Holz gibt und ich keine Wahl habe.

Von den unzähligen Tagestouren bleibt eine kleine Zahl in Erinnerung. Ich erinnere mich natürlich an die meisten mehr oder weniger, wenn ich mir die Aufzeichnungen in meinen Geländebüchern und die abgelaufenen Gegenden auf der ständig wachsenden geologischen Karte ansehe. Aber eine kleine Zahl bleibt deutlicher im Gedächtnis als andere. Sei es wegen besonders schönen Aussichtspunkten, Begegnungen mit Tieren wie Elchen oder Rentieren, besonderen Schwierigkeiten, besonders reicher Beerenernte, oder einfach nur landschaftlich schöner Wegstrecken, die sich vom Durchschnitt hervorheben. Oder aber es ist wegen einer besonders schönen Szenerie an einem stillen See, mit Ausblick auf die Gipfelkette des Børgefjells am Horizont, die sich im Wasser spiegelt.

An Lagerfeuern habe ich auch früher schon gesessen. Vor vielen Jahren schon. Einmal war ich mit Dietmar, demselben, mit dem ich den Lemmenjoki in Nord-Finnland flussaufwärts gewandert bin, um die Weihnachtszeit im südlichen Schweden. Wir wollten für unsere nordischen Wanderungen üben. An einem abseits gelegenen See im Wald errichteten wir unser Lager für ein paar Tage. Wir bauten einen Unterschlupf mit einem Gestell aus Ästen, dass wir dick mit Fichtenzweigen abdeckten. Davor richteten wir den Feuerplatz ein. Wir verbrachten die langen, dunklen Abende dort, erzählten uns Geschichten, machten Pläne für Reisen.

Eines Tages vermisste Dietmar ein Paar warme Wollsocken. Wir suchten überall, im Unterschlupf, in seinem Rucksack, im Unterholz. Ich schaute auch nach, ob ich sie aus Versehen unter meine Sachen gelegt hatte. Nichts. Sie blieben für den Rest der Reise verschwunden. Später gerieten sie in Vergessenheit.

Nach längerer Zeit, als ich meine Lichtbilder von jener Reise entwickelt hatte, schauten wir sie uns bei mir zuhause an. Darunter waren Bilder von unseren allabendlichen Lagerfeuern. Plötzlich rief Dietmar: „Da sind ja meine Socken!" Und tatsächlich, das Foto beinhaltete die Aufklärung des Mysteriums. An einem Ast, der als Trockenstativ neben dem Feuer in den Boden gesteckt war, hingen Dietmars Socken und brannten vor sich hin. Keiner hatte es mitbekommen, nicht einmal beim Fotografieren.

Lagerfeuer können hinterlistig sein. Wie alles, von dem man begeistert sein mag, auch irgendwo seine Marotten hat.

Es sind nicht nur die Wärme und das Licht, die das Feuer spendet, die das Leben im hohen Norden über Jahrtausende hinweg möglich gemacht haben. Es ist in gleichem Maße seine magische Ausstrahlung, die Einfluss auf den Menschen ausübt, seine Sinne sammelt, ihn zum Meditieren veranlasst und ihn bei seinem unentwegten Knistern und Flackern entspannt einschlafen lässt.

Und ihn zum Geschichtenerzählen anregt! Im flackernden Feuerschein reflektiert man über das Eine oder Andere und es fallen einem Erlebnisse und Geschichten ein – manchmal solche, die schon fast in Vergessenheit geraten sind. So wie diese, die ich nie erzählt habe, aber die mir gerade einfällt, während ich am Feuer sitze und schreibe:

Ich hatte mein Diplom (heute Master-Examen genannt), in Geologie abgelegt und hatte für drei Monate Ferien gespart. Hauptsächlich wollte ich mit Nicky, meiner damaligen Freundin, nach Island. Aber sie hatte erst ab Juli Zeit, und ich wollte die drei Wochen bis dahin in Skandinavien verbringen und unter anderem eine Tour in den Sarek Nationalpark machen.

Saltoluokta, 13. Juni 1981

Auf dem Weg zum Sarek Nationalpark. Noch vor anderthalb Stunden wollte ich schreiben, dass wie gewöhnlich alles anders kommt, als man denkt. Aber dass Sápmi, das Land der Sami, auch das Land der Überraschungen ist, hatte ich vergessen. Nun zelte ich bei der Hütte in Saltoluokta und bereite mich auf die kommende Fußtour vor.

Es ist die Zeit der Mitternachtssonne. Man ahnt sie hinter den Bergen am Horizont auf der anderen Seite des Seeufers. Gleichzeitig liegt 100 m höher an den Bergflanken noch Schnee.

Als ich früher am Tage in Porjus aus der Eisenbahn steige, habe ich den Bus verpasst. Der nächste fährt erst in drei Tagen. Ich fahre als Anhalter mit ein paar Touristen zum Stora Sjöfallet (sprich: *Stu:ra Schöfallet*) und gehe dann zu Fuß zur Anlegestelle des Bootes nach Saltoluokta, einer Berghütte, die auf der anderen Seite des Fluss-Systems mit seinen Seenketten liegt. Aber hier gibt es keinen Menschen, kein Boot weit und breit. Etwas verwaschen vom letzten Herbstregen hängt dort noch der Bootsfahrplan vom Vorjahr: 1.7. bis 25.8. Eine Zeitlang gehe ich die Straße entlang, bis mir kalt wird und ich mir gerade einen Platz zum Zelten aussuchen will. Ich würde am nächsten Tag nach Kvikkjokk trampen und von dort aus in den Nationalpark gehen. Da kommt ein Volvo mit zwei Männern und hält, als ich winke. Ich frage, ob sie mich ein Stück in Richtung Jokkmokk mitnehmen können, wenigstens zur Hauptstraße. Nein, sie fahren nur bis Saltoluokta. Das ist zu kurz, da komme ich ja her. Ich bedanke mich und sie fahren weiter.

Saltoluokta? Das liegt doch auf der anderen Seite des Sees? Sollten sie ein Boot haben und rüberfahren? Ich will mir gerade die passenden Flüche dafür aussuchen, dass ich nicht daran gedacht habe, als der Wagen umdreht und wieder bei mir hält. Was ich denn suche? Ich erkläre die Sachlage. Na, sie würden in zwanzig Minuten wieder hier vorbeifahren, und dann würden sie mich nach Saltoluokta übersetzen.

Als sie kommen, sitzen noch ein Junge und zwei Mädchen im Wagen. Ich nehme im Laderaum des Kombiwagens Platz. Mein Rucksack tanzt auf dem Anhänger. Der Fahrer spricht ungewohntes Schwedisch, wahrscheinlich samischer Akzent, und flirtet unaufhörlich mit den Mädchen hinter sich.

Später im Boot erzählt er, dass sie den Sommer über hier in Saltoluokta wohnen und nun die Hütte für den Sommerbetrieb vorbereiten wollen. Ich bin wohl etwas früh dran, aber alles klappt ja nun doch wie geplant.

Der Norden hält immer irgendeine Überraschung bereit. Nie aufgeben!

Die Insel der blauen Delfine

Manchmal fallen einem ganz plötzlich Dinge aus der Jugend oder gar aus der Kindheit ein, die eigentlich schon in Vergessenheit geraten waren. Oder sie kommen in großen zeitlichen Abständen ins Bewusstsein zurück. Das sind dann gern Erlebnisse oder Vorkommnisse, die irgendeine tiefere Bedeutung haben. So ging es mir mit der Insel der blauen Delfine. Sie wurde mir in Abständen von etwa zwanzig Jahren immer wieder in die Erinnerung zurückgerufen.

Ich muss etwa acht Jahre alt gewesen sein. Das Mindestalter für viele Kinofilme damals in Berlin war sieben Jahre und ich hatte sehnsüchtig darauf gewartet, sieben zu werden. Aber soweit ich mich erinnern kann, kam es dann so bald doch nicht zu einem Kinobesuch. Meine Eltern waren keine Kinogänger, und obwohl sie es mir gerne gegönnt hätten, geriet der Plan ins Kino zu gehen immer wieder ins Abseits.

Aber einmal war es dann so weit. Ich bin sicher, dass ich schon acht gewesen sein muss, denn der Film, den wir sahen, wurde erst 1964 gedreht, wie ich später in Erfahrung brachte. Er hieß „Die Insel der blauen Delfine". Mein Vater, wenn er überhaupt Filme sah, mochte gern Naturfilme. Und dem Titel nach zu urteilen war das wohl ein Film, der sich irgendwo im Pazifik um das Leben im Meer drehte. Aber das sollte nur sehr andeutungsweise zutreffen, denn er entpuppte sich als ein Spielfilm.

Während mein Vater etwas enttäuscht war, war ich umso mehr begeistert, denn der Film ging mir ziemlich unter die Haut. Natürlich war ich als Achtjähriger, der überhaupt keine Filme gewohnt war, und nur bei meiner Großtante ab und zu die Augsburger Puppenkiste am Schwarz-Weiß-Fernseher sah, sehr leicht für Filmspannung empfänglich.

Die Geschichte handelte von einem Indianermädchen, Karana, und ihrem Bruder, die durch gewisse Umstände auf ihrer Insel weit draußen im Meer zurückblieben, als der Rest des Stammes aufs Festland auswanderte. Fremde Jäger von den Aleuteninseln waren jährlich mit ihren Booten gekommen und hatten den Seeotterbestand der Insel

wegen ihrer Felle ausgebeutet. Als der einheimische Stamm sich dagegen wehren wollte, erlitt er bei einem daraus entstehenden Gemet-
zel so starke Verluste, dass die Überlebenden sich auf Dauer nicht
behaupten konnten. Jahre später brachten Missionare die Leute mit
einem Schiff ans kalifornische Festland. Karana und ihr kleiner Bruder blieben aber durch ungewollte Umstände zurück. Der Hauptteil
des Filmes drehte sich dann um das Überleben der beiden als Einsied-
ler, ihren Kampf gegen die Naturgewalten, den täglichen Nahrungserwerb und den Tod des kleinen Jungen durch eine Bande verwilderte
Hunde. Dann die Bewältigung der Einsamkeit, die Freundschaft Karanas mit einem Aleutenmädchen, das bei einem erneuten Besuch
der Jäger kurzzeitig auf die Insel kam, und schließlich nach 18 Jahren
die Rettung Karanas durch Missionare vom Festland.

Ich weiß nicht, wie oft ich als Kind hinterher an diesen Film dachte,
aber ich erinnere mich, dass er einen starken Eindruck in mir hinter-
ließ. Ich war ans Cowboy-und-Indianer Spielen gewöhnt und hatte
auch kleine Indianer als Spielfiguren. Die Spiele bekamen plötzlich
ein anderes Vorzeichen. Ich war nun immer auf Seiten der Indianer.
Dazu lernte ich nach und nach mehr über die Grausamkeiten während der Übernahme der amerikanischen Kontinente durch die Europäer. Und später verschlang ich dann die Romane von Karl May.

Kinder haben eine stark vereinfachte Wertvorstellung. Indianer
wurden die Guten, und die Weißen die Bösen – jedenfalls wenn es
um die Konfrontation zwischen diesen beiden Welten ging. Dass die
Aleuten, auch wenn sie im Film von einem russischen Fellhändler
angeführt wurden, selbst Ureinwohner Amerikas waren, war mir
damals noch nicht klar. Auch nicht, dass die Ureinwohner des Russischen Reiches durch hohe Steuerabgaben damals zur intensiven Fell-
tierjagd gezwungen wurden. Ich hatte wohl kaum den Namen dieser
Gruppe von Angreifern mitbekommen und dachte nicht weiter darüber nach. Wie auch immer, so trug der Film sicherlich dazu bei, den
Grundstein für einen Teil meiner weiteren Entwicklung zu legen. Das
Recht der Schwächeren, sich gegen die unterdrückende Übermacht
der Stärkeren zu behaupten, setzte sich in meiner Überzeugung fest.

Viele Jahre vergingen. Als ich erwachsen wurde, war der erste dies-
bezügliche Themenkreis, in den ich mich verwickelte, der Völkermord an den Armeniern im Osmanischen Reich während des Ersten

Weltkrieges. 1976, als Zwanzigjähriger, reiste ich sogar an die Stätten der Massaker und an die Orte, an denen die verbliebenen Armenier noch wohnten, soweit sie sich überhaupt noch auf dem Territorium der Türkei befanden.

Dann, als ich im Alter von 26 Jahren nach Norwegen ging, befasste ich mich nach und nach mit der Situation der Sami (alter, heute als diskriminierend aufgefasster Name: ‚Lappen‘), die als ethnische und kulturelle Minderheit in den nordischen Ländern leben. Die achtziger Jahre waren sehr interessant, denn das war die Zeit, wo sich das Bewusstsein des Unrechts, das kleinen Völkern durch Zwangsanpassung und kulturelle Unterdrückung über lange Zeit von den Nationalstaaten zugefügt worden war, in politischen Kreisen langsam durchsetzte. Die Sami bekamen den Status eines indigenen Volkes – das heißt in sehr verkürzter Form, dass sie als ein Volk mit eigener Kultur und eigenen Institutionen anerkannt wurden, das das Staatsgebiet vor der Festlegung seiner Grenzen besiedelt hatte, aber nicht an dessen Regierung und Verwaltung anteilig war. Vieles sollte sich im Laufe kurzer Zeit ändern.

Im Jahre 1988, 24 Jahre nach meinem ersten Kinobesuch, war ich dann in Oslo in der Wohnung eines amerikanischen Kollegen, der bei uns am Norwegischen Polarinstitut ein Jahr als Gastforscher verbrachte. Während er den Kaffee zubereitete, sah ich mir, wie es meine Gewohnheit war, die Buchtitel im Bücherregal an.

Man kann viel über einen Menschen lernen, wenn man weiß, was für Bücher er im Regal zu stehen hat.

Da blieb mein Blick an einem Taschenbuch hängen, wo schwarz auf weiß auf dem Buchrücken stand: ‚Scott O'Dell – Island of the blue dolphins‘. Die Erinnerung an meinen Kindheitsfilm durchzuckte mich. Sollte das das Buch sein, nach dem jener Film gedreht worden war? Gespannt nahm ich das Taschenbuch aus dem Regal und las, was auf dem hinteren Buchdeckel stand. Es konnte kein Zweifel sein. Das war die Geschichte von Karana, die 18 Jahre lang auf der Insel ihres Stammes überlebte, bis sie von Missionaren gerettet wurde. Das Buch war 1960 erschienen.

„Kann ich mir das Buch mal ausleihen", fragte ich meinen Kollegen, als er mit dem Kaffee in die Stube kam. „Ich habe als Kind den Film gesehen. Er hat mich damals ziemlich beeindruckt. Ich würde liebend gern das Buch dazu lesen."

„Kein Problem", antwortete er, „du kannst es behalten. Ich kann es mir zuhause für zwei oder drei Dollar neu kaufen, wenn ich will."

So wurde ich stolzer Besitzer dieses Buches, das inzwischen durch mehrfaches Lesen absolut nicht mehr wie neu aussieht.

Es war ein Jugendroman, aber durch die Erinnerung beeinflusst, schien es, als wäre er gerade für mich geschrieben. In der einfachen, ungeschminkten und direkten Ausdrucksweise des Indianermädchens, das mich im Film als Kind so berührt hatte. Im Nachtrag des Verfassers, Scott O'Dell, konnte ich nun auch lesen, das die Geschichte auf einer wahren Begebenheit beruhte, die aber im Einzelnen schwer nachforschbar war, da die Missionare und das Mädchen keine gemeinsame Sprache hatten. Und von den 18 Jahre zuvor ans Land geholten Stammesmitgliedern war niemand mehr zugegen gewesen. Die wenigen Anhaltspunkte, die man über das Leben des Mädchens hatte, waren im Roman erhalten geblieben.

Die Insel, um die es sich handelte, war die Isla de San Nicolas weit draußen vor der kalifornischen Küste. Sie soll laut archäologischer Datierungen schon seit mindestens 2000 Jahren vor unserer Zeitrechnung bewohnt gewesen, aber zum ersten Mal im Jahre 1602 von Weißen besucht worden sein. Und die Einsiedlergeschichte des Buches hatte sich in den Jahren 1835 bis 1853 zugetragen.

Karana war also ein wirklicher Mensch gewesen, aus Fleisch und Blut, von dessen Schicksal man nur die Umrisse erahnte und viel Vorstellungskraft benötigte, um sich den einsamen Alltag auf jener Insel über ganze 18 Jahre hinweg zu vergegenwärtigen.

In den frühen neunziger Jahren besuchte ich zum ersten Mal einige Reservate in den USA und las mir einiges an Wissen über diese Völker an. Gleichzeitig aber fing ich an, mich mit den indigen Völkern der russischen Nordgebiete zu befassen. Die Sowjetunion war in Auflösung geraten, durchgreifende Umwälzungen fanden statt und man konnte mehr und mehr Einblick in die Verhältnisse jener Nordgebiete bekommen, die zuvor durch sowjetische Propaganda verschleiert gewesen waren. Und das sollte mich anschließend weiter in Richtung der Naturvölker des russischen Nordens führen.

1988 ist noch vor dem Zeitalter des Internets gewesen. Ich hatte mich damals mit dem neuerworbenen Wissen über meine Jugendheldin aus dem Nachtrag im Buch begnügt. Erst viele Jahre später, als das Internet schon längst zum Alltag gehörte und man die ungewöhnlichsten Filme auf DVDs bestellen konnte, sollte die Geschichte ihre Fortsetzung finden.

Dann, wiederum zwanzig Jahre später, im Jahre 2008 – ich wohnte mit meiner Familie schon lange in Tromsø – war ich für ein knappes Jahr nach Oslo gefahren, um an einem anderen Forschungsinstitut zu arbeiteten. Ich pendelte monatlich zwischen Oslo und Tromsø. Bevor ich losgeflogen war, hatte ich mein Buchregal durchgesehen, um ein paar Bücher auszuwählen, die ich mitnehmen wollte. Mein Blick war wieder einmal auf ‚Island of the blue dolphins' gefallen, dasselbe Exemplar, das mir mein amerikanischer Kollege vermacht hatte. Ich hatte es wohl schon zweimal gelesen, aber es war schon wieder so lange her, dass ich die Einzelheiten vergessen hatte. Seltsamerweise war dieses Buch das erste, das ich an den langen Abenden in Oslo las.

Und dann ging mir siedend heiß auf, dass wir ja nun in der modernen Zeit lebten, wo man alles viel einfacher als früher in Erfahrung bringen konnte. Sollte es den Film heute auf DVD geben? Wie gern würde ich ihn erneut sehen, nach 44 Jahren, und erleben, wie er mich heute ansprechen würde.

Nach wenigen Minuten am Internet hatte ich einen kanadischen Versand ausfindig gemacht, wo ich den Film bestellen konnte. Acht Tage später hielt ich die DVD in der Hand.

Was für ein erhabenes Gefühl! Mir kamen fast die Tränen. Da sieht man sich jahrelang im Fernsehen oder Kino die besten Hollywood-Spielfilme, Krimis, Science Fiction und Dokumentarfilme an, und bekommt bei einem Jugendfilm von 1964, der von einem zurückgelassenen Indianermädchen handelt, Tränen in den Augen!

Der Film war gut an das Buch angelehnt, natürlich unter Fortlassung einiger Episoden und leichter Abänderung anderer, aber durchaus gut gemacht – obwohl er heute in mir vielleicht nicht den gleichen Eindruck hinterlassen würde. Er war nicht unbedingt für Erwachsene gedacht, aber in Handlung und Gedanken so gerade heraus wie das Buch. Doch irgendwie faszinierte mich eben gerade das. Karana hätte ihn selbst einspielen können.

Aber sie hätte es nicht mehr gekonnt, selbst wenn man damals schon hätte Filme machen können und selbst wenn sie englisch gesprochen hätte. Denn über das nun existierende Internet fand ich bald heraus, dass sie nur sieben Wochen nach ihrer Rettung durch die Missionare in der Missionsstation in Santa Barbara gestorben war. Soweit waren Scott O'Dells Nachforschungen damals noch nicht gekommen, oder aber er fand es nicht richtig, seinen jugendlichen Lesern das wirkliche, traurige Ende mitzuteilen. Die gewaltsame Umstellung zu dem vollkommen neuen Leben, die neue Nahrung, das Fehlen von Immunität gegen die Krankheiten der Weißen, ließen sie dem früheren Schicksal ihrer Stammesgenossen in kürzester Zeit folgen.

Karana war an der Ruhr gestorben. Ihr eigentlicher Name ist unbekannt. Sie ist unter der Bezeichnung ‚The lost woman of San Nicolas' in die Geschichte eingegangen, oder unter ihrem Taufnamen Juana Maria, den sie noch am Sterbebett bekam. Wohl war sie auch älter, als Scott O'Dell und der Film sie beschreiben.

Aber es kommt für mich nicht auf ihr Alter an, nicht darauf, wann und woran sie starb, ob sie Karana oder Juana Maria genannt wird, oder wie wahr die Geschichte in ihren Einzelheiten ist. Die Insel der blauen Delfine ist für mich eine immer wiederkehrende Wegmarkierung gewesen, ein roter Faden, der mir bestätigte, dass ich noch auf dem rechten Wege war und für die richtigen Dinge auf der Welt lebte und neue Impulse vermittelte.

Sobald mich diese Geschichte nicht mehr fesselt, weiß ich, dass etwas schief gelaufen ist.

Jeder hat wohl seine eigenen Maßstäbe für so etwas. Schlimm ist es nur, wenn man gar keine hat ….

ZWEITER TEIL

NORDLAND

Hebt man den Blick,
so sieht man keine Grenzen ...

Japanische Weisheit

Vor dem ersten Schnee

Børgefjell, September 1985

Ich hatte meinen alten Volkswagen, einen weißen ‚Käfer', dort abgestellt, wo der Schotterweg auf der Südseite des Flusses Susna mit einer Brücke den Nebenfluss Mjølkelva (den ‚Milchfluss') überquert. Dort ist ein Wende- und Abstellplatz neben der Straße. Von hier geht ein schmaler Fußpfad in südlicher Richtung, einige hundert Höhenmeter aufwärts, bis an die Baumgrenze. Unten im Tal der Susna ist Fichtenwald, der aber bald nach oben hin von Krüppelbirken abgelöst wird, die dann auch irgendwann verschwinden und einer tundraähnlichen Gebirgsvegetation, stellenweise mit Strauchweidenfeldern, Platz machen. Dort verliert der Pfad sich dann in den weiten Hochebenen des Børgefjells.

Mein Rucksack war ziemlich schwer, denn ich hatte sowohl meine Zeltausrüstung als auch einiges an Nahrungsmitteln dabei. Weitere Nahrungsmittel der haltbaren Art hatte ich bereits im Frühjahr mit Leuten von der Nationalparkverwaltung vorausgeschickt, die diese mit ihrem Motorschlitten in einer Hütte dort oben deponiert hatten. Ich wollte mein Lager an dem auf etwa 800 m hoch gelegenen See Store Kjukkelvatn (sprich: *Stu:re Chükkelwatn*) aufschlagen, dort oben die geologischen Verhältnisse untersuchen und eine geologische Karte anfertigen. Es sollte ein Teil meiner Doktorarbeit werden.

Während ich durch den Wald aufstieg, war das Wetter bewölkt, aber windstill. Es ging langsam voran mit dem schweren Rucksack und ich musste ihn öfter absetzen und verschnaufen. Ich war schon an der Grenze zur Birkenwaldzone, als ich während einer meiner Pausen eine kleine Gruppe von Pfifferlingen entdeckte. Ich kramte einen Stoffbeutel aus dem Rucksack hervor und sammelte sie ein. Wie oft bei Pfifferlingsvorkommen fand ich mehrere solcher Gruppen in unmittelbarer Nähe, und ich bekam schließlich eine ansehnliche Menge zusammen, die sich schon als kleine Mahlzeit sehen lassen konnte.

Als ich auf die Hochebene kam, wehte mir eine leichte Brise aus Süden entgegen. Hohe Wolkenschichten in verschiedenen Grauabstufungen lagen am Himmel, über allen Gipfeln. Von hier aus südwärts hielt sich das Gelände um die 800 Meter hoch, senkte sich nur ab und zu ein wenig, um feuchten Niederungen mit Strauchweiden Platz zu machen, oder hinunter zu kleinen Wasserläufen. Alle waren im Grunde nur Bergbäche, die mit den mit Profilsohlen versehenen, norwegischen Gummistiefeln, die ich auf solchen Touren zu tragen pflegte, leicht zu überqueren waren.

Einige Kilometer westlich meiner Route ragen die bis zu 1700 m hohen, schroffen Gipfel der Børgefjell-Kette empor, die aus den metamorphen und Tiefengesteinen der obersten tektonischen Decken des Kaledonischen Gebirges bestehen. Diese stammen von Laurentia, dem Vorläufer des nordamerikanischen Kontinents, der vor etwa 420 Millionen Jahren mit dem baltischen Kontinent, dem Vorläufer Nordeuropas, kollidierte. Östlich meiner Route hingegen liegen die mehr abgerundeten, flacher ansteigenden und weniger hohen Bergkuppen des Børgefjell-Grundgebirgsfensters, das dem baltischen Kontinent angehört. Die dazwischen gelegene Hochebene, bestehend aus ozeanischen Gesteinen des damals zwischen den Kontinenten gelegenen Iapetus-Ozeans, sind hier auf wenige Kilometer eingeengt und dementsprechend stark zerschert und verfaltet. Der See Store Kjukkelvatn, der mein Ziel war, liegt auf dem langgestreckten Sattel der Hochebene, bevor diese wieder nach Süden zum Namdalen, dem nächsten größeren Flusstal, abfällt. Gleichzeitig ist das die Gegend, wo die Gesteine der beiden Kontinente auf nur wenige hundert Meter zusammenkommen. Mich interessierte in Verbindung mit meiner Doktorarbeit die Deformation der Gesteine in dieser extrem zusammengepressten Zone.

Zu dieser Zeit, an der Wende August-September, sind die Wetterbedingungen hier oben meist einigermaßen stabil. Zwar kann es regnen und die Wolken können tief zwischen den Bergen hängen, wie zu jeder anderen Jahreszeit auch. Aber die Mücken sind fort. Während des Hochsommers kann es zeitweilig vor Mücken nicht zum Aushalten sein. Nun wird es auch nicht mehr so warm, dass man beim Steigen zu sehr ins Schwitzen gerät. Andererseits läuft man Gefahr, dass die ersten Schneefälle kommen. Wenn man auch deswegen nicht gleich irgendwo einschneit, kann es doch die geplante Arbeit erschweren oder unmöglich machen.

Wie fast immer, wenn ich in diese Gegend kam, legte ich eine Pause in der Hütte am Båttjern (‚Boots-Teich'), einem kleinen See, ein. Mich von Landmarke zu Landmarke auf der Hochebene orientierend, kam ich am frühen Nachmittag in die Nähe der kleinen Hütte. Da sah ich, wie jemand den gegenüberliegenden Hang hinab kam und in der Hütte verschwand. Das war um diese Jahreszeit ungewöhnlich. Ich hatte eigentlich nie so spät im Jahr hier oben noch jemanden getroffen. Erst im Frühjahr, nachdem die Tage wieder länger wurden, waren dann gewöhnlicherweise Skiläufer unterwegs.

Ich setzte möglichst geräuschvoll meinen Rucksack vor der Tür ab, um mich anzukündigen und den Anwesenden nicht zu erschrecken, falls er mich nicht auch schon kommen gesehen hatte. Dann öffnete ich die Tür zum Windfang. Ein Hund bellte drinnen kurz zweimal, worauf ihn eine Männerstimme beruhigte. Ich öffnete die Innentür.

Ein nicht sehr hochgewachsener Mann saß auf einem Schemel am Holzofen. Er war über die besten Jahre hinaus, aber bei weitem noch nicht alt. Mehr war schwer zu sagen. Er hatte das von Wind und Wetter zerfurchte Gesicht und die leicht spitzen, verschmitzten Augenwinkel der samischen Bevölkerung, deren Rentiere hier in den Bergen weideten. Neben ihm erhob sich ein mittelgroßer, schwarz-weißer Hund und schaute mich mit wedelndem Schwanz an. Beide machten auf Anhieb einen durchaus freundlichen und sympathischen Eindruck.

Wir begrüßten uns. Er hieß Thomas Larsen und wohnte in Kroken, weiter östlich unten im Tal der Susna, Susendalen genannt (sprich: *Kru:ken, Ssüssna, Ssü:ssendalen*). Er hatte nach seiner Herde Ausschau gehalten und war auf dem Rückweg talwärts.

Die Rentiere weiden hier oben vollkommen frei und bewegen sich langsam von einer Berggegend in die andere. Die Hirten müssen die Übersicht behalten, wo die einzelnen Gruppen, die ihnen gehören, in etwa sind. Natürlich haben sie genügend Erfahrung damit, wie die Tiere wandern, und müssen nicht wahllos suchen. Dann später, im September, werden sie zur jährlichen Zählung und Schlachtung zusammengetrieben, wo dann auch die Jungtiere mit dem Zeichen des Eigentümers markiert werden. Dazu wird ihnen eine erkennbare Marke in die gefühllosen Ohrlappen geschnitten. Es war nicht mehr lange hin bis zu diesem Ereignis und jetzt galt es, genauer zu wissen, wo man sie suchen musste.

Wir kamen ins Gespräch. Ich erzählte kurz, was ich vor hatte. Ja, er hatte schon von mir gehört, und mich auch schon anderswo gesehen.

Immerhin war es schon das vierte Jahr, dass ich den ganzen Sommer lang in diesem Landstrich verbrachte. Zwar meinte er nicht zu verstehen, wozu das alles gut ist, was ich da so trieb, aber da es offenbar nichts mit Bodenschätzen und Bergwerkstätigkeit zu tun hatte, war das in Ordnung. Die Erdgeschichte zu erforschen war sicherlich interessant für den, der das tat, und es schadete niemand anderem. Da ich in der Stadt aufgewachsen war und keine unmittelbare Verbindung zu Dingen wie Rentierzucht hatte, hatte ich ein solches Studium als meine Möglichkeit gesehen, hinaus in die Natur zu kommen, und dafür hatte er durchaus Verständnis.

Ob er zu Abend gegessen hatte? Ja, er hatte schon etwas zu sich genommen. Ich holte meine Pfifferlinge hervor.

„Was ist denn das? Hast du Pilze gesammelt?"

„Ja, Pfifferlinge, die besten von allen. Kennst du die?"

„Ich bin mir nicht sicher. Mir hat schon mal jemand welche angeboten, aber keine Ahnung, was das für welche waren. Ich kenne mich mit Pilzen nicht aus. Ich habe Angst davor."

Es war eigenartig. In Norwegen sind es oft Stadtmenschen, die sich mit Pilzen auskennen. Je weiter man aufs Land kommt, desto weniger haben die Leute etwas dafür übrig. Das gilt auch für die Sami, von denen viele einen Großteil ihrer Zeit draußen in der Natur verbringen. Pilze sind für Tiere, meinen sie. Die kennen sich damit aus. Ganz im Gegensatz zu den Naturvölkern weiter im Osten, im Norden Russlands, für die das Pilzesammeln ein Teil des Nahrungserwerbs ist.

Ich briet die Pfifferlinge auf meinem Gaskocher und bot ihm davon an. Er probierte sie. Ja, es war gar nicht so schlecht. Aber zu seiner Lieblingsnahrung würden sie wohl nicht werden.

„Ich brate sie gern zusammen mit Rentierfleisch", sagte ich, „beides ist Nahrung aus der Natur und passt gut zusammen."

„Findest du? Ja, warum auch nicht?"

Wir redeten eine Weile miteinander über die Berggegend hier, in der er sich natürlich weitaus besser auskannte als ich. Ich brachte viele interessante Dinge in Erfahrung, die ich mir später zunutze machen konnte. Und ich lernte auch einiges über das Leben der Sami in dieser Gegend.

Wie stand es zum Beispiel um ihre Sprache hier?

„Wir benutzten ja samisch, wenn wir mit den Rentieren arbeiten.

Es ist sozusagen Arbeitssprache für uns. Zuhause sprechen wir meist Norwegisch. Und schreiben oder lesen kann ich es nicht. Ich weiß, es gibt eine Schreibweise dafür. Aber darauf verstehe ich mich nicht. Wir schreiben norwegisch."

*

Hier im Børgefjell sind Süd-Sami, die eine Sprache reden, die ziemlich verschieden vom weitaus mehr verbreiteten Nordsamischen ist. Die Schriftsprachen der beiden Zweige sind leider vollkommen getrennt voneinander entwickelt worden, so dass ähnliche oder gleiche Laute mit ganz anderen Buchstaben geschrieben werden. Das macht die Sache natürlich nicht einfacher. Und auf südsamisch gibt es einfach nicht so viel Literatur und Geschriebenes, dass es einem daraus ohne entsprechende Ausbildung geläufig werden könnte. Während das Nordsamische in jenen Jahren einen Aufschwung bekam, waren die anderen Sprachzweige leider weiter im Aussterben begriffen. Um die noch kleineren Sprachzweige wie lulesamisch, pitesamisch und skoltsamisch stand es noch viel schlechter.

Das Samische war in Norwegen, wie auch den anderen skandinavischen Ländern, seit langem als rückständig angesehen worden. Obwohl es in gewissem Maße ein Nebeneinanderleben schon seit der Zeit der Wikinger gegeben hatte, waren mehr und mehr norwegische Siedler bis zum frühen 18. Jahrhundert langsam an den Küsten nach Norden vorgedrungen, während der Lebensraum der Sami vorerst unverändert geblieben war. Denjenigen Sami, die im Einflussbereich der norwegischen Behörden landeten, wurden Steuern in Form von Fellen und anderen Naturgütern aufgezwungen, was natürlich nicht zum besten Einverständnis zwischen den Bevölkerungsgruppen führte.

Seit 1716 waren die Sami einer ausgeprägten Missionierung unterworfen. Ihre schamanistische Naturreligion wurde hart unterdrückt. Es endete mit der Zerstörung der meisten Schamanentrommeln und anderer religiöser Relikte, und oft mit der Hinrichtung der Schamanen, wenn sie sich der Zwangschristianisierung widersetzten.

Das auf Privateigentum gebaute norwegische Wirtschaftssystem stand in krassem Widerspruch zur traditionellen samischen Lebensweise mit vielseitigem Naturhaushalt, wo jeder Angehörige einer

Sippe nach seinen Möglichkeiten zum Gemeinwohl beitrug. Um sich gegen die Konkurrenz der fest angesiedelten Norweger behaupten zu können, entwickelten die Sami, besonders die des Inlandes, die Rentierzucht. Nomadische oder halbnomadische Rentierzucht in großem Stil ist also entgegen einer allgemein verbreiteten Auffassung kein traditioneller, von alters her übertragener Erwerbszweig, sondern ein Produkt der Kulturkollision, eine wirtschaftliche Nische, die das frühere Jäger- und Sammlerdasein sowie den vielseitigem Naturhaushalt im Wettbewerb mit der sesshaften Bevölkerung zumindest teilweise ersetzte. Trotzdem ist heute in Norwegen und Schweden die Rentierzucht den Sami vorbehalten, um sie zumindest auf diesem Gebiet vor der Konkurrenz der Großgesellschaft zu schützen. In Finnland und Russland ist das nicht der Fall.

Bis 1751 gab es keine festgesetzten Staatsgrenzen im Siedlungsgebiet der Sami. Dann zogen Schweden und Norwegen mit einem Friedensvertrag die Grenze zwischen ihren Staatsgebieten mitten durch das Land der Sami, wobei deren Weiderechte beiderseits der Grenze durch den sogenannten ‚Lappenkodizill' festgelegt wurden, das erste Dokument, das samische Rechte innerhalb der mehr und mehr bürokratisierten Staaten anerkannte.

Mitte des 19. Jahrhunderts begann man, den Sami die norwegische Sprache aufzuzwingen, indem man Schulpflicht an Internatsschulen einführte, an denen der Gebrauch der samischen Sprachen verboten war. Erst zwischen 1930 und 1950 hörte das Sprachverbot je nach Region wieder auf. Seit dem frühen 20. Jahrhundert wurde die Norwegisierung auch durch andere Mittel fortgesetzt, wie das Verbot Land zu erwerben, ohne schriftlich und mündlich des Norwegischen mächtig zu sein. Auch konnte man nur gesellschaftliche Positionen erwerben, wenn man das Land bewirtschaftete. Rentierzucht galt nicht als fortschrittliche Landwirtschaft. Das Ziel auf längere Sicht war die vollkommene Anpassung an die norwegische Gesellschaft und das Auslöschen samischer Identität.

Erst eine Weile nach dem Zweiten Weltkrieg, ab Ende der 1950er Jahre, sollte sich diese Politik nach und nach ändern, einhergehend mit allgemeinen Änderungen im Verständnis von Minderheitenkulturen in den Industrieländern. Gleichzeitig aber waren nicht nur Norweger, sondern auch ‚bekehrte' Sami selbst oft davon überzeugt, das samische Lebensweise und Sprache minderwertig waren. So widersetzten sich sogar Sami, jedenfalls in den gemischt bevölkerten Küstenregionen, den neuen Anstrengungen des Staates, die samische Kultur zu schützen und ihr Überleben im Rahmen der norwegischen Gesellschaft zu gewährleisten. Trotzdem wurden samische Organisationen gegründet, oft von den im Inland lebenden Sami ausgehend, oder die schon existierenden auf nationaler Ebene anerkannt. 1956 wurde sogar der Nordische Rat der Sami gegründet, der als Fürsprecherorganisation der Sami in Norwegen, Schweden und Finnland galt. Es sollte aber weitere zwei Jahrzehnte dauern, bis die eigentliche Wende kam.

Die Wende brachte der sogenannte Alta-Konflikt. Die norwegische Wasserkraft- und Energiebehörde machte Ende der 1970er Jahre umfassende Pläne für den Wasserkraftausbau des Alta-Kautokeino Fluss-Systems in der Provinz Finnmark, deren Inneres überwiegend samisch bevölkert ist. Die Pläne beinhalteten einen Staudamm, der das samische Dorf Masi und darüber hinaus weite Landstriche, die als Rentierweiden benutzt wurden, überflutet hätte. Nach schweren Protesten wurden diese Pläne eingeschränkt, aber das Wasserkraftprojekt wurde schließlich in kleinerem Maße verwirklicht.

Obwohl das Dorf Masi gerettet war und der Stausee nur einen Bruchteil der geplanten Größe bekommen sollte, ging es nun ums Prinzip. Viele Sami und norwegische Naturschützer meinten, man könne solche Projekte nicht über die Köpfe der lokalen Bevölkerung hinweg mit Zwang durchsetzen. Der Naturschutzverband klagte den Staat 1979 vor Gericht an. Zahlreiche Demonstranten behinderten vor Ort die Bauarbeiten und wurden gewaltsam entfernt. Eine Gruppe von Sami stellte ein Zeltlager vor dem Parlamentsgebäude in Oslo auf, wo sie einen Hungerstreik durchführten. Eine Gruppe samischer Frauen in Nationaltrachten führte einen Sitzstreik vor dem Premierministerbüro durch. Ziviler Ungehorsam wurde zu einer Ehrensache, sogar unter vielen Norwegern im Süden des Landes.

Der Damm wurde gebaut, mehr oder weniger aus politischem Trotz, und wurde nur ein gutes Jahrzehnt später von der norwegischen Regierung selbst als energiepolitisch gesehen überflüssig bezeichnet. Aber dieser Konflikt ist in den 1980er Jahren der endgültige Wendepunkt für die moderne Politik gegenüber den Sami geworden.

Nord-Norwegen war zu dieser Zeit auch aus anderen, nämlich geopolitischen Gründen auf der politischen Tagesordnung, was das Bewusstsein um die Sache noch erhöhte.

Die Debatte über die Situation der Sami erhitzte die Gemüter in Norwegen im Allgemeinen und in Finnmark im Besonderen. Sowohl Norweger als auch Sami befürchteten ethnischen Extremismus, und Gerüchte entstanden, dass es Bestrebungen gab, die samischen Bevölkerungsgebiete vom Staat Norwegen abtrennen zu wollten. Obwohl entsprechende Forderungen in der Hitze des Gefechts vielleicht hier oder da ausgesprochen wurden, wurden sie jedoch nie zu einem politischen Thema. Trotzdem erfuhren später viele der engagierten Beteiligten, dass sie zu dieser Zeit vom Geheimdienst überwacht wurden.

Bereits Ende 1980 wurde ein parlamentarischer Ausschuss gebildet, der die Rechtslage der samischen Bevölkerung in Bezug auf Naturressourcen und Landrechte in der Finnmark begutachten und Empfehlungen für eine geänderte Gesetzgebung vorlegen sollte. Dieser Ausschuss steckte zu der Zeit, als ich Thomas Larsen im Børgefjell traf, noch tief in der Arbeit.

Vorurteile gegen andere Bevölkerungsgruppen können sehr tief stecken. Sie sind oft anerzogen und beruhen nicht unbedingt auf eigenem logischem Denken. Man wiederholt sie, ohne nachzudenken. Wie das Sprichwort sagt: Wenn man eine Lüge nur oft genug wiederholt, wird sie geglaubt. Während der sommerlichen Geländearbeiten für meine Doktorarbeit wohnte ich auf dem Hof eines Viehbauern, einem sehr zuvorkommenden, zurückhaltenden Mann, ein paar Jahre älter als ich. Er war nicht verheiratet und wohnte mit seiner Mutter zusammen, die für ihn den Haushalt führte. Der Vater war während meines ersten Aufenthaltes dort vor einigen Jahren gestorben. Die Mutter war eine überaus reizende Frau, die mir jeden Wunsch von den Augen ablas und mir in jeder Weise half.

Eines Tages kam das Gespräch am Küchentisch auf die Sami, die in der Gegend wohnten, und besonders die wenigen unter ihnen, die Rentiere hatten. Ja, dieser oder jener wäre unbeliebt, er bestünde hartnäckig auf seinen Rechten und bereitete gewöhnlichen Leuten einen Haufen Ärger. Das ganze moderne Gerede um die Rechte der Sami stiege einigen wohl zu Kopfe. Während jener andere ganz nett wäre, mit ihm könne man über alles reden. Solche Auffassungen von verschiedenen Menschen waren auch ganz normal. Doch dann sagte die Mutter einen Satz, der mir nicht aus den Gedanken ging:

„Ich glaube, die Sami haben eine bösartige Volksseele."

Sie war keineswegs die Frau, die sich so etwas selbst ausdenkt. Das war eine alteingesessene Auffassung, wahrscheinlich aus der Zeit der Missionare, die sich einfach gedankenlos bis heute von Generation zu Generation überliefert hat. Die Menschen wachsen damit auf und denken nicht darüber nach. Auch wenn sie daraus selbst keine Konsequenzen ziehen, tragen sie doch dazu bei, dass die Vorurteile auf die nächste Generation überliefert werden und hemmen damit den Fortschritt der modernen Gesellschaft und das friedliche Zusammenleben. Es kann viele Generationen dauern, bis solches Gedankengut ausgelöscht wird.

Es gibt natürlich, wie unter jeder Bevölkerungsgruppe, auch unter den Sami Menschen, die ihren eigenen Volksgenossen einen schlechten Dienst erweisen. Man sagt, man höre immer nur den, der am lautesten ruft. Es ist eine Menge erreicht worden, aber trotzdem gibt es natürlich ungeklärte Fragen im Zusammenleben der Volksgruppen. Die wird es immer geben und sie werden weiterhin diskutiert. Manche Leute schießen jedoch über das Ziel hinaus. Oft sind es alte Aktivisten, die sich den veränderten Zeiten nicht anpassen können oder wollen. Oder es sind in samische Familien eingeheiratete Skandinavier, die jemandem eins auswischen wollen. Sie können dogmatische Auffassungen von den Rechten indigener Völker haben, die aus den Zeiten des Aufruhrs stammen, und die auch von sonst positiv eingestellten Leuten als überzogen angesehen werden.

Dabei kann es, nur um ein Beispiel zu nennen, darum gehen, dass irgendwo seit über hundert Jahren Besiedlung, Wege oder andere Infrastruktur besteht, wo man nun in alten Dokumenten findet, dass dort einmal eine Wanderroute für Rentiere war. Diese Leute fordern dann, dass Freizeitaktivitäten, die in Siedlungsgebieten normal sind, eingestellt werden, Hütten abgerissen werden und dergleichen, obwohl man dort seit Jahrzehnten nie Rentiere gesehen hat. Und unter den Sami gibt es inzwischen auch gut ausgebildete Juristen, die von der Großgesellschaft das Rechtsverdrehen gelernt haben und es nun für ihre Zwecke ausnutzen. Das ist zwar von außen gesehen verständlich, sozusagen als Vergeltung für die Vergangenheit. Aber da bringt man die Lokalbevölkerung unnötigerweise gegen sich auf, was dann anderswo, wo die Einwände vielleicht berechtigt sind, auf allgemeine Missgunst stößt.

So kann man der eigenen Sache mehr schaden als nützen, unter Umständen ohne dass einem das klar ist. Man vergisst, dass man trotz allem heute sowie in Zukunft zusammenleben muss. Genauso schlimm ist, dass es auch unter den Behörden Tendenzen gibt, auf solche unangemessenen Forderungen sofort einzugehen, um nicht als anti-samisch oder sogar rassistisch hingestellt zu werden. Das alles trägt dazu bei, dass verallgemeinert wird, die Sami in gewissen Kreisen weiterhin in ein schlechtes Licht gestellt werden und die Vorurteile nicht aussterben.

*

Ich blieb nicht lange in der Hütte am Båttjern. Ich hatte drei Stunden Fußmarsch vor mir und wollte noch bei Tageslicht mein Lager errichten. Thomas Larsen wollte an diesem Tag noch hier bleiben und einen Abstecher auf eine andere Anhöhe machen, von wo aus er in eine andere Gegend blicken konnte, in der sich vielleicht Teile der Herde befanden. Ich mochte seine Gesellschaft. Er war der Inbegriff eines Mannes, der sein Tun und Wirken draußen in den Bergen hatte. Für solche Menschen gibt es keinen Unterschied zwischen Arbeit und Freizeit. Alles ist eins. Rentierzucht ist kein Beruf, sondern eine Lebensweise, sagen viele. Man wächst damit auf und sie bestimmt das meiste im Leben.

Man kann nicht einfach umlernen und den Job wechseln wie jemand in unserer Gesellschaft das könnte. Damit verliert man seine Identität und seinen Halt. Diese Tatsache ist vielen Politikern und Bürokraten nicht klar, wenn sie meinen, man könnte die Sami ja umschulen, wenn man ihre Rentierweiden kaputt gemacht hat. Solche Unterfangen führen direkten Weges in die Katastrophe und produzieren eine Generation von entwurzelten Menschen, die zum Schluss ihren Trost im Alkohol suchen und ihre Mitmenschen misshandeln. In Grönland, Nordamerika und Sibirien gibt es genügend Beispiele dafür, und in Skandinavien vereinzelt auch.

„Fängst Du manchmal Fische, wenn Du bei der Arbeit draußen im

Zelt wohnst?" fragte mich Thomas.

„Nein, eigentlich nicht. Bei gutem Wetter ist wenig Zeit, und bei schlechtem macht es ja auch keinen Spaß." Und dann fügte ich noch hinzu, sozusagen als unnötige Entschuldigung dafür, dass ich nicht angelte: „Und außerdem habe ich auch gar keinen Angelschein."

Er schaute mich eine Weile abschätzend an und meinte dann verschmitzt:

„Am Angel*schein* beißen die auch nicht an. Du brauchst einen Angel*haken*."

Ich sollte Thomas Larsen in den kommenden Jahren noch mehrfach treffen.

Das Wetter war unverändert. Ich packte meinen Rucksack und zog weiter. Auf dem Weg zu meinem Bestimmungsort musste ich zwei kleinere Flüsse überqueren, die manchmal etwas viel Wasser führen konnten. Und so war es auch diesmal. Es wäre mir in die hohen Schäfte der Gummistiefel gelaufen. Mein Trick war dann, mir die leichten Regenhosen überzuziehen und die Beine derselben mit Klebeband um die Stiefelschäfte zu kleben. Das Klebeband löste sich zwar nach und nach im Wasser ab, aber es hielt dicht, bis man über den Fluss war.

Am späten Nachmittag kam ich an meinem Bestimmungsort an. Zum Nachmittag hin klarte das Wetter sogar auf. Ein paar Sonnenstrahlen trafen mein Zelt, bevor die Sonne hinter dem vergletscherten Bergmassiv des Kvigtinden im Nordwesten verschwand.

Nachdem ich mein Lager eingerichtet hatte, schaute ich mich ein wenig in der Gegend um. Geologisch gesehen war ich genau am richtigen Ort. Mein Zelt stand genau in der schmalen Zone von stark gescherten Gesteinen zwischen den Resten der beiden Urkontinente. Ich begann die ersten Notizen zu machen und Orte auf der Karte einzutragen. Gut gelaunt legte ich mich am Abend schlafen.

Am nächsten Tag blies der Wind den Regen gegen die Zeltwand. Draußen war kaum etwas zu sehen. Man ahnte gerade nur den Fuß der Berge. Der große See hob sich kaum gegen den grauen Himmel und die Regenschauer in der Luft ab. Es war absolut ungeeignet für Geländearbeit. Mein Notizbuch wäre im Nu durchnässt gewesen. Ich blieb den Tag über im Zelt und hoffte auf bessere Tage, machte nur einmal den Weg zu der nahe gelegenen Hütte, um die vorausgeschickte Nahrung zu holen. Das schlechte Wetter hielt zwei Tage lang an.

In der dritten Nacht wurde es besser. Der Mond kam sogar hervor und ließ den Innenraum meines Zeltes in einem unwirklichen, fahlen Licht erscheinen. Ich machte mir einmal eine Kerze an, um einen Nachtimbiss zuzubereiten. Nicht lange darauf schien dieses unbekannte Licht in den Bergen ein Tier angelockt zu haben. Ein Schrei ließ mich aufschrecken. Er hörte sich majestätisch an wie von einem Wesen, dass sich seiner sicher ist, der Herrscher über die Nacht zu sein. Er schien von weit her zu kommen. Dann noch mal, aber viel näher. Und noch einmal, aber diesmal von der anderen Seite. Ich war ziemlich verwirrt. War das ein Raubvogel, der von einer Seite auf die andere flog? Der Schrei ertönte noch mehrmals, aber nun von viel weiter weg. Ich schaute aus dem Zelt, aber sah trotz Mondschein natürlich nichts. Rätselnd schlief ich nach und nach ein.

Von nun an konnte ich tagsüber arbeiten, wenn auch manchmal nur ein paar Stunden. Das Wetter war nicht gerade gut, aber es gab genügend regenfreie Zeit um Beobachtungen, Fotos und Notizen machen zu können. Langsam wuchs meine geologische Karte. Aus ein paar anfänglichen Farbflecken wurde nach und nach ein zusammenhängendes Bild, das in eleganten, sich asymptotisch annähernden Linien die Scherzonen um das Grundgebirgsfenster herum zeigte.

Eines Tages kam ich entlang eines Bergabsatzes auf dem Heimweg zum Lager, als ich plötzlich den gleichen Schrei hörte, der mir des Nachts im Zelt so dramatisch erschienen war. Aber jetzt war es Tageslicht und er hörte sich wesentlich weniger majestätisch an. Es dauerte auch nicht lange, bis ich seinen Urheber zwischen den Felsen entdeckte. Es war ein kleiner Polarfuchs, der mich mit großen Augen anstarrte. Das war meine erste Bekanntschaft mit diesen putzigen Tieren gewesen, die mir später in der eigentlichen Arktis noch ziemlich oft begegnen sollten.

Über die Grenze

Dass viele Rentierhirten ein ambivalentes Verhältnis gegenüber den Regelungen der modernen Gesellschaft haben, habe ich mehrfach festgestellt. Aber das ist nur ein kleiner Aspekt der folgenden Tagebucheintragung, die sich ein gutes Jahr nach unserer Winternachtwanderung am Lemmenjoki zugetragen hat. Wir waren wieder im Norden Finnlands, diesmal aber im Frühjahr, oder besser gesagt Spätwinter unter den örtlichen Verhältnissen, bei kalten Temperaturen und hellem Sonnenschein.

Kaamusjärvi, 18.3.1979

Letzte Nacht ist die Temperatur auf -29° C gefallen, bisher die kälteste auf dieser Wanderung. Am Tage stieg sie auf -13 und jetzt, am Abend, fällt sie schon wieder unter -20. Vor ein paar Tagen haben wir im Zelt übernachtet, da wurden es -24. Aber jetzt sitzen wir im Warmen in der Hütte am Kaamusjärvi. Der Holzofen bullert. Die Hütte ist nicht groß und schnell mit geringen Mengen an Holz warm zu bekommen. Flackernder Lichtschein vom Ofen an den Wänden, sonst nur Kerzenlicht.

[Jene Hütte existierte nach Informationen auf dem Internet wohl nur bis etwa 1997, als sie abgebrannt ist oder wurde; die neue Grenzhütte ist verschlossen.]

Am ersten Tag machen wir auf Schneeschuhen einen Ausflug in die Umgebung. Ja, wir haben statt Skiern diesmal Schneeschuhe dabei. Im Tiefschnee im unebenen Gelände, ohne vorhandene Spuren und wenn man zudem noch einen schweren Schlitten zieht, sind Schneeschuhe unübertroffen.

Lichter Birkenwald mit vielen kleinen Seen und Teichen – alles ist weiß. Die Seen erkennt man nur daran, dass das Gelände dort kein Relief hat und dass keine Bäume oder Sträucher die Schneedecke durchstoßen. Die wenige Meter hohen, laubfreien Bäume in den Wäldchen erscheinen wie bizarre Skelette. Manchmal stehen sie dicht an dicht. Überall gibt es jedoch sumpfige Landstriche ohne höhere Vegetation, die nun im Schnee vortreffliche Wege zum Vorankommen bilden.

Hier ist Grenzland, zwischen Finnland und Norwegen. An der Grenze zieht sich ein hoher, hölzerner Grenzzaun entlang. Er ist wohl dafür gedacht, dass Rentiere nicht unkontrolliert zwischen den finnischen und norwegischen Weiden wechseln. Da wir in ein paar Tagen von hier aus nordwärts in die norwegische Finnmark weiter wollen, sehen wir uns um und finden nach einer Weile einen Übergang. Den Schlitten müssten wir wohl entladen und die Sachen einzeln hinüberbringen, aber das ist ja kein größeres Problem, denken wir.

Dann südlich der Hütte, auf einer kleinen Anhöhe stehend, nehmen wir am Horizont im Süden eine Bewegung wahr. Kleine schwarze Punkte tauchen auf und kommen langsam näher, entlang der baumfreien Passagen zwischen den Wäldchen. Es werden mehr und mehr. Je näher sie kommen, desto schneller scheinen sie sich zu bewegen.

Rentiere. Hunderte. Vielleicht Tausend. Manchmal in leichtem Trab, wobei sie die Beine im Schnee weit emporheben, manchmal langsam voranstolzierend. In einem halben Kilometer Entfernung vielleicht ziehen sie an uns vorbei. Wir stehen wie gebannt und beobachten das Schauspiel. Es hält sicherlich eine Stunde lang an. Im Norden, in Richtung Grenzzaun, verlieren wir sie hinter anderen Anhöhen und Birkenwäldchen aus den Augen.

Später sitzen wir in der Hütte und bereiten Kaffee zu. Das kreischende Geräusch eines Motorschlittens ertönt plötzlich in der Ferne und kommt langsam näher, bis vor die Hütte, geht in blubberndem Leerlauf über. Dann wieder Stille. Die Tür öffnet sich. Ein Mann mittleren Alters und gedrungener Statur, auffallend glattem Gesicht, in dunklem Overall mit sehr offiziell aussehenden Uniform-Abzeichen an den Oberarmen und auf der Brust, steht in der Türöffnung. Er sieht sich um, nimmt die Mütze mit den großen Ohrenlappen ab, grüßt kurz angebunden „tervetuloa" und stiefelt dann herein, setzt sich zu uns an den Tisch. Wir bieten ihm Kaffee an. Er zögert, aber nimmt ihn dann an.

Das Gespräch läuft sehr holprig. Er kann offensichtlich nur Finnisch und will oder kann mein Norwegisch nicht verstehen. Mir helfen allerdings die wenigen finnischen Worte wie ‚wo', ‚woher' und ‚wohin', die ich mir angeeignet habe, denn das ist genau das, was er wissen will. Wir kommen aus Enontekiö und wollen nach Kautokeino. Ob wir eine Erlaubnis zum Passieren der Grenze haben? Dietmar und ich sehen uns mit fragenden Gesichtern an. Wir dachten, die Grenzen zwischen den nordischen Ländern können frei passiert werde. Offensichtlich galt das nicht für Finnland. Wir hätten uns im Hotel in Enontekiö registrieren können und dort die Erlaubnis erhalten. Ob er nicht unsere Personalien aufnehmen könne und uns hinüber lassen? Nein, das ginge leider nicht. Nun müssten wir den Umweg über die Grenzstation an der Straße machen. Die liegt 12-13 km westlich von hier. Irgendwie haben wir das Gefühl, der Grenzwächter war froh, endlich einmal etwas zu tun zu haben.

Aber es gibt mehr zu tun.

Wieder kommt von draußen das Geräusch von Motorschlitten näher. Diesmal sind es zwei, die vor der Hütte halten. Wieder geht die Tür auf. Aber die Gestalt, die nun darin steht, trägt keine Uniform. Sie ist hager, mittelgroß, urig. Alles von den hohen Rentierfellstiefeln über den lang herunterhängenden Parka, die überdimensionale Fellmütze und die die gesamten Unterarme bedeckenden Fellfäustlinge machen genau den entgegengesetzten Eindruck im Vergleich mit dem gestriegelten Grenzwächter. Das Gesicht ist zerknittert, die Augen spitz, die Stimme scharf. Nachdem er eingetreten ist, kommt sein Begleiter herein, der ein ähnliches Bild abgibt. Nur ist er ein wenig kürzer und rundlicher.

Die beiden behalten die Fellmützen auf dem Kopf, öffnen nur den Kinnriemen, so dass die Ohrenlappen schlaff herunterfallen. Der erste öffnet die Ofentür und wirft einen ganzen Haufen unseres mühselig geschlagenen Holzes hinein. Der Ofen faucht, wir schwitzen. Die Hütte ist so voll, dass der zuletzt Eigetretene sich auf die Pritschenkante setzten muss.

Die beiden sind Rentierhirten, die der Herde folgen, die wir so malerisch an uns vorbeiziehen gesehen haben. Sie führen ein längeres Gespräch mit dem Grenzwächter, bis der Rundliche mit dem Uniformierten die Hütte verlässt. Zwei Motorschlitten starten draußen und fahren mit kreischendem Heulen davon.

Der Hagere ist sitzen geblieben. Ein ähnlich holpriges Gespräch entfaltet sich. Wo, woher, wohin. Nur dann zeigt sich, dass der Rentierhirte etwas Norwegisch kann. Er erzählt, dass sie die Herde langsam auf die Sommerweiden an der Nordmeerküste bringen. Im Winter sind die Tiere im Süden im Wald, wo sie im losen Schnee besser an die Nahrung aus Flechten kommen. Im Sommer ist die Mückenplage dort so groß, dass sie sich besser an der Küste aufhalten. Aber zwischendurch haben sie noch einen längeren Aufenthalt auf der Hochebene, Finnmarksvidda, wo die Rentierkühe kalben. Heute würden sie über die Grenze gehen.

Als ich sage, dass wir auch gerne über die Grenze gehen würden, aber der Grenzwächter uns das verboten hat, lächelt er verschmitzt und rät uns einfach über den Zaun zu gehen, wenn keiner hinguckt.

Ein wenig später kommt der andere Hirte ohne den Grenzwächter zurück und die beiden verabschieden sich. Sie schlagen sicher ihr Lávvu (Zelt der Sami) in der Nähe der Herde auf, denken wir.

Der Abend kommt und ist gespenstig still. Die Sonne geht langsam, in spitzem Winkel im Westen unter. Allmählich wird das Licht dämmerig. Der Osthimmel liegt bald in einem dunklen, drohenden Blaugrau, dann Stahlgrau, während der Westhimmel sich in erst orange, dann fahl-rötliche Farbtöne verwandelt. In irgendeinem Buch hat der Verfasser diese Farbe als die von künstlichem Himbeerbonbon beschrieben. Ich habe mir das gemerkt, weil es so unheimlich treffend ist.

Als es eine Stunde später erst fast dunkel geworden ist, scheint ein schwach wahrnehmbares, fahl-grünes Nordlicht am Nordhimmel.

Kaamusjärvi, 19.3.1979

Heute ist der Himmel weitgehend bedeckt. Wir sind ins Tal gegangen, wo gestern die Rentierherde vorbeigezogen ist. Der Schnee ist hundert Meter breit aufgewühlt. Wir finden die Stelle, wo der Grenzzaun geöffnet werden kann. Die zerwühlte Spur führt dort hindurch und der Zaun ist wieder verschlossen. Kein Mensch ist zu sehen, kein kreischender Motorschlitten zu hören. Alles hat sich in Wohlgefallen aufgelöst. Die Einsamkeit hat uns wieder.

Wir nehmen uns vor, am nächsten Tag dem Rat des Hirten zu folgen. Der Weg zur Grenzstation würde uns zu weit vom geplanten Weg abbringen. Wir haben keine Lust, auf der Straße nach Kautokeino zu wandern. Wir finden einen Übergang über den Zaun, den wir morgen benutzen wollen.

Am Abend klart der Himmel auf. Wieder das gleiche Farbenspiel

– drohendes Blaugrau im Osten, heller werdend im Zenit. Und im Westen, wo die Sonne verschwunden ist, die Farbe von künstlichem Himbeerbonbon.

Auch in dieser Nacht liegt wieder der fahle Schein eines weit entfernten Nordlichts über der Landschaft.

Guovdageaidnu (Kautokeino), 20.3.197

Der Morgen ist grau, vollkommen bewölkt, windstill. Wir machen unser Gepäck klar um weiterzuziehen – packen den Schlitten so, dass er sich leicht entladen und über den Zaun hieven lässt. Dann gehen wir den einen Kilometer zu unserem gewählten Grenzübergang.

Kein Mensch ist zu sehen, kein Motorschlittengeräusch ist zu hören. Wir entladen die Schlitten und klettern mit dem ersten Rucksack die Holzstiege empor.

Wie aus dem Zaubersack heult in der Ferne plötzlich der kreischende Motor auf. Eine Minute später ist der Grenzwächter da. Er muss uns im Feldstecher beobachtet haben. Gut, dass das nicht die russische Grenze ist, denke ich. Er sagt nicht viel, bedeutet uns nur, das Gepäck aufzuladen und uns selbst auf den Anhänger des Motorschlittens zu setzen. Er würde uns zur Grenzstation fahren. In Windeseile, das heißt eine gute halbe Stunde später, sind wir an der Straße. Er hält auf der finnischen Seite der Grenzstation an und verabschiedet sich einsilbig, aber freundlich.

Wir gehen zum Kontrollhäuschen. Der Uniformierte winkt uns durch. Ob er nicht wenigstens unsere Ausweise sehen will? Er verneint lächelnd. Auf der norwegischen Seite kann ich mit dem Mann im Häuschen wenigstens reden. Aber auch er will keinen Ausweis sehen. „Velkommen til Norge". Dann sind wir in Norwegen, 12 km vom Weg ab.

Was sollte das ganze Theater nun?

Die Gegend sieht nicht so wanderfreundlich aus, wie es unsere geplante Route gewesen wäre. Also gehen wir auf der Straße weiter nach Norden, etwa zehn Kilometer bis Áidejávri, einer Häuseransammlung um eine ‚Fjellstue' (bediente Berghütte). Wir nehmen uns vor, die Wanderung abzubrechen, in Áidejávri zu übernachten und die verbleibende Zeit lieber später an die nächste Schneeschuhtour anzuhängen. Dietmar geht voran, während ich mit dem Schlitten etwas langsamer bin. Als er etwa dreißig Meter voraus an der Fjellstue ankommt, steht dort abfahrbereit ein Bus mit der Aufschrift ,Kautokeino', also dem eigentlichen Ziel unserer Wanderung. Dietmar versucht, den Busfahrer zum Warten zu bewegen, während ich mich mit dem Schlitten zu beeilen versuche. Das sieht sicher etwas komisch aus. Als ich ankomme, lacht sich Dietmar gerade fast tot. Die Norweger hätten einen guten Humor, der Busfahrer hätte mich mit einem Traktor verglichen. Wahrscheinlich hat er gefragt „Ka han trekker for noe?" („Was zieht der denn da?") und Dietmar, der nicht Norwegisch kann, glaubte nur das Wort ,Trecker' zu hören.

*

Landesgrenzen sind etwas Heiliges. Diejenigen, die sie beschützen und kontrollieren, verstehen selten Spaß. Auch wenn wie hier alles in freundschaftlichem Rahmen abläuft, so sind Regeln doch zum Einhalten da. Aus Prinzip. Ordnung muss sein. Da könnte ja jeder kommen ...

Irgendwie drängt sich mir bei unserem Grenzerlebnis der Vergleich mit den inneren Grenzen des Menschen auf – meine eigenen inneren Grenzen. Jeder wächst mit irgendwelchen Grenzen auf, ob sie geografischer, kultureller oder mentaler Art sind. Grenzen, in denen man entweder verweilt, weil es so am einfachsten ist, oder weil man zufrieden mit ihnen ist, oder die man überwinden will, weil einen irgendeine Sehnsucht aus dem gewohnten Rahmen fortzieht. Selbstfindung nennt man das wohl. Will man Sehnsüchte erfüllen, muss man seine Grenzen sprengen. Sehen, wie es drüben aussieht, ob das Gras dort wirklich grüner ist. Manchmal ist es das ja, manchmal aber auch nicht.

Wenn ich genau überlege, so waren meine Reisen, die ich allein unternommen habe, diejenigen, die mich am meisten weitergebracht haben, wo ich die Gegend und die Mentalität der Menschen am tiefsten in mich aufgenommen habe, wo ich am meisten über mich selbst nachgedacht habe, wo ich den gesündesten Abstand zu allem daheim gewonnen habe, um hinterher wirklich geistig erholt und mit besserer Selbsteinschätzung an neue Aufgaben zu gehen.

Hier ist irgendwie nicht das richtige Land dazu, sage ich mir, jedenfalls nicht im Winter. Es ist zu extrem. Man ist von zu vielen Umständen abhängig – Kälte, Proviant, Ausrüstung. Man kann sich nicht frei bewegen. Die Landschaft ist zwar exotisch, aber zu einseitig. Ich muss es im Sommer wiedersehen!

Letzten März in Schottland verbrachte ich eine meiner schönsten Reisen. Ich war allein, ungebunden, entscheidungsfrei. Das Wetter war abwechslungsreich, die Landschaft vielseitig, die Mentalität näher an meiner eigenen. Ich hatte viele verschiedene Ziele. Über der Gegend lag für mich ein mystischer Zauber von alter, keltischer Hochlandromantik, die ich nicht beschreiben kann. Er wurde am Leben gehalten durch graue Burggemäuer, die ungewohnten Frühlingsfarben der Landschaft, in denen die Reste des Winters noch erkennbar waren, durch den näheren Kontakt zu den Menschen und durch die Geschichtsträchtigkeit der Gegend – das Kommen und Gehen der Völker, ihre Grausamkeiten, ihre Kultur und ihre Musik.

Ähnliches erlebte ich im Armenischen Hochland im Osten der Türkei. Aber da waren es die Spannungen zwischen den Völkern, Fanatismus, die fehlende Auseinandersetzung mit der eigenen Geschichte, die Tatsache, dass man nicht offen über Dinge, die einen bewegen, reden kann, die einen trüben Schatten über die ungleich bezaubernde Landschaft warfen.

Sápmi berührt mich auf eine seltsame Weise, die mir im Moment noch nicht beschreibbar erscheint. Es ist unnahbar. Es weckt Sehnsucht. Jeder Mensch hat irgendeine versteckte Sehnsucht im Innern. In einem Land wie diesem hier wird diese verstärkt und ins Bewusstsein gebracht. Bei mir sind es Gedanken an Länder und Orte, wo ich zufrieden mit mir selbst war, an Menschen, die ich gern habe ohne ihnen nahe kommen zu können, oder an eine Frau, die ähnliche Sehnsüchte verspürt. Bin ich vielleicht auf der Flucht vor mir selbst? Über welche Grenze flüchte ich? Und wird man mich hinüberlassen oder zu einem Grenzposten bringen?

Als ich eben schreibe, blickt mir ein kleiner Junge über die Schulter und wir lächeln uns an. Ich spüre ein fast glückliches Gefühl in dieser Sekunde, wie zum Trotz auf alles, was ich gerade noch geschrieben habe.

Rentierland

Børgefjell, September 1992

„Dort hinten sind noch welche", sagte Thomas Larsen, indem er den Feldstecher zur Hand nahm. Dann fuhr er, an seinen Sohn Tor Enok gewandt, leise auf samisch fort. Es hörte sich an wie eine Folge von gutturalen Lauten, die Hälfte der Worte verschluckt, vollkommen anders und fremder als die gut artikulierten Fernsehnachrichten auf nordsamisch, die jetzt regelmäßig gesendet wurden.

Tor Enok setzte sich auf den ATV und raste über den holperigen Tundraboden davon, der schwarz-weiße Hund im Galopp hinterher. Im Feldstecher konnten wir beobachten, wie geschickt die beiden die Rentiere in Richtung des neuerrichteten Geheges trieben. In vollem Trab kamen sie näher. Es waren 18 Tiere, die meisten davon Weibchen mit kleineren Gehörnen. Als die Herde dem Gehege näher kam, versuchten sie in unserer Richtung auszuweichen. Aber sofort nahm der Hund einen neuen Seitenkurs, schnellte nach vorn, bellte, und trieb die Tiere in die richtige Richtung zurück. Das gleiche wiederholte sich ein paar Mal. Zum Schluss sahen die Tiere es als das kleinere Übel an, in den trichterförmigen Eingang des Geheges zu laufen. Einer der anwesenden Hirten öffnete das Tor, so dass sie in den inneren Kreis des Geheges laufen und sich zu denen, die schon drinnen waren, gesellen konnten.

Dort waren sicherlich zwei- bis dreihundert Rentiere, die im Kreis trabten. Ein Meer von Geweihen, die gleichförmig wie die Wellen des Meeres wogten. Noch waren sie aufgeregt. Sie würden sich bis zum nächsten Tag beruhigen. Dem Tag, den eine Anzahl von ihnen nicht überleben würde. Die Menschen verlangten ihren Zoll.

*

Seit meinen Sommern im Susendal und im Børgefjell, wo ich Material für meine geologische Doktorarbeit gesammelt hatte, war mein Interesse an den Sami, ihrem Kulturgut und ihren Lebensbedingungen geweckt worden. Meine Wege hatten ja schon mehrmals zuvor die ihren gekreuzt – bei den Wintertouren in Finnland zum Beispiel. Aber dann, im Børgefjell, war ich zum ersten Mal längere Zeit in einem Land, in dem sie bis vor wenigen Generationen noch die alleinigen Herren waren, und in dem sie während der zunehmenden Besiedlung durch die Fremden aus dem Süden nach und nach die Oberhand verloren.

Gammel-Ivar, der Alte Ivar, war der erste Norweger, der sich im Susendal 1834 mit seinen fast erwachsenen Kindern niederließ. Seine Frau starb auf dem Wege dorthin. Seine erste Blockhütte steht noch heute als Kulturdenkmal auf einem großen Felsen am Rande eines modernen Gehöfts. Von dort aus hat man einen guten Überblick über das Flusstal. Menschen, egal ob sie Gutes oder Böses vorhatten, sah man damals lieber schon von weitem kommen.

Am ehesten konnte man Feindseligkeiten von den Rentierhirten erwarten, die Fremde, die sich auf Dauer niederlassen wollten, nicht immer willkommen hießen – zumal diese wohl auch kaum auf die Idee gekommen wären, zu fragen. Das Land bekam man vom Staat, dem es eigentlich auch nicht gehörte. Es sah auf den ersten Blick unbewohnt aus. Und überhaupt waren ‚zivilisierte' Europäer ja im 19. Jahrhundert noch der Auffassung, sie könnten sich alles Land aneignen, auf das sie Lust hatten, solange es nicht von anderen Staaten beansprucht wurde. Völker, die sich nicht in Staatsgebilden organisiert hatten, besaßen in ihren Augen keine Rechte. Eroberung wurde nicht als Diebstahl aufgefasst, sondern als das Recht des Stärkeren. Das Recht, mit dem ganze Kontinente gestohlen wurden.

Die Sami jedoch, obwohl sie sicher nicht unbedingt alle Landflecken der Neusiedler benötigten, hatten die Erfahrung gemacht, dass von den nach und nach zahlreicher werdenden Norwegern und Schweden eine Doppelmoral ausging – einerseits wurden sie missioniert und bekamen Gottes Reich auf Erden versprochen, während sie andererseits von rücksichtslosen Steuereintreibern und betrügerischen Handelsmännern heimgesucht wurden. Auch wenn die meisten der Neusiedler weder das eine noch das andere im Sinne hatten, so würden doch die Amtmänner hinterherkommen, und deren ungebetener Einfluss auf die samische Gesellschaft würde wachsen. Irgendwann würden sie den Regeln der Fremden unterliegen, ohne etwas dagegen tun zu können. Diese Regeln würden auf einem vollkommen anderen Rechtsverständnis beruhen.

Im Süden Norwegens waren schlechte Zeiten angebrochen. Nach Gammel-Ivar kam Gammel-Børre ins Susendal, und dann weitere.

Zunächst schlugen sie nur Lichtungen um ihre Hütten errichten zu können und lebten von Jagd und Fischfang. Nach und nach rodeten sie größere Felder zum Anbau von Viehfutter und erwarben Vieh – Schafe, Ziegen, Rinder. Susendalen wurde im Laufe der Zeit zu einem reichen Landwirtschaftsgebiet. Heute noch liegen hier viele große Gehöfte.

Seit meinen geologischen Arbeiten in der Umgebung waren Jahre vergangen. Ich hatte 1987 meine Doktorarbeit an der Osloer Universität abgeschlossen und eine Anstellung am Norwegischen Polarinstitut in Oslo bekommen. Damit war mein Arbeitsgebiet nach Svalbard (im deutschsprachigen Raum meist ‚Spitzbergen' genannt) verlegt worden. Ab und zu überfiel mich die Nostalgie und ich besuchte meine alten Jagdgründe und die Menschen, die ich hier kennengelernt hatte. Ab und zu besuchte ich also auch Thomas Larsen, der sich zu freuen schien. Er war inzwischen mit seiner Familie in ein neues Haus umgezogen, gleich dort in der Nähe der Brücke über die Mjølkelva, wo ich damals mein Auto abgestellt hatte, als ich zum Store Kjukkelvatn ging.

Aber 1992 hatte ich eine größere Reise vor. Es war mein erster Sommer ohne geologische Geländearbeit seit zehn Jahren. Ich hatte vor, das ganze Land der Sami, abgesehen vom russischen Teil, zu besuchen. Ihre Dörfer, Kulturzentren und -denkmäler, Museen – einfach das Land zusammenhängend kennenzulernen, das ich bislang nur sporadisch und stellenweise gesehen hatte.

Ich fuhr mit meinem Auto von Oslo los. Susendalen, das ich nach anderthalb Tagen erreichte, sollte der Ausgangspunkt sein und – wie es der Zufall wollte – auch der Abschluss. Denn als ich mit Thomas Larsen einen Kaffee trank und er hörte, dass ich Mitte September auf dem Rückweg vielleicht wieder hier vorbeikommen würde, meinte er:

„Nun, Mitte September schlachten wir. Das wäre doch sicher was für dich. Willst du dabei sein? Wenn du willst, kommst du einfach vorbei. Aber bis zum 12. September solltest du schon hier sein, wenn du's nicht verpassen willst."

Die Aussicht, den Sami bei ihrer wichtigsten jährlichen Begebenheit beiwohnen zu können, sozusagen als krönender Abschluss meiner Reise, gab meiner ohnehin schon nicht schlechten Stimmung einen zusätzlichen Impuls.

Aber bis dahin waren noch einige Wochen Zeit. Ich fuhr nordwärts und machte Abstecher in die meisten Zentren, in denen die Sami kulturelle Stätten von historischer Bedeutung hatten, oder wo es gute Museen gab. Samische Museen sind oft Freilichtmuseen, wo Behausungen wie *Goahti* (meist moosbedeckte Erdhütten mit inwendigem Holzgerüst) oder *Lávvu* (Zelt), Rentierschlitten mit Zaumzeug, Tierfallen, Fischfanggeräte usw. in ihrer natürlichen Umgebung ausgestellt sind. Einige Museen sind aber auch geschlossene Gebäude mit Ausstellungen, die über Geschichte, Lebensweise und Gedankengut informieren. Besonders das damals ziemlich neue Museum in Jokkmokk im nördlichen Schweden machte einen nachhaltigen Eindruck auf mich.

Kulturstätten, Versammlungsorte und dergleichen werden in neuerer Zeit mit einer modernen Architektur versehen, die Elemente der traditionellen Erdhütten oder Zelte hat. Natürliche Materialien stehen im Vordergrund, während die modernen, tragenden Elemente aus Stahl und Beton nach außen nicht sichtbar sind. Aber der Ausbau solcher Stätten stand 1992 noch ziemlich am Anfang.

Ich machte auch einen Abstecher an den Alta-Staudamm, jenes wirtschaftlich gesehen unnütze Projekt, das 1987 fertiggestellt worden war, und dessen hauptsächliche, wenn auch ungewollte Funktion es paradoxer Weise gewesen war, die samischen Rechtsfragen auf die Tagesordnung zu bringen. Der Stausee war schmal, füllte eigentlich nur Čávžu (sprich: *Tschawdschu*), die Schlucht des Alta-Flusses, und das dahinterliegende Flusstal. Von den ursprünglichen Plänen, einen Großteil der Hochebenen der Finnmark unter Wasser zu setzten, war glücklicherweise nicht viel übrig geblieben.

Dafür waren aber die politischen Wellen, die er ausgelöst hatte, wesentlich weitreichender. 1980 war ein Ausschuss ins Leben gerufen worden, der die samischen Rechte auf Land und Gewässer ausarbeiten sollte. Dieser Ausschuss sollte erst später, 1997, mit dem Vorschlag für eine neue Verwaltungsform für die Provinz Finnmark kommen, die dann nach und nach realisiert wurde, und nochmals zehn Jahre später für die übrigen samischen Bevölkerungsgebiete in Norwegen.

1988 schon aber hatten die Sami ihren eigenen Paragraphen ins

Grundgesetz geschrieben bekommen, der den Staat verpflichtete, die Verhältnisse für die sprachliche, kulturelle und gesellschaftliche Entwicklung der Sami zurechtzulegen. Und im Herbst 1989 wurde im Sami-Zentrum Kárášjohka (norw. Karasjok) das Sámediggi (norw. Sameting, das Sami-Parlament) vom König selbst eröffnet, das den Regierungsorganen in allen Fragen, die die Sami berührten, durch Mitspracherecht zur Seite stand. 1993 sollten dann Schweden und 1996 Finnland ähnliche, demokratisch gewählte Räte ins Leben rufen. Obwohl viele der Berührten zunächst nur Suppenräte mit Alibifunktionen erwarteten, erwiesen sie sich doch nach und nach als ziemlich einflussreich, besonders das norwegische. Für manche Mitbürger, die nicht begriffen, dass Minderheiten einen stärkeren Schutz benötigten als Mehrheiten, sogar als zu einflussreich. So wurden viele wirtschaftliche Projekte, die negativen Einfluss auf die traditionellen Erwerbszweige der Sami gehabt hätten, verhindert, während andere mit positivem Einfluss Unterstützung bekamen.

Samisch wurde in den samischen Schlüsselgebieten zur gleichberechtigten, offiziellen Sprache. Jedoch dauerte es lange, bis alle erforderlichen Texte und Dokumente auf samisch vorlagen und öffentliche Behörden über genügend Sprachkenntnisse verfügten. Das eigentliche Ziel wurde im Grunde nie erreicht. Aber man kam eine gutes Stück voran, und das war nötig, um die samische Sprache in der Konkurrenz mit der norwegisch sprechenden Großgesellschaft überleben zu lassen.

Obwohl das Sami-Parlament in Kárášjohka angesiedelt wurde, ist das samische Zentrum, an das man zuerst denkt, der Ort Guovdageaidnu (norw., oder ursprünglich eigentlich finn., Kautokeino). Er liegt auf der Hochebene der Finnmark am Alta-Fluss und hat eine vollkommen andere Struktur als die meisten anderen Ortschaften. Mit etwa 3500 Einwohnern, davon etwa 95 % Sami, deckt er eine Fläche, auf der eine deutsche Kleinstadt von zehnmal so vielen Menschen Platz hätte. Wohnhäuser und Höfe, Kirche, Geschäfte, Verwaltungsstellen, Tankstelle und Hotel, liegen wie rein zufällig in der Gegend verstreut. An den Wänden der kleinen Einfamilienhäuser hängen Rentiergeweihe und Häute, überall stehen Motorschlitten und Benzinkanister herum, und überhaupt eine Menge nützliches und unnützliches Gerümpel.

In Guovdageaidnu kaufte ich mir einen *Guksi*, eine aus Auswüchsen von Birkenstämmen geschnitzte und besonders behandelte Holztasse. Ich fand in einem Souvenirladen ein besonders großes und schönes Exemplar, für das das Mädchen, das dort bediente, gar keinen Preis wusste. Da ich von meiner Wahl nicht abwich, sagte sie zum Schluss einen Preis, den ich sogar für recht günstig hielt. Ich hoffte, dass sie später deswegen keinen Ärger bekommen würde. Diesen *Guksi* habe ich noch heute. Er hat mich auf allen meinen Wanderungen und Expeditionen begleitet, hat neben Kaffee, Tee und Wasser, wofür er eigentlich gedacht ist, auch Bouillon, Eintöpfe, Kakao, Müsli mit Milch und russischen Wodka aushalten müssen. Und er wird von Jahr zu Jahr uriger.

Während Kárášjohka das politische Zentrum des norwegischen Teils des Sami-Landes ist, ist Guovdageaidnu das Bildungs- und Forschungszentrum. Hier befand sich auch das Nordische Samische Institut, eine bereits 1973 gegründete gemeinschaftliche Einrichtung der drei nordischen Länder, die in erster Linie samische Geschichts-, Sprach- und Rechtsforschung betrieb. Später wurde es der 1989 ebenfalls in Guovdageaidnu gegründeten Samischen Hochschule angegliedert, an der ich viel später, nachdem ich mit den indigenen Völkern der russischen Arktis gearbeitet hatte, über diese Vorlesungen halten sollte.

Ich fuhr 1992 nicht auf die russische Seite des Sami-Landes. Die Sowjetunion war gerade in Auflösung gegangen und die Verhältnisse waren chaotisch und unsicher. Bestimmungen änderten sich schneller als es die Grenzbeamten mitbekamen. Boris Jelzin versuchte, den gewaltigen, verfilzten Einparteien-Staat über Nacht in eine Demokratie mit Marktwirtschaft nach westlichem Muster zu verwandeln – ein waghalsiges und im Grunde unmögliches Unterfangen, das von vornherein zum Scheitern verurteilt war. Diejenigen, die zuvor das Volk als kommunistische Parteifunktionäre ausgebeutet hatten, beuteten das Volk nun als Oligarchen und Kapitalisten aus.

Aber im Schatten der Umwälzungen war auch der Informationsfluss revolutioniert worden. Plötzlich gab es Informationskanäle, über die Nachrichten aus Sibirien und dem hohen Norden Russlands in den Westen gelangten. Und damit wurden auch Informationen über die Bedingungen, unter denen die kleinen indigenen Völker des

Nordens lebten, zugänglich. Nicht nur die Sami auf der benachbarten Kola-Halbinsel, sondern eine Anzahl von etwa 40 Völkerschaften, die unter der Sammelbezeichnung ‚Indigene Völker des Nordens, Sibiriens und des Fernen Ostens der Russischen Föderation' liefen. Mein Interesse an den Sami wurde auf ihre östlichen Nachbarn übertragen. Und hier gab es ein großes Potential, Informationsarbeit zu betreiben, was ich in den zwei folgenden Jahrzehnten ausgiebig nutzen sollte.

Aber 1992 hielt ich mich noch im Westen und fuhr durch all die Orte und Gegenden, über die ich gelesen hatte, um sie mit eigenen Augen zu sehen. Die meisten sind beim bloßen Durchfahren ziemlich nichtssagend. Verschlafene Gehöfte und Wohnhäuser, mit einer Tankstelle und einem Supermarkt im sogenannten Zentrum. Irgendwo steht eine Kirche, die man auf Grund der niedrigen Vegetation meist von weither sieht. Ansonsten muss man entweder Leute kennenlernen oder sich Wissen anlesen. Dann werden viele dieser Orte plötzlich ungemein spannend. Denn alle haben sie ihre Geschichte, ihre Zeitprobleme und ihre unsichere Zukunft.

So zum Beispiel Čeavetjávri (sprich: *Tscheawet-jawri*; finn. Sevettijärvi), in Finnland nördlich des großen Sees Inarijärvi gelegen. Čeavetjávri mit seinen etwa 350 Einwohnern, das noch kleinere Nellim südlich des Inarijärvi und Njávdán (norw. Neiden) auf der norwegischen Seite der Grenze sind heute die einzigen Orte der Skoltsami, eine eigene Sprachgruppe der samischen Bevölkerung.

Die Skoltsami kamen ursprünglich aus dem Gebiet Petschenga (finn. Petsamo), dem heute in Russland gelegenen Landstreifen, der das nordöstliche Finnland mit dem Nordmeer verbindet. Dort liegen heute die berüchtigten Nikel-Werke, die seit Jahrzehnten durch ihre rückständige Abgastechnologie große Landstriche mit saurem Niederschlag zerstören. Dieses Gebiet fiel bei der ersten Grenzfestlegung im Jahre 1826 zunächst an Russland, nach dem ersten Weltkrieg an Finnland, wurde im finnisch-sowjetischen Winterkrieg 1940 hart umkämpft, und schließlich 1944 von der Roten Armee besetzt. Finnland, im Zweiten Weltkrieg auf deutscher Seite, musste Petschenga bei Kriegsende wiederum an die Sowjetunion abgeben. Zuvor aber war die skoltsamische Bevölkerung der Gegend nach Finnland geflohen. Čeavetjávri war schon seit jeher samisches Siedlungsgebiet, aber der eigentliche Ort wurde erst 1949 gegründet. Die finnischen Behörden halfen den Flüchtlingen, sich hier auf Dauer anzusiedeln.

Der Ort liegt so friedlich im niedrigen Kiefern- und Birkenwald des finnischen Nordens, dass es schwer ist, sich die Grausamkeiten des Winterkrieges vorzustellen, eines Stellungskrieges, bei denen sich die Frontlinien über die Leichen der Getöteten hin und zurück verschoben. Kein Wunder, dass die Leute manchmal zum Humor greifen, um die Wunden der Vergangenheit zu überdecken.

So ist dann auch der Witz zu erklären, den man sich erzählt: Nach dem Winterkrieg kam ein überlebender finnischer Soldat zurück nach Hause. Man fragte ihn später, was das erste gewesen sei, das er tat, als er die furchtbaren Strapazen des Krieges überwunden hatte. „Ich hab's mit meiner Frau gemacht", war die lakonische Antwort. „Na gut, das verstehe ich, aber was dann?" – „Ich hab's noch mal mit ihr gemacht." Der Fragensteller gab nicht klein bei: „Aber als Du endlich mit ihr durch warst?" – „Dann hab' ich mir die Skier abgeschnallt."

*

Alles, was ich auf meiner langen Reise durch den hohen Norden gesehen und gelernt hatte, ging mir noch durch den Kopf, während ich am nächsten Tag vor dem Rentiergehege stand. Die Tiere hatten sich wie erwartet über Nacht beruhigt. Aber als Thomas Larsen und die anderen Hirten am Morgen mit ihren Lassos kamen, wurden sie wieder nervös und begannen im Kreis herum zu traben. Einer der Hirten stand inmitten der Tiere und hielt wohl Ausschau nach den seinen. Obwohl sie Schulter an Schulter trabten, liefen sie an ihm vorbei, ohne ihn zu berühren, nicht einmal mit ihren Geweihen.

„Willst Du's mal versuchen?" fragte Thomas mich.

Ich hatte ihm ein paar Tage zuvor mit einem technischen Problem geholfen. Die Rohrverbindung von einem neuen Wassertank für die Feldschlächterei passte nicht mit den vorhandenen Schläuchen zusammen und mit ein wenig Trickserei bekam ich das hin. Die Entdeckung, dass ich auch zu praktischen Dingen nützlich war, hatte mich in seiner Achtung steigen lassen.

„Geh einfach hinein, es passiert nichts."

Ich schwang mich über den Zaun und war im Nu inmitten der Tiere, die wie der Strom eines Meeres um mich herum fluteten. Sie gerieten dabei kaum aneinander. Kurz vor mir teilte sich der Strom nach links und rechts auf und umfloss mich wie eine Insel. Kein Huf, keine Geweihspitze berührte mich. Machte ich einen Schritt zur Seite, ging der Impuls durch die ganze Menge, und die Unregelmäßigkeit wurde sofort ausgeglichen. Der Strom passte sich an. Und alles ging unter Begleitung von leisen, tiefen Grunzlauten einher. Die Herde bewegte sich wie von einer unsichtbaren Hand gesteuert. Wussten oder ahnten sie, was einige von ihnen erwartete? Viele von ihnen waren sicher im Jahre zuvor in der gleichen Situation gewesen und hatten sie unbeschadet überlebt. Trotzdem war es ihnen nicht geheuer. Sie hatten den Trieb zu fliehen, aber konnten nur im Kreis laufen.

Während man draußen vor dem Gehege, von einem Sichtschutz verdeckt, die Feldschlächterei aufbaute, gingen die Hirten im Gehege zu Werke. Einige standen mitten im Kreis, wo der wogende Strom eine Öffnung hatte, und fingen mit ihren Lassos noch ungekennzeichnete Kälber heraus. Sie zielten auf die Vorderbeine ab, brachten das Jungtier zu Fall und saßen auf ihm, während sie ihre Besitzermarke in die gefühllosen Ohrenlappen schnitten.

Dann wurden erwachsene Tiere gefangen, um sie stichprobenweise auf Radioaktivität zu testen. Hatten sie Geweihe, wurden sie mit dem Lasso an denen gefangen. Zwei Männer hielten den Kopf am Geweih zurück nach hinten und führten das Tier an die Prüfstelle, wo ihnen ein Veterinär die Sonde eines Geigerzählers in den Anus steckte. Diese Prozedur war von der Gesundheitsbehörde seit dem nuklearen Unfall von Tschernobyl vorgeschrieben worden, weil eine Menge des radioaktiv verseuchten Niederschlags besonders in Mittelnorwegen heruntergekommen war. Man hatte danach die Rentiere lange mit Gras gefüttert, das im Gegensatz zu den Flechten auf der Weide kein Cäsium einlagerte, um die Radioaktivität im Fleisch abzubauen. Nach und nach schaffte man das, aber immer noch war die Besorgnis groß. Die Katastrophe war erst sechs Jahre her, und die radioaktiven Cäsium-Isotope haben immerhin eine Halbwertzeit von etwa 30 Jahren.

Viele Rentierhirten schickten auch über die vorgeschriebenen Tests hinaus Fleischproben zur Kontrolle. Immerhin war Rentierfleisch eine Hauptnahrung dieser Leute und verseuchtes Fleisch würde vor allem sie selbst krank machen.

Es geht die Geschichte umher, dass ein Hirte aus der Finnmark eine Probe einsendete und den Bescheid bekam, dass diese so hohe Cäsium-Werte hatte, dass er von diesen Tieren auf keinen Fall essen sollte. Da informierte er, das dieses Fleisch schon seit vor dem Atomunfall in seiner Gefriertruhe gelegen hatte. Dieser Vorfall deckte auf, dass die sowjetischen Atomtests der vergangenen Jahrzehnte auf Nowaja Semlja ebenso viel radioaktive Verunreinigung in der Finnmark verursacht hatten, wie der Tschernobyl-Unfall in Mittel-Norwegen, nur dass man sich dessen nicht bewusst gewesen war. Man begann, die relativ hohe Erkrankungsrate an Krebs in Nord-Skandinavien darauf zurückzuführen.

Natürlich mussten die Leute auch mir ein Lasso in die Hand drücken und mich versuchen lassen, ein Tier zu fangen. Ob es war, um mir ein Erlebnis zu verschaffen, oder sich selbst die Gelegenheit sich zu amüsieren, sei dahingestellt. Jedenfalls fing ich nach einigen auf Geweihe abgezielten Versuchen eine Renkuh am Hinterbein. Oder besser gesagt, sie verhedderte sich mit ihrem Hinterbein in dem Lasso, das ihr Geweih verfehlt hatte. Die Leute hatten ihre liebe Not, das Geweih des nun um sich schlagenden Tieres zu erwischen, um unbeschadet das Hinterbein befreien zu können. Ich beließ es bei diesem einen Versuch.

Die Messung der Radioaktivität lief zufriedenstellend. Sie lag unter der Grenze, die von den Behörden festgelegt war.

Nun waren die Tiere an der Reihe, die man zum Schlachten auswählte. Moderne Technik machte auch diesen Prozess schon 1992 wesentlich weniger dramatisch als zu alten Zeiten. Und diejenigen, die ihn durchführen, konnten ihren Job. Benutzt wurden Bolzenpistolen. Der Rest der Arbeit ging fließbandmäßig. Von der Schlachtung bis die ausgenommenen Kadaver im Gefrierwagen lagen verging kaum eine Viertelstunde.

Am Abend saßen wir zuhause bei Thomas im engeren Kreis seiner Familie. Emmi, seine Frau, hatte Bidos gekocht. Bidos ist ein traditionelles, samisches Festgericht und stellt im Grunde eine Suppe mit frischem, gekochtem Rentierfleisch, etwas Gemüse und Kartoffeln dar. Und das Fleisch an diesem Tag war wirklich frisch!

Zum Abschied am späteren Abend gab mir Thomas eine Tüte mit ein paar gefrorenen Keulenstücken in die Hand. „Die sind allerdings aus der Gefriertruhe und vom letzten Jahr", meinte er.

DRITTER TEIL

PERESTROJKA

"Ich wünschte, ich wäre tot, um dieser Hölle auf Erden zu entkommen. Wofür habe ich Kinder geboren – für diese Tortur und Demütigung? Wären doch bloß Russen überall, dann wäre es wahrscheinlich ein Paradies. Da hätten sie niemanden, den sie zerstören und ruinieren könnten. Sie wollen alles, sie wollen den Boden mit unseren Gräbern und denen unserer Vorfahren plattwalzen, und dann ist es geschafft. Niemand wird sich jemals daran erinnern, dass es einst Chanten, Mansen und andere nutzlose Völker gab."

Zitat einer Chantin

REST
KPD
NOV·9-89
BIRGIT KINDER
CHULAS
2013
BILBAO
ndmalerei-berlin.de

Der Eiserne Vorhang hebt sich

Berlin, 9. November 2014 (1989 + 25)

25. Jahrestag des Berliner Mauerfalls – schon ein bewegendes Datum für einen Ex-Berliner wie mich. Damals, vor 25 Jahren, konnte ich leider nicht dabei sein. Ich hatte gerade Flugtickets für meine erste Dienstreise in die Sowjetunion in der Tasche und musste zwei Tage später von Oslo abfliegen. Ich verfolgte damals alles am Fernseher. Ein paar Monate zuvor hatte man überhaupt keine Ahnung, was passieren würde. Dann machten plötzlich Ungarn und später die Tschechoslowakei (ein Staat, den es schon bald danach nicht mehr geben sollte) die Grenzen zum Ausreisen über den Eisernen Vorhang auf. Kolonnenweise fuhren Trabis aus der DDR in Richtung der offenen Grenzübergänge. Die DDR-Regierung stellte sich weiterhin stur. Wir bekamen gar nicht so richtig mit, was auf höherer Ebene alles ablief. Erst später in rekonstruierten Dokumentarfilmen wurde einem der ganze Politzirkus so richtig bewusst. Anfang November am Fernseher in Oslo jedenfalls verstand man nicht viel, sondern konnte nur staunen. Plötzlich waren auch die ersten Grenzübergänge an der Berliner Mauer offen. Trabis fuhren den Kudamm entlang Parade. Menschen schrien euphorisch, weinten, lachten, fielen sich in die Arme. Nicht viel später schlugen andere mit Vorschlaghämmern auf die Mauer ein. Dann kamen Bulldozer. Diese Mauer, in deren Schatten ich aufgewachsen war, vor kurzem noch wie ein eisiges Wahrzeichen des Kalten Krieges und wie ein unvergänglich erscheinendes Unheil die Stadt beherrschend, ist fast über Nacht Geschichte geworden.

Und heute, ein Vierteljahrhundert später, Ausstellungen in der ganzen Stadt – an der Mauergedenkstätte, am Potsdamer Platz, am Checkpoint Charlie und an vielen anderen Orten. Bilder der 138 Toten an der Mauer sind ausgestellt. Menschen haben Blumen davor niedergelegt. Bilder vom Checkpoint Charlie, der Bernauer Straße, der Glienicker Brücke, zum Vergleich durch die Jahre 1961 bis 1989. 28 Jahre ‚nur' hatte sie gestanden, nur das Drittel eines modernen Menschenlebens, aber für Leute wie mich, die damit aufgewachsen sind, hatte sie einen Teil der Kindheit, der Heimat, bedeutet. Unerwünscht, aber sie war ein Teil des Lebens gewesen. Wahrscheinlich hatte sie auch mittelbar etwas damit zu tun, dass ich Berlin nach dem Studium verlassen hatte, obwohl sie kaum der Hauptgrund dafür war.

Und nun stehe ich unter Zehntausenden von Menschen am Brandenburger Tor vor einer ‚Mauer' aus leuchtenden Gasballons. Freilichtbühnen sind aufgebaut, Bildschirmwände und eine Orchesterhalle. Fröstliches Wetter, aber menschliche Wärme. Musiker aus beiden Seiten der ehemals geteilten Stadt, unter anderen Wolf Biermann, damals scharfer Kritiker des DDR-Regimes, der dort im Gefängnis saß und dann aus der DDR ausgebürgert wurde. Offizielle, feierliche Reden – auch Michail Gorbatschow ist zu sehen. Am einem der Vortage hat er sogar eine Rede gehalten, die ich aber leider verpasst habe. Die Ballons entlang der ehemaligen Mauer steigen unter Applaus in die Luft, so wie sich damals die wirkliche Mauer in Luft auflöste. Beethovens 9. Symphonie aus der Orchesterhalle erfüllt die Luft. Feuerwerk – das Brandenburger Tor leuchtet erneut auf. Nachdem der offizielle Teil abgelaufen ist, tritt Udo Lindenberg auf. Berlin feiert! Wie immer bis weit in die Nacht hinein.

Ein Zitat vom Graffiti an der Eastside Gallery, einem als Denkmal verbliebenen Mauerrest am Ostbahnhof, wird von Jan Josef Liefers, dem Moderator der Feier am Brandenburger Tor, aufgegriffen: „Viele kleine Leute, die an vielen kleinen Orten viele kleine Dinge tun, können das Gesicht der Welt verändern. *Afrikanische Weisheit.*" Er benutzt diese Zeilen, um dem Publikum zu vermitteln, dass viele kleine Aktionen der Bürger der DDR, und auch anderer Länder, letztendlich den Fall der Mauer herbeigeführt haben.

Isoliert gesehen mag das so sein. Das Publikum akzeptiert das, weil es sich geschmeichelt fühlt. Aber ist es wirklich der Fall gewesen? Viele kleine Leute hatten es früher schon versucht – in Berlin 1953, in Budapest 1956, in Prag 1968. Sie wurden durch sowjetische Panzer zum Schweigen gebracht. 1989 aber war die Zeit endlich reif. Der sowjetische Parteisekretär Michail Gorbatschow hatte zuvor deutlich gemacht, dass die osteuropäischen Länder nun auf sich allein gestellt waren. Die Sowjetunion würde nicht einschreiten. „Das Leben bestraft diejenigen, die zu spät kommen", hatte er dem Parteivorsitzenden der DDR, Erich Honecker, gesagt. Honecker gab vor nicht zu verstehen, oder vielleicht war er auch schon zu senil um es zu verstehen. Kurz danach passierte es dann.

*

Aber auch Gorbatschow war nicht der Weihnachtsmann, der den Staaten des Warschauer Paktes zu Weihnachten die Freiheit schenkte. Er war ein intelligenter Mann, der das Unvermeidliche voraussah: Das bisherige Konzept der sowjetischen, sozialistischen Wirtschaft hatte fehlgeschlagen. Bedeutende Reformen mussten her wir Transparenz (*Glasnost*) und Umstrukturierung (*Perestrojka*) der bestehenden Strukturen. Ungewollt hatten sie den Pfropfen vom kochenden Kessel geblasen. Die Kräfte waren nicht mehr aufzuhalten. Gorbatschows politische Einsicht zeigte sich darin, dass er nicht versuchte, mit Gewalt dagegen anzugehen. Dadurch wurde es zumindest teilweise sein Verdienst, dass nicht alles in einem grausamen Blutbad endete. Viele Russen hingegen geben ihm ungerechterweise die Schuld für den nachfolgenden wirtschaftlichen Zusammenbruch, der jedoch eher eine Folge von Jelzins Politik war, die überhaupt nicht im Sinne Gorbatschows gelegen hatte.

Der kleine Prinz in Antoine de Saint-Exupérys gleichnamiger Novelle (1943) hörte den weisen König sagen: „Ich werde der Sonne befehlen unterzugehen – aber in meiner Herrscherweisheit werde ich damit warten, bis die Bedingungen dafür günstig sind." Honnecker glaubte noch, er könne die Sonne am Mittag untergehen lassen. Gorbatschow hingegen wusste, dass man das nur am Abend konnte. Vielleicht sollte die afrikanische Weisheit an der Eastside Gallery den Zusatz haben: „... wenn die Bedingungen dafür günstig sind"?

Dinge geschehen nun mal, wenn die Bedingungen dafür günstig sind. Die gegenseitigen Verbindungen und Abhängigkeiten aller Dinge zu verstehen suchen, aller Parameter, aller Voraussetzungen, die zusammen bestimmen, wann die Bedingungen dafür günstig sind, das etwas Bestimmtes geschieht, das nennt man Wissenschaft. Seien es Sozial- oder Naturwissenschaften – jede nach ihren eigenen Regeln. Aber die Wissenschaften können diese Bedingungen nur gut vorhersagen, solange es sich um kleine Gebiete, kleine Gesellschaften und kurze Zeiträume handelt. Betrachtet man jedoch große Räume und Zeitspannen, werden die Probleme, auf die man stößt, plötzlich unüberwindlich. Die Komplexität der zusammenkommenden Parameter ist einfach zu groß. Man kann das Wetter für die nächsten

Stunden voraussagen, bedingt noch für die nächsten Tage, aber nicht für die nächsten Wochen oder geschweige denn Monate oder Jahre. Gro Harlem Brundtland, norwegische Premierministerin, nachdem sie die Agenda 21 von der Umweltkonferenz in Rio (1992) nach Hause gebracht hatte, machte ihre oft zitierte Bemerkung: „Alles ist von allem abhängig." Das hört sich nicht sehr ermutigend an. Es eröffnet die Möglichkeit für einen Vielzahl von Hypothesen und Theorien. Und es ermöglicht allen Akteuren, die Argumente so hinzubiegen, dass sie zu ihrem Vorteil sprechen – sei es Geld, Ruhm oder Macht oder alles zusammen – solange das allgemeine Volk nur in den vorgegebenen Bahnen denkt und an gewisse Dinge glaubt, die man ihm vorgaukelt.

Für die ostdeutsche Bevölkerung änderte sich die politische Wahrheit sozusagen über Nacht. Das kam natürlich als ein Schock für alle, die an das System geglaubt hatten, aber als eine unendliche Erleichterung für die, die es satt hatten. Die Deutsche Demokratische Republik, die sich selbst als ein revolutionärer, moderner, demokratischer und sozialistischer Staat bezeichnet hatte, auf das Wohlergehen seiner Bevölkerung bedacht, der sich mit allen Mitteln gegen die faschistischen Versuche des Westens, ihn zu zerstören, zu wehren gehabt hatte, wurde plötzlich ein undemokratischer Spitzel- und Unrechtsstaat, der seinen Bürgern fundamentale Grundrechte verweigerte und dessen Führer sich auf Kosten des Volkes bereichert hatten.

Natürlich glauben wir im Westen weitgehend an die zweite Version. Aber was ist eigentlich die Wahrheit? Enthalten beide Versionen Elemente von Wahrheit? Ist all das Negative im Westen denn nicht vorhanden? Gibt es nicht andere negative Dinge hier? Gibt es eine absolute, politische Wahrheit? Hängt es davon ab, wie man Menschenrechte definiert, legitime von nicht legitimen Handlungsweisen abgrenzt? Hängt es von den Augen ab, die sehen? Musste alles, was es in der DDR gab, kaputt gemacht werden? Wäre nicht eine echte Vereinigung über längeres Anpassen besser gewesen als eine brutale Übernahme? Die Westwirtschaft wollte den Absatzmarkt im Osten und hatte damit alles, was in der DDR funktionierte, vorerst einmal in Stücke geschlagen. Genauso, wie sie später, nach dem Zusammenbruch der Sowjetunion, Russland bezwingen wollte und das Land dadurch auf lange Sicht wieder in die antiwestliche Isolation trieb, wofür sie nun Präsident Putin verantwortlich macht. Ein gefährliches Spiel!

Helmut Kohl, Bundeskanzler der Bundesrepublik Deutschland während des ganzen Prozesses, wollte derjenige sein, dem die Wiedervereinigung Deutschlands gelungen war. In Wirklichkeit war er wohl nur zufällig da, als sie passierte. Er wäre vielleicht derjenige gewesen, der das Ganze hätte würdiger über die Bühne laufen lassen können. Aber dazu fehlte ihm die Weitsicht, oder aber er erlag zu sehr dem Einfluss der westlichen Wirtschaftsbonzen.

Nur sehr wenige Deutsche sind heute im Prinzip nicht froh darüber, was 1989 geschah – wenn man von den Fehlern der Folgezeit absieht. Vor allem natürlich auch, weil die Änderung friedlich vor sich ging. In den letzten Minuten gewann die Menschlichkeit um ein Haar auch in den Köpfen und Herzen derjenigen die Oberhand, die früher einen Schießbefehl erteilt hätten. Die Zeit für den Umbruch war einfach gekommen.

Jimmy Wales, der Gründer von Wikipedia, kommentierte zum 25. Jahrestag, dass die nächste Mauer, die es einzureißen gelte, der „Great Firewall of China" sei, die Internet-Zensur in China (mit Anspielung auf die eigentliche Chinesischen Mauer), die einer ganzen Generation von Menschen den Zugang zu einem großen Teil des Weltwissens verweigert und nur zulässt, was der Staat für gut befindet. Wann werden die Bedingungen dafür günstig sein? Sicherlich warten viele kleine Leute auf die Gelegenheit etwas dagegen zu tun, aber die gegenwärtigen Bedingungen sind leider nicht günstig. Sie gehen ins Gefängnis, ihre Karrieren werden zerstört, ihre Angehörigen werden als Geiseln genommen und Proteste werden mit brutaler Macht zerschlagen. Was muss passieren, damit der Wind dreht?

China ist, mehr noch als die ehemalige Sowjetunion, ein siedender Kessel: ein riesiges Land, mit einer immensen Vielfalt an Menschen und ethnischen Gruppen, sozialen und wirtschaftlichen Prozessen, Traditionen, Ideen, aber natürlich trotzdem globalen Einflüssen unterworfen. Diktaturen – egal ob die von Despoten, Militär- oder Parteidiktaturen – bleiben nur an der Macht, solange der Pfropfen hält. Eine Möglichkeit, den Druck abzubauen, ist die Konstruktion einer Lügengeschichte darüber, wie gut alles im eigenen Land ist und wie schlecht die Außenwelt ist, ein Bild von äußeren Feinden und inneren Konspiratoren zu schaffen, die der Gesellschaft Böses wollen. Diktatoren brauchen äußere Feinde. Um das zu erreichen, muss der Fluss von ‚schädlichen' (gleich ‚wahren') Informationen begrenzt werden. China baut die Chinesische Mauer ein zweites Mal – diesmal als Firewall im Internet.

Es wird gesagt, dass man Lügen, wenn sie nur oft genug wiederholt werden, zu glauben beginnt. Und wenn man sie glaubt, wird die eigentliche Wahrheit nicht nur unbeliebt, sondern sogar für eine Lüge gehalten. Das ist das Ziel von Diktaturen, denn dann kann man sie von Staats wegen verfolgen. „Wer die Wahrheit sagen will, muss ein gesatteltes Pferd bereit halten", sagt ein armenisches Sprichwort (*siehe mein Buch „Tränen am Ararat"*).

Russland, das Präsident Wladimir Putin nach Jelzins übereiltem Versuch, das Land über Nacht zu demokratisieren, langsam wieder in einen autokratischen, jetzt jedoch kapitalistischen Staat zurückverwandelt hat, hat einen anderen Ansatz unternommen. Bemerkenswert ist, dass die Menschen, die früher die Kommunistische Partei an der Macht hielten, etwa aus der gleichen politischen Umgebungen kamen, wie diejenigen, die heute das kapitalistische Rad am Laufen halten. Soviel zu deren ideologischer Integrität.

Aber die Russische Föderation hat nicht das Internet zensiert. Stattdessen stellt sie sicher, dass russische Medien durch fortlaufende Berichterstattung die offizielle russische Version der Wahrheit verbreiten, nachdem die meisten kritischen, einheimischen Medien auf verschiedene Weise zum Schweigen gebracht wurden. Die Behörden stellen sicher, dass eine ausreichende Menge Propaganda zu jeder Zeit in russischer Sprache verteilt wird, um für die relativ geringe Menge an gegensätzlichen Informationen aus dem Ausland, die sprachlich meist schwerer zugänglich sind, zu kompensieren. Das täuscht nicht unbedingt die russische Intelligenzija, wohl aber die Mehrheit der Bevölkerung, die besonders in diesem „gesteuert-demokratischen" Land die Regierung auf der Grundlage von gesteuerten Informationen wählen.

Aber zurück zum Fall der Mauer im November 1989! Ein paar Tage, nachdem ich die Trabi-Parade am Berliner Kudamm im norwegischen Fernsehen gesehen hatte, landete ich in St. Petersburg – damals noch Leningrad. Als meinen russischen Gastgebern klar wurde, dass ich eigentlich Berliner war, wurde mir herzlich gratuliert. Sie hatten auch nach und nach die Änderungen verspürt, wenn auch noch nicht so grundsätzlich wie die Menschen in Berlin. Die Sowjetunion war noch gegenwärtig und man traute dem Frieden, das heißt den Schlagworten Glasnost und Perestrojka nicht so ganz. Sie wurden benutzt, wenn es angenehm war, und vergessen, wenn sie irgendeiner Sache im Weg standen. Aber während sie auf unserem vorigen Treffen im September 1987 in Svalbard (Spitzbergen) noch einen politischen Spitzel dabei hatten, der sich als Geophysiker ausgab, aber von Wissenschaft keine Ahnung hatte, waren wir nun unter uns Fachleuten und konnten frei über alles reden, ohne dass irgendein politischer Bericht darüber angefertigt wurde. Die Zeiten änderten sich auch in Russland und sollten unweigerlich innerhalb von zwei Jahren zur Auflösung der Sowjetunion führen.

Während des darauffolgenden Jahrzehnts verdoppelten sich die für mich zugänglichen Nordgebiete auf der Erde. Am wichtigsten aber war vielleicht, dass man nach und nach ungeschminkte Informationen darüber bekommen konnte, was sich in den russischen Nordgebieten und in Sibirien wirklich abgespielt hatte und weiterhin abspielte. Der Fall des Eisernen Vorhangs leitete eine neue Epoche ein. Nicht nur für die Menschen in Berlin, in der Sowjetunion und in Ost-Europa, sondern auch für meine persönliche Entwicklung.

Neues Erwachen

Über acht Jahre sind vergangen seit dem Fall der Mauer, gute sechs Jahre seit der Auflösung der Sowjetunion. Gorbatschows Politik der Öffnung hat die Freiheit gebracht – Freiheit zu informieren, zu reisen, sich zu organisieren – aber auch die Freiheit, das Land in Ungewissheit und in Krisen zu stürzen. Für Jelzin die Freiheit, den Kommunismus abzuschütteln, alles Alte über Bord zu werfen. Aber wie würde das Neue aussehen?

Moskau, 19. März 1998

Der Taxifahrer, der mich vom Moskauer Flughafen Scheremetjewo abgeholt hat, klingelt am Eisentor des East-West Hotels. Ein Wächter kommt, schließt auf, lässt mich in den Vorgarten und schließt hinter mir wieder ab. Nicht etwa, weil westliche Besucher hier von den Einwohnern der Stadt getrennt gehalten werden sollen wie früher in der Sowjetunion! Nein, man will sie und das Hotel vor bewaffneten Überfällen zu schützen. Wie ich später merke, haben auch die besseren Restaurants Wachposten und Metalldetektoren am Eingang. Was ist mit Russland geschehen?

Im Foyer des Hotels treffe ich Mitarbeiter des Indigenous Peoples' Secretariat (IPS) des Arctic Council: die grönländische Sekretariatsleiterin Tove Søvndahl und die dänische Büromitarbeiterin. Etwas später kommt Mads Fægteborg hinzu, der Leiter des dänischen Hilfsprojektes, das die Moskauer Konferenz hier einberufen hat und der mich dazu eingeladen hat. Alona Yefimenko, die IPS-Konsulentin aus Kamtschatka, werde ich erst später treffen. Sie hat viele Bekannte in Moskau, wohnt nicht hier im Hotel. Mit Mads habe ich zuvor am Telefon gesprochen, aber niemanden der Anwesenden habe ich je zuvor getroffen. Ich stelle mich mit meinem Namen vor und füge hinzu, dass ich derjenige sei, der den INSROP-Bericht über die russischen indigenen Völker verfasst hat.

Freundliches Lächeln auf allen Gesichtern. Wir essen zusammen zu Abend, werden schnell Freunde. Ich bin neu in diesem Geschäft. Aber auch das IPS ist ziemlich neu, und überhaupt die internationalen Beziehungen der indigenen Völker des russischen Nordens sind noch ziemlich neu. Alle brauchen Freunde und Verbündete. Alle die Eingeweihten wollen sich wie eine große Familie fühlen. Dass es wie überall auch in dieser Familie Intrigen gibt, bekomme ich natürlich vorerst nicht so mit.

Am nächsten Tag, bevor das offizielle Programm anfängt, fahren wir ins Büro von RAIPON, die Russische Vereinigung der Kleinen Völker des Nordens, Sibiriens und des Fernen Ostens (russ.: AKMNS oder RAIPON = *Russian Association of Indigenous Peoples of the North*). Diese Organisation hat sich schon 1990 gebildet, als die Sowjetunion in ihren letzten Atemzügen lag. Sie vertritt die indigenen Völker des russischen Nordens und versucht, an allen Regierungs- und Verwaltungsfragen ihr Mitspracherecht auszuüben.

Zunächst wird mir Tamara Semjonowa vorgestellt, die Sekretärin der Organisation, eine junge, weltoffene Russin, die ausgezeichnetes Englisch spricht. Dann treffe ich Pawel Suliandziga, RAIPONs ersten Vize-Präsidenten, vom Volk der Udegen. Er macht einen ziemlich verwegenen Eindruck mit seinem breiten Gesicht, den mongolischen Schlitzaugen und dem dichten, schwarzen Haar, aber scheint einen zugänglichen und unkomplizierten Charakter zu haben. Er spricht nur russisch, abgesehen von seiner Muttersprache, wie ich vermute. Er hat schon Erfahrungen mit einem kanadischen Hilfsprojekt für die russischen Indigenen, vermittelt durch die Vertretung der Inuit (ICC). Aber die Verbindungen mit Dänemark sind neu. Alle haben sie von meinem INSROP-Bericht gehört, der mir die Türen in diese Welt plötzlich und unerwarteterweise geöffnet hat.

*

Es war eigentlich eine etwas merkwürdige Reihenfolge, in der für mich alles abgelaufen war. Als ich in den achtziger Jahren meine geologische Doktorarbeit geschrieben hatte und dann eine Stelle am Norwegischen Polarinstitut antrat, hatte ich, vorerst ohne Familie, viele einsame Abende. Ich grub meine Aufzeichnungen von meiner Reise durch West-Armenien (1976) aus und begann, diese in ein Buch umzuwandeln, das allerdings erst viel später (2018) veröffentlicht werden sollte. Nach und nach ging mein Interesse an Minoritätsbevölkerungen auf die Sami Norwegens über. Ich verfolgte ihre Situation, den Alta-Konflikt, die Gründung des Sami-Parlamentes, und schrieb Artikel darüber für eine deutsche Zeitschrift. Dann fiel die Berliner Mauer. Die Sowjetunion löste sich auf. Russland öffnete sich. Vielfältige Welten erschienen auf der Landkarte, wo bisher eine einzige graue Fläche gewesen war. Während der ersten Hälfte der 1990er Jahre verschlang ich Geschriebenes über die schwierige Situation der östlichen Verwandten der Sami und deren Schicksal im Schatten der Sowjetunion. Besonders ein Artikel von Nikolai Vakhtin lieferte mir den Rahmen der Geschehnisse, in die ich alle die anderen, mehr detaillierten Informationen einpassen konnte.

Fast alles, das ich las, stand in englisch-sprachigen Fachzeitschriften. Nur eine sehr kleine Anzahl von Spezialisten war in Norwegen informiert. Daher fragte mich ein Arbeitskollege am Norwegischen Polarinstitut, der auch Redakteur einer populärwissenschaftlichen Zeitschrift über die Arktis war, ob ich nicht einen zusammenfassenden Artikel über die indigenen Völker der russischen Arktis schreiben wollte.

Es war bereits 1994, als dieser Artikel (*Kulturer ved kanten av stupet* – Kulturen am Rande des Abgrunds) erschien und in den arktischen Kreisen Norwegens die Runde machte. Zu jener Zeit waren die Handelsbeziehungen zwischen dem neuen Russland und dem Ausland im Ausbau begriffen. Ein norwegisch-russisch-japanisches Gemeinschaftsprojekt war eingeleitet worden, das die Voraussetzungen für den Wiederaufbau bzw. Ausbau der Nordost-Passage schaffen sollte, also der Schiffsverbindung von Europa nach Asien entlang der russischen Nordküste. Im Zuge der Erwärmung der Arktis wurden langsam die Wasserstraßen leichter befahrbar. Der weite, alternative Weg durch den Suez-Kanal im politisch unruhigen Nahen Osten würde wesentlich verkürzt werden. Außerdem hatte Russland enorme Naturressourcen im hohen Norden, aber die Infrastruktur zur Ausbeutung fehlte. Russland brauchte finanzielle Unterstützung für den Ausbau des Seeweges, aber das westliche Ausland forderte zunächst einmal eine Konsequenzanalyse. Dieses große Projekt trug den Namen INSROP (*International Northern Sea Route Programme*). Es hatte juristische, wirtschaftliche, nautische und umweltbezogene Teilprogramme.

Wie es der Zufall so wollte, bekam meine Arbeitsstelle die Aufgabe, das umweltbezogene Teilprogramm zu koordinieren. Eines der Themen, auf dem Norwegen bestand, war die Untersuchung der Folgen für die Subsistenzgrundlage der indigenen Bevölkerung in den russischen Nordgebieten. Es gab zu dieser Zeit kaum jemanden in Norwegen, der sowohl kompetent war als auch Zeit hatte. Die russischen Projektpartner hätten sicherlich Spezialisten in Russland gefunden, aber nahmen das Thema wohl nicht ernst genug, um das in Erfahrung bringen zu wollen. So fiel die Wahl auf mich, der zwar eigentlich Geologe war, aber sich gerade durch den Artikel über jene Kulturen am Rande des Abgrunds interessiert gezeigt hatte. Ich sah das als meine Möglichkeit an, einen halbwegs professionellen Einstieg in dieses Thema zu unternehmen, und nahm dankend an. Inzwischen war es 1996 und der Bericht musste innerhalb von sechs Monaten fertig werden.

Zunächst versuchte ich, mit RAIPON in Verbindung zu treten. Aber RAIPON war in seinen Anfängen und hatte keinerlei Erfahrung mit internationalen Kontakten und ich bekam keine Antwort. Ich baute mein Projekt hauptsächlich auf eigenen Literaturstudien auf und konsultierte in einer späteren Phase dann einige westliche Anthropologen. So kam der bereits genannte INSROP-Bericht zustande, der 1997 veröffentlicht wurde und mir einiges an Feedback einbrachte – unter anderem die Einladung zu der Konferenz in Moskau, denn Mads Fægteborg, der dänische Projektleiter des erwähnten Hilfsprojekts, hatte den Bericht gelesen und wollte mich in die Sache mit einbeziehen.

Inzwischen war RAIPON durch kanadische Hilfe beim Aufbau seiner Infrastruktur zu einer weitaus mehr stromlinienförmigen Organisation mit englischsprachlicher Kompetenz und einem besser ausgebauten Netzwerk vieler lokaler Interessensorganisationen geworden. Hätte ich meinen Bericht zwei Jahre später geschrieben, hätte ich gute Kontakte und weitaus bessere Informationen bekommen. Aber die tatsächliche Reihenfolge der Dinge entspricht nun einmal nicht immer der der gewünschten.

***

‚*Rossijskij sever*‘, der russische Norden, erstreckt sich über eine Entfernung von 6000 km von der finnischen und norwegischen Grenze über den Ural und Sibirien bis zur Beringstraße und dem Pazifik. Er umfasst weite Gebiete der Taiga (boreale Wälder), der Tundra (baumlose Sümpfe und Weideflächen) und der polaren Wüsten. Die Nord-Süd-Ausdehnung dieses Gürtels erweitert sich von 1000 km in Europa auf 3000 km in Mittelsibirien und im russischen Fernen Osten.

In diesem Land leben ungefähr 20 Millionen Menschen, hauptsächlich in Städten und Siedlungen entlang der Flüsse und in den Industriezentren, und hauptsächlich im Süden. Nur etwa 180 000 von ihnen gehören etwa 30 kleinen Ureinwohnergruppen an, den indigenen Völkern des Nordens. Ihre Mehrheit lebt in kleinen Dörfern in den Gebieten, die ihnen zum Lebensunterhalt dienen, wo sie traditionellen Beschäftigungen wie Rentierhaltung, Jagd und Fischerei nachgehen. Aber die Realität, mit der diese Menschen heute konfrontiert sind, ist alles andere als eine idyllische Aufrechterhaltung ihrer Vergangenheit.

Seit der Kolonisierung des Nordens wurden große Flächen nach und nach in Gebiete für fremde Siedlungen, Transportwege, Industrie, Forstwirtschaft, Bergbau und Ölförderung umgewandelt. Viele wurden durch Umweltverschmutzung, verantwortungsloses Management von Öl und Mineralien sowie militärische Aktivitäten zerstört.

Mit der Umweltkatastrophe ging der soziale Verfall der indigenen Gesellschaften seit der frühen Sowjetzeit einher, die Kollektivierung ihrer Subsistenzwirtschaft (traditionelle Wirtschaftsformen zur Bestreitung Lebensunterhaltes), Zwangsumsiedlungen, geistige Unterdrückung und Zerstörung traditioneller sozialer Netzwerke und Werte. Das Ergebnis war das bekannte Minderheitensyndrom, das durch Verlust der ethnischen Identität und deren Folgen wie Arbeitslosigkeit, Alkoholismus, Krankheiten usw. gekennzeichnet war.

Die jüngste sozioökonomische Krise Russlands, die mit dem Übergang zur Marktwirtschaft einherging, hat zu einem Zusammenbruch des größten Teils des Versorgungs- und Transportsystems in den abgelegenen Gebieten des Nordens geführt. Nachdem die Menschen erst in das fremde sowjetische Wirtschaftssystem eingegliedert worden waren, das von moderner Infrastruktur und Produktverteilung abhängig war, sind sie nun auf sich selbst gestellt, ohne Nahrungsmittel- und medizinische Versorgung, mit steigender Sterberate und ohne die wirtschaftlichen Mittel und das ausreichende juristische

Fachwissen, um mit der Situation umgehen zu können. Der verzweifelte Weg zurück zu den alten Lebensweisen hat viele in Versuchung geführt, wird jedoch häufig durch die Degradierung oder Zerstörung ihrer Umwelt behindert.

Vor diesem schrecklichen Hintergrund scheint das kulturelle Überleben dieser kleinen Völker fast unmöglich. Aber sie kämpfen hartnäckig und zeigen eine unglaubliche Ausdauer. Das Interesse an ihrer Situation hat in vielen nationalen und internationalen Foren an Boden gewonnen. Und hierzu gehörten erst das kanadische, dann das dänische und später auch ein norwegisches Hilfsprojekt.

Alte Wurzeln

Wie fast alle Gebiete der Erde war auch der russische Norden während der gesamten Menschheitsgeschichte der Migration von Völkern ausgesetzt. Bis vor etwa 2000 Jahren wurde der Norden von alten sibirischen Stämmen dominiert, deren kulturelle Beziehungen untereinander kaum mehr bekannt sind. Der Druck durch die Ausdehnung der südlich angrenzenden Völker trieb diese Stämme allmählich weiter nach Norden, während sie sich mit den Neuankömmlingen vermischten und teilweise in sie aufgenommen wurden.

Eine Gruppe von Nachkommen dieser alten sibirischen Stämme besteht aus den Yupik (östlicher Zweig der Eskimovölker) und Aleuten, die größtenteils nach Alaska einwanderten und eine gemeinsame Kulturgruppe mit anderen nordamerikanischen Völkern wie den Inuit bildeten. In Russland leben weniger als 2000 Yupik in Dörfern an der Beringstraße und rund 700 Aleuten auf den Komandorsk-Inseln und in Kamtschatka.

Die größte der altsibirischen Sprachgruppen ist die paläoasiatische Gruppe, vertreten durch die Tschuktschen, Korjaken und Itelmenen. Bei der Ankunft der Russen bewohnten diese Völker den größten Teil von Tschukotka, Kamtschatka und den Gebieten um das nördliche Ochotskische Meer. Sie konzentrieren sich heute auf das autonome Gebiet Tschukotka und den ehemaligen (bis 2007 existierenden) Korjakischen Kreis von Kamtschatka im äußersten Nordosten der Russischen Föderation. Mit einer Bevölkerungszahl von etwa 15 000 Tschuktschen und 9000 Korjaken gehören diese Völker zu den größeren der indigenen Völker. Die Itelmenen, etwa 2500 an der Zahl, waren einst auch in Kamtschatka weit verbreitet. Ihr Lebensraum ist jetzt auf einen kleinen Landstreifen an Kamtschatkas Südwestküste beschränkt. Große Teile ihrer ehemaligen Bevölkerung sind mit russischen Einwanderern vermischt, die die russische Sprache sprechen, haben aber eine unverwechselbare lokale Kultur entwickelt. Diese Menschen nennen sich Kamtschadalen und beanspruchten nach dem Zerfall der Sowjetunion den offiziellen Status eines indigenen Volkes, den sie 1927 verloren hatten und dann erst im Jahre 2000 zurückerlangten. Ihre Zahl beträgt etwa 9000.

Die Jukagiren, eine weitere altsibirische Gruppe, bewohnten einst große Teile Nordost-Sibiriens zwischen der Lena-Mündung und der Beringstraße. Die übriggebliebenen 1000 Menschen sind hauptsächlich auf das Kolyma-Gebiet im Nordosten Jakutiens beschränkt. Die 1300 Tschuwanen am oberen Anadyr-Fluss waren ursprünglich ein Stamm der Jukagiren, der die tschuktschische Sprache übernommen und sich teilweise in die tschuktschische und teilweise in die russische Lebensweise integriert hat. Isolierte sprachliche Überreste einer alten sibirischen Bevölkerung sind auch die 4600 Niwchen an der Amurmündung und im Norden Sachalins sowie die 1100 Keten im mittleren Jenissej-Tal.

Die uralische und altaische Durchdringung

In Mittel- und Ostsibirien kam es ab 550 n.d.Z. in mehreren Schüben aus dem Süden zu einer umfassenden Einwanderung von Tungusen- und Turkstämmen. Sie sprachen altaische Sprachen. Türkische Uiguren, die ersten Eindringlinge, gingen später in tungusische Gruppen auf, die dann nach 1000 n.d.Z. erschienen und sich mit den damals bodenständigen Jukagiren, Korjaken und der Amur-Bevölkerung vermischten. Die relativ großen Gruppen der Ewenken (30 000) und Ewenen (17 000), die in Mittel- und Ostsibirien und im russischen Fernen Osten weit verbreitet sind, sowie eine Reihe kleinerer Gruppen im Amur-Distrikt und auf Sachalin (Nanaien, Udegen, Orotschen, Ultschen, Oroken und Negidalen) sind die Nachkommen der tungusischen Einwanderer, die jedoch auch ältere kulturelle Elemente aufweisen.

Die turksprachigen Jakuten trafen erst um 1500 n.d.Z. im heutigen Jakutien ein. Sie verdünnten die Bevölkerung von Jukagiren, Ewenen und Ewenken. Mit einer weitaus größeren großen Zahl von 380 000 bilden sie die Titularnation mit einem Bevölkerungsanteil von fast 40 % in Jakutien (Republik Sacha) und zählen in Russland nicht zu den ‚kleinen indigenen Völkern', denen besondere Minderheitenrechte zustehen. Die Grenze für jene liegt offiziell bei 50 000. Eine nördliche Untergruppe der Jakuten, die Rentiere züchtet, unterscheidet sich jedoch kulturell kaum von den anderen indigenen Minderheiten der Region. Aber da sie zu den Jakuten gerechnet werden, entgeht ihnen der Sonderstatus.

Eine ziemlich neue ethnische Gruppe, die etwa 7000 Dolganen, entwickelte sich in den folgenden Jahrhunderten im südlichen Taimyr hauptsächlich aus Ewenken, aber auch aus Jakuten, sowie verschiedenen samojedischen und russischen Elementen. Sie sprechen einen jakutischen Dialekt.

Westsibirien und der europäisch-russische Norden wurden seit einigen tausend Jahren allmählich von Stämmen des uralischen Sprachzweigs durchdrungen. Sprachlich sind sie in einen finno-ugrischen und einen samojedischen Zweig unterteilt.

Der finno-ugrische Zweig umfasst die finnische Untergruppe, zu der die Sami in Skandinavien und auf der Kola-Halbinsel gehören, und die Komi westlich des Urals. Während heute nur etwa 1800 Sami auf der russischen Seite ihres Heimatgebiets leben, haben die 340 000 Komi einen ähnlichen, nicht-indigenen Status einer Titularnation, wie oben für die Jakuten beschrieben, in der Republik Komi. Ugrische Sprachen werden von den Chanten (22 000) und Mansen (8000) im Ob-Einzugsgebiet und auf der Jamal-Halbinsel östlich des Urals gesprochen.

Samojedische Gruppen haben wahrscheinlich ihren Ursprung vor zwei Jahrtausenden in der Region Sajan im Südwesten Sibiriens und wanderten langsam nordwärts. Sie umfassen die etwa 34 000 Nenezen (*siehe Anhang zur Schreibweise!*), das größte der ‚kleinen indigenen Völker', entlang der arktischen Küste von der Kanin-Halbinsel bis zur Jenissej-Mündung, die 1200 Nganasanen im nördlichen Taimyr, sowie die 3600 Selkupen im Jenissej-Becken und die nur noch 100-200 Enezen an der Jenissej-Mündung.

Rentierzucht – eine Lebensweise

Trotz des vielfältigen historischen, ethnischen und sprachlichen Hintergrunds waren die Völker des Nordens bei ihrer Ankunft in der Subarktis und Arktis durch die natürlichen Gegebenheiten gezwungen, einander ziemlich ähnliche Subsistenzkulturen anzunehmen.

Abhängig von der endemischen Fauna und den Klimazonen entwickelten sich trotzdem deutliche Unterschiede, manchmal sogar innerhalb derselben Sprachgruppe. Der Austausch von Produkten zwischen diesen kulturellen Gruppen war im Laufe der Geschichte wichtig. Aufgrund der Kollektivierung und Zwangsumsiedlung während der Sowjetzeit sind jedoch viele dieser Unterschiede inzwischen verschwunden.

Küstenkulturen haben sich unter Menschen entwickelt, die in Gebieten mit bedeutenden Meeressäugern (Walrosse, Wale, Robben) leben, insbesondere am Pazifik, am Ochotskischen Meer und an der Beringstraße (Aleuten, Yupik, Küsten-Tschuktschen). Unter anderen Gruppen des Fernen Ostens ist die Meeresjagd Teil des Jahreszyklus, während ihre Hauptbeschäftigung das Binnenfischen (Lachse, Forellen und andere), die Jagd oder die Rentierhaltung ist.

Flusskulturen kommen vor allem im Fernen Osten vor. Typische Fischer sind die Nanaien, Ultschen und Udegen in den Regionen Primorje und Chabarowsk im Fernen Osten, aber auch die Keten am mittleren Jenissej.

Tundra- und Taiga-Kulturen kommen im gesamten russischen Norden vor. Die traditionellen Lebensunterhalte sind Rentierhaltung, Jagd und Fang, Süßwasserfischen und Sammeln. Diese Völker sind traditionell Nomaden oder Halbnomaden. Seit der Kollektivierung während der Sowjetzeit leben die meisten Jäger und Hirten in ganzjährigen Siedlungen, obwohl viele immer noch jahreszeitlich mit ihren Rentierherden ziehen oder Sommer- und Winterwohnsitze haben.

Rentierhaltung bildet den grundlegenden Lebensunterhalt vieler nordischer Völker. Es ist nicht unbedingt die typischste einheimische Tätigkeit, aber die am meisten charakteristische von denen, die noch wirtschaftliche Bedeutung haben. Darüber hinaus ist sie nicht nur eine wirtschaftliche Beschäftigung, sondern hat sich zu einer Lebensweise entwickelt, die eng mit der ethnischen Identität verbunden ist.

Es gibt großflächige, ausgedehnte Rentierhirtenkulturen wie die der Nenezen, Chanten, Tschuktschen und Korjaken, sowie kleinräumige Zucht hauptsächlich für Zug- und Reittiere als Nebenbeschäftigung vieler Taiga-Bewohner. Die Rentierhaltung ist jedoch sehr empfindlich gegenüber Umweltveränderungen. Die moderne Entwicklung hat eine ernsthafte Bedrohung für die Rentierhaltung und die damit verbundenen Kulturen geschaffen.

Die russischen Kolonialherren zwangen die meisten der kleinen Völker zur Jagd auf Pelztiere, die zuvor nur dem Hausgebrauch diente. Die zaristischen Gouverneure forderten große Mengen Pelze als Jasak, eine Kolonialsteuer, denn Pelze waren bei der russischen Stadtbevölkerung sehr gefragt. Nach und nach entwickelten sich daraus Pelzfarmen mit kommerziellen Interessen am Pelzhandel, um Handelswaren von den Russen dafür eintauschen zu können.

Schamanen und Schutzgeister

Die indigenen Völker des Nordens sind traditionell Animisten. Sie glaubten oder glauben, dass der Himmel, die Erde und das Wasser von verschiedenen Geistern bevölkert werden, die das Leben der Menschen beeinflussen. Sie stellen sich diese Geister bildlich in menschlicher oder tierischer Form vor, die bei ihren Riten eine wichtige Rolle spielen. Den Schutzgeistern wurden in der Vergangenheit üblicherweise Opfer in Form von Tieren oder anderen Nahrungsmitteln dargebracht.

Schamanen waren die Vermittler zwischen den Menschen und den Geistern der anderen Welten und übten religiöse Praktiken aus. Durch den Kontakt mit den Geistern heilte der Schamane Krankheiten, sagte die Zukunft voraus und übergab die Seelen der Verstorbenen der Welt der Toten. Aufgrund intensiver Verfolgung von Schamanen in der Sowjetunion existierten diese offiziell nicht mehr. Insgeheim weiter praktizierende Schamanen wurden unter Stalin oft hingerichtet, wenn der Tatbestand ans Licht kam. Aber vielerorts wurden diese Praktiken im Geheimen fortgeführt.

Obwohl viele der indigenen Volksangehörigen vor der Oktoberrevolution offiziell zur russisch-orthodoxen Kirche konvertiert waren, hat das Christentum die religiösen Überzeugungen der gesamten Gruppe selten tiefgreifend beeinflusst, im Unterschied zu den Sami in den nordischen Ländern.

Die Eroberung des Nordens

Die Eroberung des russischen Nordens, Sibiriens und des Fernen Ostens durch Europäer steht nicht weit hinter den aus anderen Teilen der Welt bekannten Gräueltaten zurück. Die zaristische Absicht war es, sich den gesamten nördlichen Teil Asiens wegen der erwarteten reichen natürlichen Ressourcen zu unterwerfen. Die Völker wurden zu Tributzahlern. Sie waren gezwungen, eine Steuer zu zahlen, Jasak, als Gegenleistung für den Schutz durch das Zarenreich. Jasak bestand hauptsächlich aus Pelzen. Die oft sehr hohen Steueranforderungen veränderten das Berufsbild vieler indigener Gruppen und gefährdeten ihren Lebensunterhalt.

Der Befehl des Zaren lautete, dass die Ureinwohner respektvoll und entgegenkommend behandelt werden sollten, während militärische Aktionen nur gegen bewaffnete Revolten durchgeführt werden durften. Aber die lokalen Gouverneure und Finanzbeamten hatten, wenn überhaupt welche, ihre eigenen Gesetze. Historiker berichten von fortwährenden Plünderungen und gewaltsamen Übergriffen, die zur Ausrottung ganzer Stämme führten. Ein übliches Verfahren, um die Ureinwohner dazu zu bringen, Jasak zu bezahlen, bestand darin, Geiseln zu nehmen, oft angesehene Älteste. Es war auch üblich, Frauen und Kinder zu entführen oder zu kaufen und zu versklaven. Steuereinziehungen konnten zu Plünderungen und manchmal zu Mordüberfällen führen. Oft wurde die gesamte Existenzgrundlage einer lokalen indigenen Gruppe zerstört und sie starben an Kälte oder Hunger. Stellenweise setzte sich diese Form der Unterdrückung bis ins 19. Jahrhundert fort.

Gegen Ende des 17. Jahrhunderts unterlag der größte Teil Sibiriens bis zur Pazifikküste russischer Kontrolle. Als sich die russische Wirtschaft verschlechterte, beschloss die zaristische Regierung, die letzten widerstrebenden und gegnerischen Völker, die Tschuktschen und Jukagiren, mit militärischer Gewalt zu unterwerfen. Die Jukagiren wurden dabei auf ungefähr die Hälfte ihrer Bevölkerung reduziert. Während der Pockenepidemien des 18. Jahrhunderts und nachfolgender Katastrophen verschwanden weitere achtzig Prozent der verbleibenden Gruppe.

In Gebieten mit massiver russischer Besiedlung wurde die indigene Bevölkerung in Bezug auf Sprache, Wirtschaft und soziale Organisation russifiziert. Während des 19. Jahrhunderts wurden große Gebiete auf beiden Seiten der Transsibirischen Eisenbahn von einheimischer Bevölkerung befreit. Südsibirien war am stärksten betroffen und von dort aus die Gebiete entlang der großen Flüsse. Aber an anderen Orten konnte das Gegenteil passieren. Das auffälligste Beispiel ist die Jakutisierung russischer Siedler in Jakutien, wo die einheimische Bevölkerung ein sehr starkes soziales Netzwerk hatte, das nicht leicht zu brechen war.

Die offizielle russische Politik gegenüber den indigenen Völkern im 19. Jahrhundert war nicht immer schlecht. Humanistische Skrupel gegenüber den ausgebeuteten Indigenen führten zu Versuchen, die Situation durch verschiedene (obgleich meist unwirksame) Gesetze zu kontrollieren, die die Sklaverei aufheben, die Erhebung von Tribut einschränken und den Verkauf von Alkohol verbieten sollten. Noch 1912 wurde russischen Händlern das Betreten bestimmter Heimatgebiete untersagt. Dennoch setzte sich der Hauptttrend der Entwicklung fort: Landverlust, wirtschaftlicher Niedergang, Auflösung von Subsistenzmustern und Zerfall des sozialen Rahmens.

In das sowjetische System gezwungen

Während des Bürgerkriegs in den ersten Jahren nach der Oktoberrevolution von 1917 (stellenweise im Fernen Osten bis 1924 anhaltend) ersetzte die sowjetische Regierung das zaristische Regierungssystem. Als passive Opfer der Kriegführung zwischen den beiden russischen Fraktionen geriet die indigene Bevölkerung in einen Streit zwischen zwei konkurrierenden politischen Linien: Die eine wollte eine Entwicklung auf den kulturellen Voraussetzungen eines jeden Volkes beruhend sicherstellen, während die andere – die stalinistische Linie – die vollständige Beseitigung ethnischer Unterschiede und Integration aller nationaler Gruppen in eine gemeinsame sowjetische Gesellschaft anstrebte. Die stalinistische Linie gewann gegen Ende der zwanziger Jahre die Oberhand.

Die administrative Unterteilung der russischen Nordgebiete und Sibiriens in nationale Gebiete und Bezirke sollte die ethnische Zusammensetzung der jeweiligen Gebiete widerspiegeln. Dies sollte ursprünglich den Einfluss der einzelnen Völker auf die lokale Entwicklung gewährleisten, der jedoch nie realisiert wurde. Im Gegensatz dazu stellte die strikte Anwendung des Klassengesetzes die Gesellschaftsstruktur der indigenen Bevölkerung auf den Kopf. Ihre natürlichen Führer zum Beispiel, wohlhabende Rentierbesitzer und Schamanen, wurden als Ausbeuter angesehen und von politischen Positionen ausgeschlossen, während sich die jungen, gewählten Vertreter der ‚Arbeiterklasse' oft nicht kompetent fühlten. Auch von ihren Stammesgenossen wurde kaum erwartet, dass sie selbstständige Entscheidungen treffen konnten.

In den zwanziger Jahren gab es noch eine Reihe von Initiativen, die für die wirtschaftlichen Verluste der indigenen Bevölkerung während des Bürgerkriegs kompensieren sollten, wie z. B. Gesetzentwürfe zur wirtschaftlichen Unterstützung, Steuervorteile für Minderheiten, Errichtung von Unterstützungszentren usw. In den dreißiger Jahren unter der Diktatur Stalins wurde der größte Teil der noch intakten wirtschaftlichen und sozialen Strukturen jedoch zerstört.

Die groß angelegte Industrialisierung der Sowjetunion hing von den Ressourcen des Nordens ab. Die staatlichen Firmen importierten ihre eigenen Arbeiter, die außerhalb der Gerichtsbarkeit der örtlichen Behörden standen. Einheimische, deren Lebensunterhalt zerstört wurde, wurden abhängig von Dienstfunktionen für die fremden Industrieunternehmen oder suchten Zuflucht in ungastlichen Berg- und Tundragebieten.

Traditionelle Aktivitäten in den Bereichen der Rentierhaltung, Jagd und Fischerei wurden in der gesamten Sowjetunion gezwungenermaßen in Kollektivfarmen, sogenannte Kolchosen, umgewandelt. Lokale Aufstände, zum Beispiel 1930-32 in den Gebieten der Nenezen und im Taimyr, wurden niedergeschlagen und hart bestraft. Eine Reihe nationaler Gebiete wurde aufgelöst und die Verwaltung des Nordens wurde zwischen verschiedenen Ministerien aufgeteilt. Es gab keine Kontrollbehörde, die die kontinuierliche Besiedlung und Ausbeutung des Landes und das Schicksal seiner bodenständigen Bevölkerung untersuchen konnte.

1941 wurde Russland in den Zweiten Weltkrieg hineingezogen. Viele der indigenen Volksangehörigen mussten an der Front kämpfen. Der Mangel an jungen Männern für die Bestreitung des Lebensunterhalts betraf insbesondere die schon zuvor bedrohten kleinen indigenen Gesellschaften. Übermäßig viele Haustiere mussten geschlachtet werden. Im Kampf gegen den Hunger wurden die Flussmündungen leer gefischt. Die Tausende von Männern, die von der Front zurückkehrten, hatten ihre soziale Einstellung geändert und damit die kulturelle Assimilation beschleunigt. Die europäische Einwanderung nach Sibirien nahm zu.

In den fünfziger und sechziger Jahren wurde eine groß angelegte Kampagne durchgeführt, um die Völker durch erzwungene Umsiedlung in städtische oder halbstädtische Gebiete in die ‚moderne sozialistische Zivilisation' zu führen. Die Durchführung bestand darin, in ländlichen Gebieten Krankenhäuser, Schulen und Geschäfte zu schließen. Nomaden wurden offiziell zu primitiven Menschen erklärt und aufgefordert, sich anzusiedeln. In den neuen Siedlungen gab es jedoch nicht genügend Arbeit, um die verlorenen traditionellen Beschäftigungen zu ersetzen. Die Folgen davon waren für viele ein weiterer Verlust ihrer traditionellen Fähigkeiten und sozialen Struktur, steigende Kriminalitätsraten und Alkoholmissbrauch. 1980 wurden die ethnisch begründeten Verwaltungsbereiche eingestellt, das Wort ‚Minderheiten' aus den Gesetzestexten gestrichen und die örtlichen Verwaltungsbehörden hatten nur noch eine Beratungsfunktion.

Die Bildungspolitik Sowjetrusslands gegenüber den indigenen Völkern hatte sich radikal verändert. Das Schulsystem wurde erneuert und erlebte in den zwanziger Jahren zunächst eine wichtige Entwicklung. Linguisten entwickelten Alphabete für alle Sprachgruppen mit speziellen Buchstaben, die auf dem lateinischen Alphabet basieren. Der Analphabetismus ging deutlich zurück. 1937 erzwang Stalin die Anwendung des kyrillischen Alphabets für alle Sprachen. Linguisten, die an maßgeschneiderten Alphabeten gearbeitet hatten, wurden als Staatsfeinde inhaftiert. Die Politik zielte nun darauf ab, alle ethnische Identität auszulöschen. Nach 1957, also noch einige Jahre nach Stalins Tod, wurden Lehrer sogar dafür bestraft, dass sie mit den Schülern außerhalb des Muttersprachenunterrichts andere Sprachen als Russisch sprachen.

Das Internatssystem, das ursprünglich Nomadenkindern die Möglichkeit einer Hochschulbildung bieten sollte, hatte einen zerstörenden Einfluss auf die Minderheitenkulturen, als es auf die Grundschulstufe ausgedehnt wurde. Kinder wuchsen weit entfernt von ihren Eltern auf und kehrten im Alter von 16 bis 17 Jahren fast völlig entfremdet und mit schwachen Bindungen an ihre ethnische Herkunft und Sprache, sowie fast ohne praktische Fähigkeiten für die traditionellen Berufe zurück. Infolgedessen begünstigte das System die Assimilation in die russische Gesellschaft. Die Zahl der Menschen, die ihre Muttersprache anwenden oder verstehen konnten, sank deutlich. Nach der Auflösung der Sowjetunion trug nur die ältere Generation die Anwendung der Sprache weiter, womit sie auf Dauer zum Aussterben bestimmt war.

Es wäre jedoch falsch, positive Entwicklungen während der Sowjetzeit zu unterschlagen. Ein wichtiges Beispiel ist, dass die Rolle die Frau in der Gesellschaft sich vorteilhaft entwickelte, da viele Tabus gebrochen wurden. Andere Beispiele sind die Verbesserung der Gesundheitsversorgung und damit einhergehend die Verringerung der Kindersterblichkeit, usw.

Umweltkatastrophe

Bis ca. 1930 beschränkten sich die industrielle Entwicklung und die großflächige Gewinnung natürlicher Ressourcen durch die Kolonisten weitgehend auf das Gebiet im Einflussbereich der Transsibirischen Eisenbahn. Ab 1930 wurden in den Nordgebieten große Industrieprojekte gestartet, die schwere, wenn auch zunächst nur lokale Umweltschäden verursachten: intensive Forstwirtschaft im Igarka-Gebiet (unterer Jenissej), Nickelabbau in Norilsk (Jenissej-Mündung) und Goldabbau in Jakutien. Die größten Auswirkungen im hohen Norden begannen Mitte der fünfziger Jahre, insbesondere das großflächige Abholzen von Wäldern. Riesige Jagdgründe wurden zerstört. Große Mengen Holz verrotteten. Der sowjetische Ferne Osten verlor mehr als 30 % seiner Wälder.

Der Öl- und Gasboom begann Mitte der sechziger Jahre. Die größten Ölvorkommen befanden sich im autonomen Kreis Chanty-Mansijsk. Riesige Waldgebiete wurden zerstört und das Land durch hemmungsloses Fahren mit Kettenfahrzeugen verwüstet. Flüsse und Feuchtgebiete waren verschmutzt und große Gebiete wurden für jede Art von primärem Lebensunterhalt wertlos. Zusätzlich zur Zerstörung der Natur missbrauchten die fremden Arbeiter die ansässige Bevölkerung durch Plünderung, Diebstahl, Wildern, Zerstörung heiliger Stätten, bis hin zu Raub, Vergewaltigung, Brandstiftung und Mord.

Die Ausbeutung der Jamal-Halbinsel erfolgte in schnellem Tempo, obwohl Sachverständige sich nicht einmal über die wirtschaftliche Rentabilität der Eingriffe einigen konnten.

Beide Gebiete erlitten einen immensen Verlust an Land- und Wasserressourcen. Eisenbahnen und Pipelines schnitten die Rentier-Migrationsrouten ab. In den autonomen Kreisen Chanty-Mansijsk und Jamalo-Nenezk zusammen wurden 110 000 km^2 Rentierweiden, 28 wirtschaftlich wertvolle Flüsse, 177 km^2 Laich- und Futtergebiete zerstört. Ähnliche Eingriffe wurden 1970-87 im Fernen Osten vorgenommen, wo die Rentierherden um 30-40 % zurückgingen.

Ein anderer bedeutender Eingriff ist die radioaktive Verseuchung. Bei den atmosphärischen Atombombentests über Nowaja Semlja in den 1960er Jahren wurden große Gebiete radioaktiv kontaminiert. Darüber hinaus wurden nukleare Explosionen häufig für zivile Zwecke wie Bergbau, Versuche zur Umleitung von Flüssen und für seismische Untersuchungen eingesetzt, von denen einige zu lokalen radioaktiven Ausfällen führten. Hohe Raten an davon verursachten Krankheiten sind beispielsweise aus Tschukotka, Nord-Jakutien, der Insel Kolgujew und der Kola-Halbinsel bekannt. Die Tuberkulose-Rate, die im ganzen Norden hoch ist, lag örtlich bei nahezu 100 %. Andere Lungenerkrankungen waren häufig, während die Kindersterblichkeit schnell am Ansteigen war.

Politische Reorganisierung

Mit Beginn der Perestrojka-Politik setzten zunehmend Bewegungen gegen die katastrophale Situation der nördlichen indigenen Völker ein. 1986 gelang es Korjaken, die Umsiedlung eines Dorfes in Kamtschatka zu verhindern. Weitere Beispiele für erfolgreiche Proteste folgten, wie der Kampf der Udegen im Bikin-Tal (Region Primorje) gegen das Kahlschlagen von Wäldern durch ausländische Unternehmen Anfang der neunziger Jahre. Es entwickelte sich eine große Anzahl regionaler Vereinigungen zur Verteidigung indigener Interessen.

1989 wurde auf einem Expertentreffen zu Minderheitenproblemen eine Einigung über die Notwendigkeit schwerwiegender Änderungen der sowjetischen Minderheitenpolitik erzielt. Die Experten erklärten, der beste Weg zur Sicherung der Zukunft der Nordvölker seien die Errichtung ethnischer Gebiete mit Selbstbestimmung, die Einstellung der früheren Politik der Zwangsumsiedlung und die Ersetzung großer Entwicklungsprogramme durch lokal angepasste Kleinprojekte.

Eine wichtige Initiative der Nordvölker selbst war die Bildung des umfassenden ‚Ersten Kongresses der kleinen Völker des Nordens' in Moskau im Jahre 1989. Daraus resultierte die Gründung der ‚Russischen Vereinigung der kleinen indigenen Völker des Nordens, Sibiriens und des Fernen Ostens' (RAIPON). Der erste gewählte Präsident war Wladimir Sangi vom Volk der Niwchen, der später von Jeremej Ajpin (von den Chanten) und dann von Sergej Charjutschi (von den Nenezen) ersetzt wurde. Die Vereinigung entwickelte sich zur offiziellen Vertretung der nordischen indigenen Völker gegenüber den russischen Behörden und der russischen Regierung. Internationale Programme zum Aufbau von Institutionen, die 1995 von der ICC (Inuit Circumpolar Conference) Kanada initiiert wurden, trugen dazu bei, die Organisation zu einem bedeutenden politischen Instrument zu entwickeln, das daraufhin jahrzentelang den Überlebenskampf der Menschen angeführt hat.

Im Jahre 1998 wurde RAIPON – zusammen mit den anderen Organisationen der indigenen Völker der Arktis, dem Sami Council (Rat der Sami), der Inuit Circumpolar Conference (ICC) und der Aleut International Association (AIA) – als ständiger Teilnehmer am 1996 gegründeten Arctic Council aufgenommen. Das Hauptziel dieses Rates ist die internationale Koordinierung der Entwicklung in der Arktis unter ausgeprägter Beteiligung ihrer indigenen Bevölkerung. Als Beobachter zugelassen sind Schirmorganisationen von indigenen Völkern, die entweder ein Volk in mehreren Mitgliedsstaaten oder mehrere Völker in einem Mitgliedsstaat vertreten. Später folgten daher die beiden staatsübergreifenden nordamerikanischen Räte, der Arctic Athabaskan Council (AAC) und der Gwich'in Council International (GCI) in die Gemeinschaft der ständigen Teilnehmer.

Der Weg voraus

Umwelt, Gesundheit, rechtliche Fragen und Wirtschaft stehen auf der Tagesordnung der indigenen Vereinigungen. RAIPON und angeschlossene Organisationen arbeiten gegenüber den russischen Behörden, um eine zufriedenstellende Rechtsgrundlage für die Rechte der indigenen Bevölkerung zu schaffen. Es haben sich sogenannte ethnische Gemeinschaften gebildet, in denen die einheimische Bevölkerung eine Art Selbstbestimmung in Bezug auf den traditionellen Lebensunterhalt ausübt. Umweltverstöße sind vor Gericht gestellt worden.

Die Lebenserwartung der Indigenen liegt etwa 15 Jahre unter der der ethnisch russischen Bevölkerung. Gesundheitsbezogene Entwicklungsprojekte sind eingeleitet worden. Einige einheimische Gemeinschaften versuchten, zu ihrer traditionellen sozialen Clanstruktur zurückzukehren und die alten Lebensweisen wiederzubeleben, um die sozioökonomische Krise der neunziger Jahre zu überwinden. Das neu entwickelte Bewusstsein der Menschen, dass ihre Zukunft in ihren eigenen Händen liegt, ist von einer rhetorischen Phrase mehr und mehr zu wirklichem Bewusstsein geworden.

Im ersten Jahrzehnt nach der Auflösung der Sowjetunion wurden Fortschritte erzielt, aber es blieb noch viel zu tun. Eines der Haupthindernisse war der Mangel an finanziellen Mitteln – nicht nur für die Verbände, sondern auch auf individueller Ebene. In vielen ländlichen Gebieten mangelte es an Grundnahrungsmitteln, Ausrüstung und Brennholz. Die Notwendigkeit einer kontinuierlichen Unterstützung von außen ist von grundlegender Bedeutung.

Die indigenen Völker Russlands haben sich für eine Partnerschaft entschieden – mit ihren Nachbarn, mit den Behörden und auf globaler Ebene. Sie sind zunehmend als gleichberechtigte Partner in internationalen Foren akzeptiert worden. Auf nationaler Ebene kommen die Fortschritte aufgrund des reaktionären Verhaltens vieler lokaler Beamter immer noch sehr langsam voran. Aber sie kämpften mit Ausdauer.

Der Geist ihrer Vorfahren ist weiterhin zugegen. Er ist die treibende Kraft ihres Überlebens über Jahrhunderte hinweg.

So beginnt RAIPONs Charter mit den Worten:

„Wir, die indigenen Völker des Nordens, Sibiriens und des Fernen Ostens der Russischen Föderation, glauben, dass:

- die Luft, das Land und das Wasser gesegnet sind;
- die Natur die Quelle des Lebens ist;
- der Mensch nur ein Tropfen im Strudel des Lebens ist;
- der Fluss der Zeit nur ein Spiegelbild der Vergangenheit, Gegenwart und Zukunft ist, und wie unsere Vorfahren in der Vergangenheit

gelebt haben, ist wie wir jetzt leben und wie unsere Nachkommen in der Zukunft leben werden ..."

***

Moskau, 21. März 1998

Das ist in etwa der Abriss meines Wissens, mit dem ich im März 1998 das Seminar in Moskau besuche, begierig mehr zu lernen. Aber es ist *eine* Sache, zuhause am Schreibtisch Berichte und Zusammenfassungen zu lesen, die zudem meist auch noch in der Vergangenheitsform geschrieben sind. Eine ganz *andere* Sache ist es, den betroffenen Menschen gegenüber zu sitzen und sie über ihre im höchsten Grade realistischen und aktuellen Probleme sprechen zu hören.

Genau das ist ja der Sinn dieses Seminars – von den Leuten vor Ort direkt zu hören, wo ihre Schwierigkeiten liegen. Es ist natürlich nicht möglich gewesen, Vertreter aus allen indigenen Bevölkerungsgebieten des riesigen Landes einzuladen. Mancherorts ist die Kommunikation nicht gut, andernorts ist man nicht davon überzeugt, dass RAIPON einen uneigennützig vertreten würde, und wiederum andernorts ist der Reiseweg nach Moskau zu kompliziert oder zu teuer. Aber die, die gekommen sind, nehmen die Gelegenheit wahr, ihre Situation zu schildern.

Ob sie nun hoffen, dass sich daraufhin sofort etwas zum Besseren wendet, oder ob sie nur ihre Probleme einem internationalen Publikum zu Gehör bringen wollen – die, die gekommen sind, wissen genau, was ihnen fehlt. Und wir sind ja hier, um alles aus erster Hand zu erfahren.

„Die Probleme sind natürlich unterschiedlich von Gegend zu Gegend", sagt Nadeschda Bulatowa, die die RAIPON-Abteilung in St. Petersburg repräsentiert. „Aber im Allgemeinen kann man sagen, dass die Lebensgrundlage der Menschen verschwindet: Wälder werde abgeholzt, Weiden schrumpfen und wilde Tiere werden selten. In den Wohngebieten ist das Wasser nicht mehr trinkbar. Die Nenezen, die wegen der Atomsprengungen aus Nowaja Semlja umgesiedelt wurden, sowie Leute aus Gegenden in Jakutien und am Amur-Fluss leiden an radioaktiven Erkrankungen. Die Krebsrate ist enorm! Wir sind dankbar für alle moralische Unterstützung, aber wir benötigen dringend auch materielle Unterstützung!"

Andere Vertreter, besonders die aus den ursprünglichen Heimatgebieten, sind mehr konkret. Wladimir Kirgejev vom Volk der Selkupen aus der Region Tomsk berichtet:

„Man hat uns während der letzten Jahrzehnte zu einer vollkommenen Änderung des Lebensstils gezwungen, uns aus unseren angestammten Wohngebieten umgesiedelt und über alte und neue Wohngegenden neu verteilt. Nichts davon haben wir gewollt. Und die wirtschaftliche Situation ist neuerdings schrecklich. Früher war es immerhin kein Problem, eine Kuh zu erwerben. Heute hat niemand Geld dafür. Einige von uns sind in die Taiga geflohen, aber nur wenige schaffen es, dort auf Dauer zu überleben. Die Infrastruktur unserer jetzigen Wohngebiete ist seit der Auflösung der Sowjetunion vollkommen zusammengebrochen. Wir haben keine Erlaubnis zur Jagd mehr, die ein großer Teil unseres Lebensunterhalts war. Wir müssen daher von den Flüssen leben, die aber durch Abwässer von der Ölindustrie verschmutzt sind. Es gibt so gut wie keinen Fisch mehr. Wir haben Gelder vom Staat zugesagt bekommen um aufräumen zu können, aber die sind auf dem Wege aus Moskau irgendwo gestohlen worden. Wir haben keine Erfahrung im Bau von modernen Häusern. Nur sehr wenige bauen ihre eigenen Häuser. Sie würden gerne in die Taiga zurückkehren, aber dort gibt es auch keine Lebensgrundlage mehr. Wir brauchen Gesetze, die es ermöglichen, unsere eigenen Ressourcen zu bewahren und zu nutzen."

Es ist schwierig, bei Berichten wie diesem nicht die Beherrschung zu verlieren und laut aufzuschreien. Wie ist es möglich, dort zu überleben?

Andrej Kriwoschapkin aus Jakutien berichtet von Problemen mit dem geplanten Bau eines Kraftwerks an einem Fluss, dessen Namen ich nicht mitbekomme. Im Jahr 1990 protestierten 70 % der Bevölkerung und das Vorhaben wurde gestoppt. Jetzt jedoch werden erneut Pläne für den Ausbau gemacht. Die Menschen fordern eine Konsequenzanalyse für die Tier- und Pflanzenwelt und die Lebensbedingungen der Ewenen, Tschuktschen und Jukagiren und anderer in der Region.

Konsequenzanalysen sind in Russland zwar als sogenannte Expertengutachten bekannt, wie ich in Erfahrung bringe, aber werden bei weitem nicht immer von unabhängigen Akteuren durchgeführt. Und deshalb hat man nicht unbedingt Vertrauen in diese.

Walerij Sankowitsch von der RAIPON-Abteilung in Kamtschatka fasst die aktuellsten Probleme seiner Region zusammen: „Die Einschränkung und Regulierung der Lachsfischerei haben für unsere Bevölkerung, Korjaken und Itelmenen, negative Folgen. Lachse sind eines unserer traditionellen Hauptnahrungsmittel, aber die Behörden lassen nicht zu, dass wir nehmen, was wir benötigen. Stattdessen werden die Flüsse durch Platinabbau verunreinigt. Die Menschen müssen wegen der schlechten wirtschaftlichen Situation zustimmen, obwohl Rentierzüchter und Landwirte eigentlich dagegen sind. Es gibt kein Geld für ökologische Forschung, aber sie muss durchgeführt werden, da wir in ein paar Jahren große Probleme erwarten können."

„Bei uns", fügt der Repräsentant aus Tschukotka hinzu, „hat der Bergbau alles kaputt gemacht. Ganze Dörfer an der Beringstraße mussten umsiedeln, um Platz für Kohleabbau zu machen. Hinterlassen aber haben sie nur eine Mondlandschaft. Wie sollen wir damit umgehen?"

Weitere Berichte folgen, jeder mit einer Anzahl von Umwelt-, sozialen oder juristischen Problemen, von denen nur ein einziges zuhause bei uns einen Volksaufstand bewirkt hätte. Hier herrschen ganz andere Maßstäbe, sage ich mir. Dünne Bevölkerung, riesige Gebiete, enorme Wirtschaftprojekte – die Bedürfnisse der Menschen geraten dabei in den Hintergrund – werden nicht gesehen, da diejenigen, die dem Land in großem Maßstab die Ressourcen entziehen, nicht selbst dort wohnen.

Moskau, 23. März 1998

„Woher kommt es, dass Du so an den indigenen Völkern interessiert bist?" fragt mich Tove, als wir am letzten Tag beim Abendessen im Hotel sitzen.

Es ist nicht einfach, eine Entwicklung, die man über Jahrzehnte hindurch gemacht hat, in ein paar Sätzen wiederzugeben. Ich versuche eine Erklärung zu finden:

„Nun, ich bin schon immer an nordischer Natur interessiert gewesen und habe dabei in Norwegen die Sami getroffen. Außerdem habe ich vor vielen Jahren in der Türkei ein Bild von der Unterdrückung der armenischen Minderheit bekommen. Und dann öffnete sich Russland – hier kommt beides zusammen, weite Naturgebiete und die großen Probleme der kleinen Völker ... ich bin fasziniert vom Durchhaltevermögen, das sie seit der Kolonisierung, durch die Sowjetzeit und jetzt durch die Wirtschaftskrise hindurch an den Tag gelegt haben."

„Ja, sie geben nicht auf", erwidert Tove, „und sehen sich als die Wächter der Natur an. Aber aufgeben würde ja auch nichts nutzen, denn der einzige Ausweg wäre, sich an das Leben der Russen anzupassen. Und sie wissen, dass sie dazu nicht im Stande wären. Viele von ihnen jedenfalls nicht. Es bleibt ihnen nichts anderes übrig."

Tove ist selbst Inuk, aus Grönland, kennt nur zu gut die Geschichte der Zwangsanpassung. Es braucht viele Generationen, um Völker, die an das Leben in der freien Natur angepasst sind, zu ändern. In ein Haus verpflanzt, wissen sie mit sich zunächst einmal nichts anzufangen. Solange sie immer noch die gewohnte Arbeit haben, die Jagd, das Fischen, das Herstellen von allem Lebensnotwendigen, geht es immer noch. Aber wenn das auch fortfällt, weil die Umwelt kaputt ist, die Tiere und Fische fortbleiben, versinken sie in der Arbeitslosigkeit und verfallen der Trunksucht. Der Wodka ist ihnen ja ein paar Jahrhunderte lang von Händlern der Kolonialmächte unter die Nase gehalten worden. Und in betrunkenem Zustand sind sie nicht besser als andere, misshandeln ihre Familie und fangen Schlägereien an. Die durchschnittliche Lebenserwartung verkürzt sich enorm.

Obwohl – einige schaffen es. Tove lebt in Kopenhagen. Pawel in Moskau. Sie haben sich an Termine einhalten, Seminare durchführen, Berichte schreiben gewöhnt. Sie brennen für ihre Arbeit, die Arbeit für ihre Volksgenossen. Sie hält sie am Leben. Und nach und nach finden sie durchaus auch Gefallen daran, ins Theater zu gehen, im Restaurant zu essen, ein gutes Buch zu lesen. Sie haben sich an das andere Leben angepasst. Meist sind aber auch ihre Eltern schon mehr oder weniger angepasst gewesen. Ihre Volksgenossen brauchen sie dringend, sie, die beide Welten kennen und verstehen, in sich vereinen. Sie sind die Bindeglieder und tragen mit ihrem Wissen und Verständnis dazu bei, vernünftige Regeln und Gesetze zu schaffen, mit denen alle nebeneinander leben können. Ich habe auch Menschen kennengelernt, die selbst in der Tundra aufgewachsen sind und den

Sprung bewältigt haben. Aber es gibt eben auch sehr viele andere, denen es nicht gelingt ...

*

Schon während des Seminars in Moskau wurde mir klar, dass ich mehr aus der Sache machen wollte. Ich hatte diesen Sprung nicht gemacht, um dann gleich wieder aufzuhören. Diese Menschen brauchten Verbündete. Die Idee, die ich ausbrütete, hieß NNSIPRA (*Norwegian Network for the Support of the Indigenous Peoples of the Russian Arctic*), bald darauf in ANSIPRA (*Arctic Network ...*) umbenannt. Ich trat nach und nach mit allen möglichen Organisationen in Russland und in Norwegen, später auch in anderen arktischen Ländern in Verbindung, sammelte Informationen über die Zustände in den Heimatgebieten im russischen Norden und über bestehende Projekte, Pläne und Möglichkeiten, den Leuten zu helfen. Es wurde ein Informationsnetz für Vermittlung von Fakten und Kontakten. Das IPS am Arctic Council unterstütze das Projekt. Zunächst gab ich ein Bulletin in englischer und russischer Sprache heraus, das an alle Beteiligte verteilt wurde. Später wurde es für das Internet zurechtgelegt und nur noch in Russland per Post verteilt. Ich war in der guten Lage, etwa 10 % meiner Arbeitszeit am Polarinstitut dafür disponieren zu können und sogar die Unkosten über ein norwegisch-russisches Kooperationsprojekt decken zu können. Der Rest war natürlich Arbeit in der Freizeit. Ich hielt die Sache etwa zehn Jahre lang am Leben, bis ich durch ein anderes russisches Projekt davon abkam. Die Website (https://ansipra.npolar.no/) mit allen Informationen liegt heute (2020) noch immer auf dem Netz.

Das neue Erwachen der indigenen Völker Russlands spielte sich natürlich nicht vor einem leeren Hintergrund ab. 1989 wurde die Konvention Nr. 169 von der ILO (*Internatinal Labour Organisation*) verabschiedet, die zum Ziel hat, die Unterzeichnerstaaten zu verpflichten, den indigenen Völkern in ihren Territorien die soziale, kulturelle und wirtschaftliche Entwicklung auf eigenen Prämissen und unter gleichberechtigter Teilnahme zu ermöglichen. Norwegen war der erste Unterzeichnerstaat. Bislang (2020) haben 23 Staaten unterzeichnet, darunter fast ganz Südamerika. In Europa sind jedoch nur Dänemark, die Niederlande und Spanien hinzugekommen. Wie nicht anders zu erwarten, mit der Ausnahme Brasiliens, glänzen natürlich die großen Industriestaaten mit einer Vielzahl von indigenen Völkern, wie die USA, Kanada, China, Russland mit ihrer Abwesenheit. Im Duma, dem russischen Parlament, ist die Konvention zwar mehrfach auf dem Tisch gewesen, aber es ist nie bis zur Ratifizierung gekommen. Trotzdem ist die Konvention zu einer Art internationalem Maßstab für die Rechte indigener Völker geworden.

Um eindeutig im juristischen Sinne Anwendung zu finden, musste man selbstverständlich auch den Begriff ‚indigene Völker' genauer definieren. Genau genommen heißt es im Text ‚Indigene und Stammesvölker'. Diese werden in Artikel 1 der Konvention in offizieller deutsche Übersetzung so definiert:

Artikel 1

1. Dieses Übereinkommen gilt für

a) in Stämmen lebende Völker in unabhängigen Ländern, die sich infolge ihrer sozialen, kulturellen und wirtschaftlichen Verhältnisse von anderen Teilen der nationalen Gemeinschaft unterscheiden und deren Stellung ganz oder teilweise durch die ihnen eigenen Bräuche oder Überlieferungen oder durch Sonderrecht geregelt ist;

b) Völker in unabhängigen Ländern, die als Eingeborene gelten, weil sie von Bevölkerungsgruppen abstammen, die in dem Land oder in einem geografischen Gebiet, zu dem das Land gehört, zur Zeit der Eroberung oder Kolonisierung oder der Festlegung der gegenwärtigen Staatsgrenzen ansässig waren und die, unbeschadet ihrer Rechtsstellung, einige oder alle ihrer traditionellen sozialen, wirtschaftlichen, kulturellen und politischen Einrichtungen beibehalten.

2. Das Gefühl der Eingeborenen- oder Stammeszugehörigkeit ist als ein grundlegendes Kriterium für die Bestimmung der Gruppen anzusehen, auf die die Bestimmungen dieses Übereinkommens Anwendung finden.

3. Die Verwendung des Ausdrucks „Völker" in diesem Übereinkommen darf nicht so ausgelegt werden, als hätte er irgendwelche Auswirkungen hinsichtlich der Rechte, die nach dem Völkerrecht mit diesem Ausdruck verbunden sein können.

Diese ziemlich bürokratische Ausdrucksweise ist darauf bedacht, alle Missverständnisse auszuschließen und denjenigen, die spitzfindige juristische Umwege finden wollen, den Wind aus den Segeln zu nehmen. Wichtig ist es sich zu merken, dass es ganz egal ist, wer zuerst da war. Die Majoritätsbevölkerung herrscht gewöhnlicherweise in einem Land, und diejenigen Völker, die bei der Staatsbildung oder Grenzfestsetzung bereits ansässig waren aber nicht formell an der Regierung beteiligt sind, sind indigene, auch wenn die Majoritätsbevölkerung ebenso bodenständig ist, wie zum Beispiel in großen Teilen Norwegens. Es geht darum, dass die Kleinen sich gegen die Großen behaupten können und nicht unterdrückt werden.

Gleichzeitig lagen in den neunziger Jahren auch eine ‚Operative Richtlinie der Weltbank' (1991) und ein Entwurf der ‚Erklärung zu den Rechten der indigenen Völker' der Vereinten Nationen (1994) vor. Letzterer wurde aber erst in abgeänderter Form im Jahre 2007 verabschiedet.

Das Erbe der Perestrojka

Im Flugzeug von Moskau nach Magadan – siebeneinhalb Stunden über russische Tundra und Taiga. Es sind unheimliche Abstände in diesem riesigen Land! Es ist bewölkt und außerdem dunkle Nacht. Gut, dass die Iljuschin-Maschine mit bequemen Sitzen und so viel Beinfreiheit ausgestattet ist, dass man sich ausruhen kann. Aber ich schlafe nicht, bin aufgeregt was mich erwartet. Dann, eine halbe Stunde vor der Landung, kommt die Sonne über den Horizont. Die Wolken lösen sich in Nebelschwaden auf, bis auch diese komplett verschwinden und das Land sich in seiner vollen Pracht zeigt – Kolyma-Land.

Es ist schon weit im September und der Herbst hat Einzug gehalten. Unter mir Gebirgstundra – niedrige, hügelige Berge mit Felsbrockenfeldern auf den Gipfeln. Ein roter Teppich überzieht die Berghänge – einige gelbe Inseln dazwischen, wo sich Gruppen von Birken oder Weidengebüsch befinden. Weite Flusstäler mit hellen Geröllstränden durchziehen die Berge in allen Richtungen. Nicht ein einziger Ort, der aus dieser Höhe gesehen Spuren von menschlicher Aktivität verrät. Und im Hintergrund erhebt sich eine schroffe und schneebedeckte Bergkette. Dies sind die Kolymskoje Nagorje, das Kolymabergland.

Wir sind auf 60° Nord, etwa auf der Breite von Oslo oder Stockholm, aber es sind zehn Stunden Zeitunterschied zwischen dort und hier. Die Temperatur ist jetzt, Mitte September, wie zu Hause in Tromsø. Im Sommer kann es sehr heiß sein, aber die Winter sind kalt. -30° C sind keine Seltenheit und im Landesinneren werden es gerne -50° C und kälter. Das Ochotskische Meer ist vom Dezember oder Januar an für etwa drei Monate zugefroren.

Die Stadt Magadan, das urbane Zentrum der Region Magadan, wurde erst unter Stalin im Jahre 1939 gegründet. Es gab – und gibt – reiche Mineralvorkommen im Inneren des Landes: Gold, Silber, Kupfer, Molybdän, und vieles mehr. Vieles wurde unter schrecklichen Bedingungen von Gefangenen des GULAG-Archipels gebaut: die Stadt, Bergwerke, Straßen. Bergbau ist weiterhin der Lebensnerv der Region. Russlands Goldreserven liegen hier im Boden.

Nach dem großen Bevölkerungsverlust der neunziger Jahre hat

sich die Stadt in den letzten Jahren wieder leicht erholt und hat nun über 160 000 Einwohner. Menschen aus dem zentralen Russland sind hier um Geld zu verdienen. Magadan ist eine Sonderwirtschaftszone mit niedrigen Steuern und höheren Löhnen. Man will hier Investitionen anregen. Immer noch ist vieles verfallen, Fassaden, die nicht renoviert wurden, verrostete Spielgeräte auf den Spielplätzen. In der Stadtmitte ist jedoch viel geschehen und mancherorts fängt es an wie eine moderne Stadt auszusehen. Außerhalb der Stadt, unten in Richtung Nagajewa-Bucht ist ‚Schanghai', ein Stadtteil mit alten russischen Wohnhütten, die teilweise an einen Slum erinnern. Er macht einen ziemlich chaotischen und armseligen Eindruck.

Die Gesichter in der Stadt sind meist russisch. Russen und Ukrainer bilden auch hier wie in den meisten größeren Städten des Landes die Mehrheit. Aber es gibt einen kleineren Anteil, ein paar Prozent, mit asiatischen, tungusischen Gesichtszügen. Diese gehören den ethnischen Gruppen an, die sonst rings umher im Kolyma-Land leben und die Jahrhunderte oder Jahrtausende vor den Russen hierher kamen. Es sind Ewenen, Tschuktschen, Korjaken und andere. Die Ewenen waren die ursprünglich ansässige Bevölkerung der gesamten Region, jedenfalls zu der Zeit, als die Russen sie kolonisierten.

Und dann gibt es eine Reihe von Staroschily (russ. ‚Alteinwohner'), Nachfahren früher russischer Siedler, die sich seit Generationen den natürlichen Gegebenheiten des Landes angepasst haben und oft zusammen mit der indigenen Bevölkerung leben.

Ich werde später in die Stadt zurückkehren. Aber zuerst führt mein Weg ins Dorf Ola, etwa 30 km weiter östlich. Dort lebt Michail, mein Gastgeber. Er hat mich durch mein Informationsnetz über die indigenen Völker des russischen Nordens und Sibiriens kennengelernt und mich hierher eingeladen, damit ich mit eigenen Augen die Bedingungen sehen kann, unter denen die Menschen hier leben.

Wenn Teile der Stadt Magadan schon abgenutzt erscheinen und von schlechter Instandhaltung zeugen, dann ist Ola vollkommen verfallen. Was den materiellen Standard anbelangt, hat es kaum eine positive Entwicklung gegeben, seit Jelzin die Kontrolle über das Land übernommen hat und im Einvernehmen mit den Westmächten gnadenlosen Kapitalismus über Nacht einführen, alles Alte vom Tisch fegen und das Land von Grund auf neu gestalten wollte. Das war wohl kaum das, was Gorbatschow mit seiner Perestrojka-Politik gemeint hat, aber es läuft weiter unter diesem Namen.

In Ola wurde das Alte schnell kaputtgemacht, aber das Neue lässt noch auf sich warten. Anfang der neunziger Jahre machten die meisten Unternehmen Pleite. Fabrikgebäude, Lagerhallen und anderes wurden aufgegeben. Nichts wurde abgerissen, alles verfiel nur und steht nun in Trümmern herum. Mietskasernen, fünf- bis sechsstöckigen Wohngebäude, haben das gleiche Schicksal erlitten. Der Unterschied ist, dass sie nicht aufgegeben werden können, denn es leben Menschen darin. Mehrfach, als wir an Häuser mit verschlissenen Fassaden und zerbrochenen Fensterscheiben vorbeikommen, mit Innenhöfen voller Müll, muss ich fragen, ob dort wirklich Leute leben. Ja, natürlich. Wo sollten sie sonst wohnen?

„Perestrojka", sagt Michail und deutet voller Verachtung auf ein Kaufhaus, in dem keine einzige Fensterscheibe intakt ist, und wo das Unkraut die Überhand bekommen hat. Die Lichtkästen auf dem Dach in der Form der Buchstaben ‚UNIVERMAG' sind noch da, aber die Leuchtstoffröhren sind alle zerbrochen. Große Teiche, sprich Pfützen, die wegen des Permafrostes bei gutem und schlechtem Wetter überall auf den Straßen stehen, machen den verfallenen Eindruck noch deutlicher.

Einige Leute haben es überraschend gemütlich, wenn man in die Wohnungen kommt. Aber andere nicht. In Gadlja, einem kleinen ewenischen Nachbardorf, werden wir von einer Dame und ihren Töchtern, die Michail kennt, empfangen und bewirtet. Die Wohnung liegt im zweiten Stock eines sechsstöckigen Mietshauses. Die Decke ist durch Feuchtigkeit zerstört und es tropft stetig auf den Boden.

Gadlja ist als indigenes Dorf klassifiziert, das heißt eine Dorfgemeinschaft, in der die überwiegend indigene Bevölkerung von traditionellen Wirtschaftszweigen lebt. Vor 15 Jahren hatte Gadlja eine große Rentierherde. Nachdem die Kolchose (kollektives Staatsunternehmen aus der Sowjetzeit) sich aufgelöst hat, weil der Markt versagt hatte und Infrastruktur und Verkehrsverbindungen zusammengebrochen waren, sind auch die Rentiere verschwunden. Auf das letzte von ihnen wurde von einem Militärhubschrauber geschossen, entweder wegen des Fleisches oder zum Spaß.

Das hier ist kein zivilisiertes Land, es ist der wilde Osten. Und an diesen Zuständen sind vor allem diejenigen Schuld, die regieren oder regierten, nicht so sehr diejenigen, die hier leben. Obwohl auch gesagt werden muss, dass oft immer noch die alte Denkweise herrscht, wo niemand Verantwortung übernimmt, weil das Aufgabe der Partei war. Aber die Partei ist fort, und nicht alle haben gelernt, ihr Schicksal in die eigene Hand zu nehmen.

Viele der kleineren Dörfer haben nur ein paar Wohnblöcke im alten Sowjetstil, oder gar keine. Menschen, die in kleinen Einfamilienhäusern leben, haben oft bessere Möglichkeiten alles selbst instand zu halten, um unter einigermaßen brauchbaren Verhältnissen wohnen zu können. Viele bauen Gemüse im eigenen Garten an, haben Gewächshäuser und Kartoffeläcker. Viele von denen, die in Mietskasernen leben, bauen Kartoffeln außerhalb der Stadt an. Die Kartoffeln, die hier wachsen, sind sehr gut.

Die Leute wissen sich auch auf andere Art zu helfen. Ich habe mir eine Erkältung von zuhause mitgebracht, und Michail nimmt mich mehrmals mit zu einem Bekannten, der eine selbstgebaute Sauna in einer Hütte vor seinem Haus hat, wo sie versuchen, meiner Erkältung mit verschiedenen Kräutern zu Leibe zu gehen, während der Schweiß rinnt.

Die Region Magadan, eine riesige Fläche von 460 000 km^2 (Deutschland hat 360 000 km^2), hat in den 1990er Jahren einen dramatischen Rückgang der Bevölkerung erlitten, von fast 400 000 im Jahre 1989 auf 227 000 im Jahr 2001. Dies geschah im Zuge der Wirtschaftskrise. Die meisten von denen, die ausgewandert sind, waren hochgebildetes Personal. Es versteht sich von selbst, dass die soziale und wirtschaftliche Situation darunter enorm gelitten hat.

Die indigenen Einwohner der Gegend zählen ca. 6000 Menschen, und im gleichen Zeitraum ist ihr Anteil demzufolge von 1,5 % auf 2,5 % gestiegen. Ola ist ein Dorf mit 6400 Einwohnern, von denen 715 oder 11 % indigener Herkunft sind. Mehrere solcher Dörfer mit gemischter Bevölkerung liegen nicht weit von der Stadt Magadan entfernt und verfügen über Straßenverbindungen, während die meisten Orte mit indigener Bevölkerung sehr schlechte oder überhaupt keine Straßenverbindungen haben. Die meisten liegen an der Küste. Die wichtigsten Wirtschaftszweige sind Fischerei, Jagd und kümmerliche Reste einer ehemals umfangreichen Rentierhaltung.

In Ola leben sowohl die Indigenen und die Staroschily, die russischen Altsiedler, von der Fischerei. Es gibt sieben Unternehmen, die den offiziellen Status als ‚Indigenes Unternehmen' haben, und sechs Obschtschinas (Großfamilienbetriebe). Die größten Hindernisse für die wirtschaftliche Entwicklung sind der Mangel an Kapital, kein Zugang zu Darlehen mit niedrigen Zinsen und Probleme mit Fischfangquoten. Jeder darf 50 kg Fisch quotenfrei pro Jahr für den Eigenbedarf fangen – sehr wenig für Menschen, die traditionell von Fischprodukten leben. Um darüber hinaus Quoten zu bekommen, muss ein Unternehmen über genügend Mittel für Ernte, Lagerung und Transport nachweisen, und da gibt es nur wenige, die das können. Die meisten Quoten gehen an größere, russischen Firmen, die im Voraus bereits bessere wirtschaftliche Möglichkeiten haben. Mehrere Fischannahmestellen und -fabriken entlang der Küste, die bis Anfang der 1990er Jahre indigenen Unternehmen gehörten, sind verfallen und verunschönen nur die sonst so schöne Küstenlandschaft. Das ist das Erbe der Perestrojka, ihre Schattenseite.

Eine neue Subventionsordnung soll Kleinunternehmen wirtschaftliche Unterstützung geben, unterstützt aber nur diejenigen, die bereits eine gewisse Produktivität aufweisen.

„Es gibt keine Chance für die meisten der kleinen einheimischen Unternehmen, in den Rahmen dieser Fördermöglichkeit zu kommen. Es ist der Verwaltung noch nicht aufgegangen, dass den Ewenen, Tschuktschen und Korjaken dieses Land seit Menschengedenken gehört hat", höre ich. Und dass es natürlich als ungerecht empfunden wird, wenn die russische Elite die Ressourcen unter sich verteilt und die ursprüngliche Bevölkerung in der Arbeitslosigkeit verkommen lässt.

Die offizielle Arbeitslosenquote in der Region Magadan ist durchschnittlich 12,8 %, und in abgelegenen Gebieten mit einem hohen indigenen Bevölkerungsanteil 16-18 %. Die tatsächliche Zahl kann viel höher sein, weil viele, die in abgelegenen Gebieten leben, keine Möglichkeit haben, sich zu registrieren und arbeitslos zu melden, oder nicht darüber Bescheid wissen. Die reellen Zahlen können wohl mancherorts fast 50 % betragen. Während die Rentierhaltung vielerorts zugrunde gegangen ist und Fischfangquoten nicht erhältlich sind, ist der Anteil der einheimischen Arbeiter in Industrie und Bergbau fast unsichtbar.

Wieder in Magadan.

Im Gebäude der Kreisverwaltung bin ich zu einem Briefing über ein finanzielles Hilfsprojekt von CIDA, der staatlichen kanadischen Organisation für Entwicklungshilfe, eingeladen. Mehrere russische Frauen halten Vorträge in einwandfreiem Englisch. Das Projekt zielt in erster Linie auf die Stimulierung des Bergbaus ab, um die Wirtschaft der Region anzukurbeln, aber in geringerem Maße fließen auch andere Faktoren ein. Auf meine etwas provozierende Frage, ob man auch an der Rechtsgrundlage dafür arbeitet, einen Teil der Einnahmen aus den Ressourcen des Landes an die ursprüngliche Bevölkerung zurückfließen zu lassen, was z.B. in Nordamerika normal ist, erntete ich nur einige überraschte und verwirrte Blicke. Nein, die russischen Naturressourcen seien Staatseigentum. Die Tatsache, dass man ja das Land im Laufe der Zeit Stück für Stück der Urbevölkerung entwendet hat, ist hier absolut nicht allgemeines Gedankengut.

Mit auf der Versammlung ist Lilia, eine Ewenin aus dem Dorf Ewensk, die zu diesem Anlass ihre Nationaltracht aus Rentierfell mit Lederbändern und Glasperlen trägt, ein wundervoller Anblick. Wir finden schnell heraus, dass wir uns gegenseitig aus früherer Korrespondenz kennen. Sie erzählt von einem erfolgreichen Handwerksunternehmen, das durch das CIDA-Projekt Finanzierung erhalten hat, und das erfolgreich zu sein scheint. Es gibt also Hoffnung.

Aber in den Dörfern sonst merkt man nichts davon. „In der Barents-Region helfen die skandinavischen Länder", sagte jemand zu mir. „In Tschukotka investiert Alaska. Aber hier? Nichts. Niemand interessiert sich für uns."

Und genau das ist es: Hier gibt es willige Arbeitskräfte, einen Reichtum an Fischen und Meeressäugern, enorme Möglichkeiten für Rentierhaltung, Beerenernte und vieles mehr. Aber es fehlt das Anfangskapital. Man braucht nicht viel, um ein kleines Fischereigeschäft aufzubauen: ein paar kleine Fischerboote, eine Landungsstelle mit einem Lager und einer Gefrieranlage, und die Menschen wären in der Lage, sich selbst zu helfen. Die Quoten würden fast von selbst kommen, denn auch die Verwaltung ist natürlich daran interessiert, Investitionen hierher zu ziehen. Warum muss es so schwer sein, jemanden dazu zu bringen, hier im Kleinen zu investieren?

Die Leute wollen keine Geldgeschenke. Sie wollen Partnerschaften eingehen, um Joint Ventures (Gemeinschaftsunternehmen) aufzubauen. Aber im Westen hat man einige schlechte Erfahrungen mit solchen in Russland gemacht, und Magadan scheint viel zu weit weg von der Peripherie der westlichen Länder zu liegen. Diejenigen, die Interesse haben könnten, sind sich nicht bewusst, dass sie hier nicht die russische Mentalität von Murmansk oder Archangelsk antreffen würden. Es ist ein indigenes Volk, das lange unter der russischen Verwaltung gelitten hat und eine ganz andere Motivation hat – nämlich als Volk zu überleben, als eine kulturelle Gruppe ihre ethnische Identität zu bewahren.

„Wir haben unsere eigenen Kleinunternehmen, unsere Großfamilienbetriebe, und wir haben das Recht, die Ressourcen zu nutzen. Wir hätten Einnahmen durch die Zusammenarbeit mit ausländischen Unternehmen, würden nach und nach auch in andere traditionelle Wirtschaftszweige investieren und nach und nach unserer Kultur wiederaufbauen. Aber wir brauchen einen Anfang. Derzeit haben wir nichts, schaffen es kaum, uns am Leben zu halten", sagt Michail.

Auf dem Kontinentalsockel vor der Region Magadan ist Öl gefunden worden. Man wartet mit Spannung darauf, was noch kommen wird. Wird das Land kaputtgemacht, wie es in anderen Teilen Russlands geschehen ist, oder wird man es schaffen, diese Ressourcen zugunsten aller zu nutzen? Hat man in Russland einmal etwas Gutes vom Ausland gelernt? Die Einnahmen werden wahrscheinlich nach Moskau fließen, und den kleinen Anteil, der aus dem Staatshaushalt wieder hierher zurückfließt, wird die Verwaltung verschlucken. Die meisten Menschen hier erwarten keine Hilfe mehr von oben. Deshalb sind sie so eifrig dabei, Kontakte im Ausland zu bekommen, um andre zum Kommen zu bewegen. Deshalb haben sie auch mich eingeladen. Aber ich arbeite nur mit Vermittlung von Information, bin kein Investor.

Als ich Magadan verlasse, ist der Herbst noch weiter fortgeschritten. Hier sind nicht nur die Laubbäume gelb, sondern auch die Nadelbäume. Der Nadelwald besteht aus Lärchen, die ihre Nadeln im Herbst abwerfen. Der ganze Wald ist gelb, so gelb, dass es fast in den Augen weh tut. Und als die Iljuschin-Maschine in den Wolken verschwindet und das Land unter mir sich meinen Augen entzieht, schlummere ich ein und sehe diese Leute wieder, mit einem Ausdruck irgendwo zwischen Verzweiflung und Hoffnung. Hoffnung darauf, dass sie in Zukunft in der Lage sein werden, ein Leben in Würde zu führen. „Denn wenn nichts geschieht", wie Michail sagte, „dann müsste ich meinen Leute sagen, dass sie dazwischen wählen können, sich zu Tode zu trinken, oder fortzugehen – und ihre kulturelle Identität für immer zu verlieren."

VIERTER TEIL

TROMMELTANZ

This we know ... the Earth does not belong to man,
man belongs to the Earth.
All things are connected, like blood which connects one family.
Whatever befalls the Earth befalls the children of the Earth.
Man did not weave the web of life –
he is merely a strand in it.
Whatever he does to the web, he does to himself.

Eines ist gewiss ... die Erde gehört nicht dem Menschen,
der Mensch gehört der Erde.
Alles ist miteinander verbunden, wie das Blut, das eine Familie
verbindet.
Was auch immer die Erde befällt, befällt auch ihre Kinder.
Der Mensch hat nicht das Netz des Lebens gewoben –
er ist nur ein Strang darin.
Was immer er dem Netz antut, tut er sich selbst an.

Häuptling Si'ahl, Washington State, 1854
(rekonstruierter Auszug der Rede,
genauer Wortlaut nicht übermittelt)

Im Wandel der Zeiten

Der Raum ist erfüllt vom rhythmischen Klang der großen, flachen Handtrommeln, den tiefen, anhaltenden Stimmen der Männer und den gutturalen Lauten der Frauen, alles übertönend. Die Wände des Saals, die Tische und die anderen Zuschauer sind vergessen, werden nicht mehr wahrgenommen. Das Gefühl der Weite der Tundra Tschukotkas oder Kamtschatkas erfüllt alles um mich her. Im Halbkreis stehen die Trommler, Männer und Frauen, bewegen sich schlangenartig im raschen, aber eintönigen Rhythmus des Gesangs. Im Innern des Halbkreises sind einige Tänzerinnen. Sie stehen auf dem Fleck, während ihre Oberkörper auf und ab gehen, ihre Arme sich in alle Richtungen strecken und die Köpfe sich vor und zurück neigen, lang anhaltend. Dann plötzlich wechselt der Rhythmus. Die Beine beginnen sich zu bewegen, bleiben aber eng zusammen, hüpfen nur nach rechts und links. Die Arme fliegen in weiten Kreisen. ‚Hei-hei-a-hei-hei-a' tönt es aus vollen Kehlen vom Kreis der Trommler. Eine Rhythmusphase hält mehrere Minuten an, damit der Zuschauer vollkommen darin aufgeht um dann den Wechsel umso nachhaltiger zu spüren.

Die Frauen sind eine Weide für das Auge. Langes schwarzes Haar zu Zöpfen gebunden, die nach vorn fallen und mit Perlenbändern geschmückt sind. Breite Stirnbänder mit bunten Perlenmustern, von denen mehrere Perlenschnüre von den Schläfen bis auf die Schultern fallen. Eng sitzende, lange, braune Wildledermäntel mit Pelzbesätzen am Ausschnitt, an den Ärmeln und am Saum, perlenbrodierte Gürtel. Unter den Mänteln kommen wadenhohe Pelzstiefel zum Vorschein, deren Schäfte ebenfalls Pelzkanten und aufgenähte Perlenmuster vorweisen. Die Männer sind ähnlich gekleidet, aber mit kürzeren Ledermänteln und weiten, hellen Hosen darunter. Sie tragen ihr langes, schwarzes Haar offen, nur mit perlenbrodierten Stirnbändern zusammengehalten. Darunter bärtige Gesichter mit scharfen, verwegenen Gesichtszügen.

Nun lösen sich die Tänzerinnen von ihren Plätzen, ziehen die Beine wechselweise hoch, drehen sich im inneren Kreis umeinander, während der Trommelrhythmus härter, bedrohlicher wird. Langsam, unmerklich, reihen die Tänzerinnen sich rückwärts in den wogenden Kreis der Trommler ein. Dann ein abrupter Wechsel im Rhythmus – zwei männliche Tänzer springen in den Kreis, die großen Handtrommeln vor den Köpfen haltend. In tiefer Kniebeuge, die Oberkörper nach vorn geneigt, die Trommeln in rascher Folge schlagend, sich umeinander herum bewegend wie Ringkämpfer, die den richtigen Zeitpunkt zum Angriff abwarten. Sie übernehmen nun allein das Trommelspiel, während der Kreis der anderen aus vollen Kehlen singt – ,Hei-a-ah-hei-a-ah-hei-a-ah' – und sich wogend im Rhythmus bewegt. Vollkommen im Banne der Musik und des Tanzes der beiden Trommler, deren langes Haar nun in alle Richtungen fliegt, während sie sich umeinander drehen, merkt man kaum, dass der Kreis der umstehenden Sänger sich umzubilden beginnt. Plötzlich heben die beiden Tänzer ihre Trommeln über den Kopf und schließen mit einem ohrenbetäubenden Trommelwirbel ab.

Aber schon hat sich das Szenenbild geändert. Der Kreis der Tänzer besteht nun aus Männern, die ihre Trommeln nur noch langsam schlagen, während einige Frauen in den Vordergrund getreten sind und einen Mann zu umwerben scheinen. Im engen Kreis um ihn herum auf dem Boden kniend, sich schlangenartig an ihn zu schmiegen versuchend, gutturale, glucksende Lauten ausstoßend – ,u-hu-u – u-hu-u'. Der Mann steht breitbeinig, singt sein ,hei-he-o-hei-he-o' mit tiefer Bass-Stimme und scheint mit tanzenden Bewegungen die Frauen abzuweisen. Ab und zu deutet er einer von ihnen sich zu erheben, bis er sie wieder von sich weist. Zum Schluss sucht er sich eine von ihnen aus. Die beiden umwerben sich tanzend, während die anderen Frauen sich mit rhythmischem Schluchzen und hängenden Köpfen tanzend entfernen und der Trommelreigen langsam ausklingt.

Allmählich löst sich der Bann, in den mich die Musik und die Tänze versetzt haben, auf. Die Wände des Saals, die Tische und die anderen Zuschauer tauchen wieder in meiner Wahrnehmung auf.

Das Leben in der Tundra, das man hier mit einmaliger Choreographie vorgeführt bekommen hat, ist zwar näher an der Natur als das unsere, denke ich, aber es hat wohl mit den gleichen Gefühlen, Hoffnungen wie Enttäuschungen, zu kämpfen. Im Innersten sind die Menschen gar nicht so verschieden voneinander.

*

In den drei Jahren, die vergangen waren, seit ich mein Informations-netz ANSIPRA aufzubauen begonnen hatte, war einiges geschehen. In der ersten Zeit musste ich wegen jeder finanziellen Ausgabe fra-gen gehen. Und Ausgaben waren in erster Linie Übersetzungen von Artikeln für das Bulletin, das ja zweisprachig, englisch und russisch war, das Vervielfältigen des Bulletins, das in steigenden Auflagen er-schien, und das Versenden per Post. Bald jedoch bekam ich pro Jahr ein festes Budget, das ich selbst verwalten konnte. Die Gelder kamen von einem norwegisch-russischen Kooperationsprojekt der Abtei-lung für Umweltverwaltung an meinem Institut. Der Leiter war ein ausgesprochener Befürworter meiner Initiative und meinte, sie sei eines der wenigen Dinge, die wenig kosteten und viel Sinn machten. Das hörte ich natürlich gerne.

Für Übersetzungen ins Russische engagierte ich zunächst eine rus-sische Studentin, die mir empfohlen wurde. Zu jener Zeit wurden vie-le studentische Hilfskräfte für solche Arbeiten angeheuert. Studenten benötigten Einkünfte um ihr Studium zu finanzieren und waren na-türlich weitaus billiger als professionelle Übersetzer. Und nicht im-mer benötigt man hervorragende Qualität.

Auf dem zweiten Seminar des dänischen Hilfsprojekts in Moskau jedoch begegnete ich Galina Diatschkowa. Galina war eine junge Frau tschuktschischer Herkunft aus einem Dorf im Süden Tschukotkas, die aber schon seit längerer Zeit in Moskau wohnte und ehrenamtlich bei RAIPON aushalf. Sie zeigte aufrichtiges Engagement und sprach er-staunlich gut englisch. Als ich sie fragte, ob sie gegen eine feste halb-jährliche Abfindung bei meinem Projekt mitarbeiten wollte, brauchte sie nur bis zum nächsten Tag um mir eine positive Antwort zu geben. Ihre Aufgaben wurden nicht nur das Übersetzten von englischen Ar-tikeln ins Russische, sondern auch Einholen von interessanten Nach-richten aus den Regionen Russlands. Mit ihrem nahen Kontakt zu den zentralen Personen bei RAIPON machte Galina einen ausgezeichne-ten Job als Journalistin.

Übersetzungen vom Russischen ins Englische wurden auf verschie-dene Weise gemacht – teilweise von Galina in ein einfaches Englisch überführt, oder auch von mir, der allerdings nur sehr grundlegende russische Sprachkenntnisse hatte – zuerst mit Hilfe eines Wörter-buchs, später dann mit einem der damals aufkommenden digitalen

Übersetzungsprogramme. Beides benötigte eine gewissenhafte Überarbeitung. Bald bekam ich dabei jedoch unersetzliche Hilfe, denn auch die Kommunikationsabteilung an meinem Institut fand an meinem Projekt Gefallen. Unsere wissenschaftliche Redakteurin, Helle Goldman, bekam den Auftrag, einen kleinen Teil ihrer Tätigkeit meinem Projekt zu widmen. Helle war dänisch-amerikanischer Herkunft und eigentlich ausgebildete Anthropologin. Damit waren nun sowohl die russische als auch die englische Ausgabe des Bulletins von guter, muttersprachlicher Qualität, die gleichzeitig auf fachlicher Einsicht beruhte.

In den ersten Ausgaben berichteten wir hauptsächlich über internationale Projekte, die die indigenen Völker berührten, stellten relevante Organisationen vor und berichteten über Gipfeltreffen von politischen Gremien wie den ‚Arctic Leaders Summits‘. Zumal wir gute Verbindungen zu sowohl RAIPONs als auch dem Indigenous Peoples‘ Secretariat des Arctic Council hatten, waren solche Informationen leicht aufzutreiben. Wir stellten bestehende Initiativen zur Unterstützung indigener Interessen in den arktischen Ländern vor, um Anregungen zu geben. Außerdem forderten wir die regionalen Vereinigungen der Indigenen rings umher in den ausgedehnten russischen Nordgebieten auf, uns ihre Probleme zu schildern. Schließlich fertigten wir nach und nach auch ethnographische Übersichten über die vierzig indigenen Völker des russischen Nordens an, um unseren westlichen Lesern eine Grundlage für das Verständnis ihrer Situation zu liefern. Meine diesbezüglichen Ausarbeitungen des viel erwähnten INSROP-Berichts lieferten dafür einen guten Ausgangspunkt. Zu guter Letzt sammelten wir auch Informationen über geplante Konferenzen, Seminare, Workshops und dergleichen sowohl in Russland als auch in den westlichen Ländern.

Von der vierten Nummer an, im Herbst 2000, begannen wir, ausgewählte Artikel der neu erschienenen, russisch-sprachigen Zeitschrift ‚Mir korennych narodow – schiwaja arktika‘ (‚Welt der indigenen Völker – lebende Arktis‘) ins Englische zu übersetzen und in der englisch-sprachigen Ausgabe unseres Bulletins zu verteilen. Damit deckten wir ein wesentlich größeres Spektrum an Informationen für unsere westlichen Leser ab, während ja die Originalzeitschrift den russischen Leserkreis versorgte. Das ließ sich einfach verwirklichen, da die Herausgeberin der Zeitschrift, Olga Muraschko, eine zentrale Person im Kreise um RAIPON und uns allen gut bekannt war. Olga war eine Sozialanthropologin von der Moskauer Universität, die langjährige Forschung mit den indigenen Gemeinschaften betrieben hatte. Außerdem war sie als Konsulentin für das russische Parlament in Urbevölkerungsfragen tätig.

Gleichzeitig passierten auch andere Dinge. Inzwischen hatte auch Norwegen die Finanzierung eines Projekts sichergestellt, das den Kapazitätsaufbau von RAIPON stärken und zur Teilnahme der indigenen Vertreter Russlands an der nachhaltigen Entwicklung der Arktis fördern sollte. Es wurde von der in Norwegen ansässigen UNEP-Organisation GRID-Arendal geleitet, unter Teilnahme des Sami-Parlaments. Irgendwie gelang es mir, auch hier mit am Tisch zu sitzen.

*

Zum ersten Mal in meinem Leben bin ich derartig von der Ausstrahlung dieser indigenen Tänze erfasst worden. Nie zuvor habe ich sie so hautnah erlebt. Die Rhythmen und Tänze versetzen einen in eine Art Trance. Es wird leicht sich vorzustellen, wie sich die alten Schamanen mit Trommel und Gesang in eine Trance versetzten, in der sie geistige Reisen in andere Welten machten und Visionen bekamen.

Aber soweit geht es hier in Moskau nicht. Es ist der vierte Kongress der indigenen Völker des russischen Nordens. Er wird seit der Gründung von RAIPON auf dem ersten Kongress im Jahre 1989 alle vier Jahre abgehalten. Diesmal sind 330 Vertreter von dreißig regionalen Vereinigungen versammelt. Über sechzig Vorträge werde gehalten, meist zu Umwelt-Themen und zu den Rechten indigener Völker. Auch das dubiose Verschwinden von Hilfsgütern auf dem Weg von Moskau in die Regionen kommt zur Sprache. Viele bieten Vorschläge zur Lösung von Problemen an. Man fokussiert mehr und mehr darauf, dass der Hauptgrund für die rechtlichen Probleme von Minderheiten nicht unbedingt fehlende Gesetze, sondern das Fehlen von Mechanismen zur Durchsetzung und zur Strafverfolgung sind. Sergej Charjutschi, der bei diesem Kongress wiedergewählte Präsident, hält einen Vortrag mit dem Titel „Unser Schicksal liegt in unseren Händen".

Der Kongress beschließt, ein Konzept für die Entwicklung der indigenen Völker des Nordens im 21. Jahrhundert zu unterstützen, das vom Institut der Russischen Akademie der Wissenschaften für Angelegenheiten der indigenen Völker des Nordens vorgestellt wird. In einer Delegation zum Bundesausschuss werden eine Reihe von Initiativen vorgestellt, wie die Einrichtung von Selbstbestimmungsgebieten der indigenen Völker, die Ratifizierung der ILO-Konvention Nr. 169, die Verabschiedung der eingereichten Bundesgesetze *,Über Territorien', ,Über die Rentierzucht im Norden der Russischen Föderation', ,Über Jagd und Wirtschaft', ,Über Fischerei und Erhaltung aquatischer biologischer Ressourcen'* und *,Über die Konsolidierung des Nordens'*. Ein neuer Gesetzesentwurf *,Zur Verbesserung der demografischen Lage im Norden, in Sibirien und im Fernen Osten'* soll angestrebt werden. Ein sehr wichtiger Punkt ist die Einführung des zeitlich unbegrenzten Rechts auf Besitz und traditionelle Nutzung von Subsistenzgebieten sowohl wie Entschädigungen für entfremdete Gebiete. Weiterhin strebt man die Bildung eines konsultierenden Expertenrates zu Fragen der indigenen Völker an, die Einführung des Amtes einer Behörde für die Rechte derselben Völker, die dem Präsidenten der Russischen Föderation angeschlossen ist, und die Einführung einer Quote für die Vertretung indigener Völker in Legislativ- und Exekutivausschüssen.

Es ist einzigartig, diesem Kongress beiwohnen zu dürfen. Die Eindrücke, mit denen ich Moskau verlasse, sind überwältigend. Aufgewachsen mit dem Eisernen Vorhang, mit dem Wissen, dass Demokratie-Debatten in Russland mit Gefängnis oder Verweis in sibirische Arbeitslager beantwortet werden – und jetzt diese Offenheit, mit der alles abläuft! Zwar wird längst nicht jeder Wunsch verwirklicht, aber das geschieht ja bei uns im Westen auch nicht. Doch die Dinge werden beim Namen genannt und werden öffentlich diskutiert.

Durch die Wirtschaftskrise der neunziger Jahre ist vieles kaputtgegangen, was zuvor funktioniert hat, wie die Versorgung entlegener Gebiete, die Gesundheitsvorsorge, die Absatzmärkte. Qualifiziertes Personal hat die nördlichen und östlichen Gebiete Russlands in Scharen verlassen. Der Westen hat nicht geholfen etwas aufzubauen, er wollte nur den russischen Absatzmarkt für sich. Vielerorts herrscht Chaos. Auch in Moskau herrschte vor Kurzem noch Chaos. Bei einem Seminar vor nur anderthalb Jahren, als wir in einer Arbeitsgruppe am Tisch saßen, kam plötzlich die Sekretärin in den Seminarraum und meinte, es gäbe wichtige Neuigkeiten – Präsident Jelzin hätte das Parlament mal wieder aufgelöst und würde in Kürze eine neue Regierung ernennen. Alles war unvorhersehbar geworden. Das russische Volk, unterstützt von vielen der Indigenen, will einen starken Mann am Ruder. Und viele sehen diesen in Wladimir Putin, der nun seit gut einem Jahr das Sagen hat. Die Zukunft ist spannend. Irgendwie habe ich das Gefühl, ich bin zugegen, wo Weltgeschichte gemacht wird.

Moskau, April 2005

Vier Jahre später, wieder in Moskau. Der fünfte Kongress. Ich bin zwar in der Zwischenzeit mehrfach in Russland, nicht aber in Moskau gewesen. Pawel Suliandziga, weiterhin Vizepräsident von RAIPON, erkennt mich wieder.

„Vielen Dank für Dein Bulletin", sagt er. „Wir brauchen solche Initiativen. Es ist informativ und die Leute lesen es. Wenn ich in den Regionen bin, sprechen sie darüber."

Überhaupt habe ich hier inzwischen eine Menge Bekannte. Viele habe ich lange nicht gesehen, während ich andere zuletzt im Ausland auf Seminaren oder Konferenzen getroffen habe. Auch Tove ist anwesend. Inzwischen arbeitet sie nicht mehr beim IPS, sondern bei der Heimatverwaltung von Grönland. Wir begrüßen uns wie alte Freunde.

„Du machst immer noch Deine Informationsarbeit, das finde ich toll. Wir brauchen weiterhin alle Hilfe von innen und außen – besonders hier in Russland", sagt sie.

„Man tut halt, was man kann. Nur die Welt ändert sich leider nicht, weil man darüber schreibt."

„Aber jeder Tropfen höhlt den Stein."

Auch Tänze werden wieder aufgeführt, aus allen Gegenden der russischen Nordgebiete. Diesmal in einer großen Konzerthalle. Am beeindruckendsten finde ich den Tanz der Kraniche aus Kamtschatka. Abgesehen vom langsamen Schlagen der Trommeln im Hintergrund wird er allein von jungen Frauen bestritten. In weißen, brodierten, schlanken Wildledermänteln mit dicken weißen Fellansätzen schreiten sie graziös auf die Bühne, bewegen sich genau wie diese langhalsigen Vögel, öffnen und schließen ihre Flügel, sprich weiten Ärmel.

Der Raum ist erfüllt von ihrem kreischenden Gesang – lang anhaltenden klagenden Lauten, dann kurzem, bellendem Gackern. Neun Frauen, die fast naturgetreu die Geräuschkulisse einer riesigen Gruppe von sich paarenden Kranichen auf die Bühne bringen. Mal tanzen sie in der Reihe, mal im Kreis, mal einander gegenüberstehend und sich umwerbend, dann wieder jede für sich mit gebeugtem Oberkörper, die Flügel in die Höhe streckend. Jede für sich, und doch als Einheit. Wie unsagbar nah doch diese Tänze die Natur nachahmen und die Atmosphäre der weiten Tundra vermitteln!

Viele Gruppen treten auf, aus allen Gegenden des russischen und sibirischen Nordens. Ähnlichkeiten gibt es viele, aber auch deutliche Unterschiede – sowohl in den Kostümen als auch in der Art der Lieder und Tänze. Vielleicht könnte man sagen, dass, je weiter nördlich und östlich man ist, desto mehr Leder und Fell ist zu sehen und desto mehr ahmen die Tänze die Tiere und andere natürliche Dinge nach. Die südlicheren Trachten sind mehr aus Stoffen und erinnern teilweise sogar etwas an südlichere oder osteuropäische Trachten. Auch andere Instrumente als Trommeln werden dort in zunehmendem Maße benutzt. Ganz anders wieder, wenn man sich den mongolisch beeinflussten Gegenden Südsibiriens nähert. Lange farbenprächtige Gewänder sind zu sehen, eine Vielzahl von phantasievollen Kopfbedeckungen, Musik aus geigen-, zither- und lautenähnlichen Saiteninstrumenten, Mundorgeln und Flöten, mit melodiösem aber trotzdem rhythmischem Gesang, manchmal sogar dem typischen mongolischen Obertongesang. So vielseitig der russische Norden doch ist!

Ein Kollege sagte mir einmal, dass, wenn es ein Land gäbe, das ihn absolut nicht interessierte, dann wäre es Russland. Alles sei dort überall genauso grau und langweilig. Nun, jeder hat ein Recht auf eine eigene Meinung. Manchmal beruht sie aber auch auf Unwissen. Ich kann mir vorstellen, dass sie in diesem Fall auf den allgegenwärtigen, halb verfallenen sowjetischen Mietskasernen und Industrieruinen beruht, denen man überall von Moskau bis Wladiwostok begegnet. Wer nicht unter die Oberfläche schaut oder schauen will, erliegt nur zu schnell großen Vorurteilen. Wie kann ein Land mit über hundert ethnischen Gruppen langweilig oder einseitig sein?

Ich verabrede mich mit Larissa Abrjutina, RAIPONs Gesundheitsbeauftragter, in einem Café, denn ich habe ihr Geldeinnahmen zu überbringen.

*

Das mit den Geldeinnahmen ist eine Geschichte, die ein paar Jahre zuvor angefangen hat. Ich habe leider die Details vergessen und kann auch keine Aufzeichnungen mehr finden. Aber es ging um eine Ausstellung sibirischer Kunsthandwerker, die wohl in den achtziger Jahren nach Norwegen kam. Aufgrund von Umständen, die ich nicht mehr genau weiß, mussten die Aussteller abreisen, ohne die Kunstgegenstände mitnehmen zu können. Die Gegenstände wurden in die Obhut eines Hochschullehrers aus Tromsø samischer Herkunft gegeben – auch dessen Name ist mir leider abhanden gekommen. Larissa hatte mich gebeten, diese Dinge aufzutreiben, da die Eigentümer sie vermissten. Und das tat ich dann auch. Der Lehrer, der sie aufbewahrte, war froh, die Verantwortung loszuwerden und überreichte sie mir. Eine nummerierte Inventarliste mit den Namen der Künstler, dem Herkunftsort und dem Wert der Gegenstände lag dabei.

Wir wurden uns schnell im Klaren darüber, dass es nicht so einfach sein würde, diese Dinge zurück nach Russland zu bringen. Es gab keine Ausfuhrbescheinigung und die Regeln für so etwas hatten sich seitdem mehrmals geändert. Außerdem waren auch geschnitzte Gegenstände aus Walrosszähnen dabei, dessen Ausfuhr inzwischen verboten war. Es ging also darum, die Dinge zu verkaufen. Darunter war alles von mit Glasperlen brodierten Anhängern aller Größen über Amulette, Knochen- und Hornschnitzereien bis zu Walrosszähnen mit eingravierten Szenen aus dem arktischen Leben.

Ich sah gleich, dass ich diese Gegenstände ohne irgendein Vertriebsnetz niemals für den angegebenen Preis verkaufen könnte. Auch sollte es ja unter der Hand geschehen um jegliche Art von Genehmigungen und Steuerabgaben zu umgehen. Wir einigten uns daraufhin, dass ich eine realistische Preisliste erstellen sollte, für die ich dann versuchen würde, die Sachen an den Mann zu bringen. Ich verkaufte über ein paar Jahre hinweg das allermeiste an Kollegen, Bekannte und Besuchende. Die Einkünfte überreichte ich Larissa, immer wenn wir uns trafen, zusammen mit einer Verkaufsliste. Sie reiste im Zuge ihrer Tätigkeit viel in Sibirien umher und würde den Erlös den entsprechenden Künstlern zukommen lassen. Alles geschah natürlich vollkommen auf Vertrauensbasis allen Beteiligten gegenüber. Einige weniger wertvolle Dinge wurde ich zum Schluss nicht los. Diese waren auch nicht problematisch, was Aus- oder Einfuhrbestimmungen anbelangte, und ich überreichte sie Larissa zusammen mit der letzten Geldsumme. Sie meinte, sie hätte die allermeisten der Künstler ausfindig machen können, nur einige wenige nicht. Ich hoffe, der entsprechende Erlös ist dann irgendwelchen gemeinnützigen Zwecken zugutegekommen.

Geldverkehr mit Russland war in den neunziger Jahren und bis hinein in die frühen Zweitausender sowieso ein Problem. Es bestanden keine regulären Bankverbindungen und, wenn es überhaupt klappte, dauerte es ewig und es verschwand jede Menge Geld in Form von Gebühren. Die einzige regelmäßige und für alle zugängliche Zahlungsmöglichkeit war über die Western Union, aber das wurde von vielen offiziellen Stellen in Norwegen, die Revisionen unterworfen waren, nicht akzeptiert. Es lief dann zur Verzweiflung der Rechenschaftshöfe an Instituten und Betrieben meist auf Barzahlungen bei Reisen und handgeschriebene Belege hinaus. Anfangs war es auch problematisch, bei Dienstreisen nach Russland Taxitouren bezahlt zu bekommen, bis man im Ausland – zumindest bei uns in Norwegen – begriff, das Taxi-Quittungen in Russland vollkommen unbekannt sind und man die Ausgaben dann bald einfach ohne Belege auf Vertrauensbasis zurück bekam.

Eine andere heikle Sache waren Landkarten und sind es vermutlich noch immer. Alle autokratischen Regime glauben automatisch, dass man Landkarten – je genauer desto schlimmer – nur zum Zweck der Spionage verwenden kann. Wird man bei der Ausfuhr von Landkarten erwischt, gibt es Probleme, auch wenn man diese Karten ganz legal in einem öffentlichen Laden gekauft hat. Ich kenne einen Kollegen, der wie ich Geologe ist und Landkarten garantiert nur zur Forschung benutzt. Er bekam dauerhaftes Einreiseverbot wegen versuchter Spionage. Es ist also viel einfacher, die Karten zu fotografieren und sie mit elektronischer Post zu senden. Dabei habe ich noch nie von Problemen gehört.

Nun bin ich immer sehr geografisch interessiert gewesen, und da ich für meine Arbeiten selbst thematische Landkarten zusammenstellte, war ich sehr daran interessiert, Karten über die russischen Nordgebiete zu ergattern. Eine Bekannte in St. Petersburg hatte einen

Laden ausfindig gemacht, der eine Menge Landkarten aus den Regionen führte. Dort war ich regelmäßiger Kunde, wann immer ich in der Stadt war. Ich nahm sie immer gefaltet im Koffer mit und wurde nie kontrolliert. Später erfuhr ich, dass nur der Erwerb von Karten in Maßstäben größer als 1:25 000 illegal war. Ich hatte nie Karten mit derartiger Genauigkeit dabei. Vermutlich aber konnten Zollbeamte in Russland nicht so viel mit Maßstäben anfangen und sobald sie Landkarten sahen, läuteten die Alarmglocken.

*

Der fünfte Kongress hinterlässt bei mir den Eindruck, als ob die Probleme sich nur leicht verlagern, aber im Grunde weiterhin dieselben sind. Weitere Gesetze, die die Lebensgrundlage und rechtliche Lage der indigenen Völker regeln, sind verabschiedet worden oder im Gespräch, aber sie überlassen die Durchführung den regionalen Behörden. Es gibt keine Richtlinien, wie und wann sie in die Tat umgesetzt werden sollen. Zum Beispiel „können" von den regionalen Behörden sogenannte Territorien für traditionelle Landwirtschaft eingerichtet werden, die auf den Prämissen der Ureinwohner beruhen (sogenannte TTPs – *Territorija Tradizionnogo Prirodopol'sovanija*). Aber sie müssen nicht. Und in den Fällen, wo die regionalen Behörden es wollen – und diese Fälle gibt es durchaus – fehlen die Richtlinien. Alles scheint im Dschungel der juristischen Phrasen zu versumpfen. Es ist aber auch Neuland für Russland, das ja bekanntlicherweise an akutem Mangel an demokratischer Tradition leidet. Und im Hintergrund ist Wladimir Putin, auf dessen Durchsetzungsvermögen alle hoffen, dabei, die von Boris Jelzin gelösten politischen Schrauben wieder anzuziehen ... nur weiß man noch nicht so recht, in welche Richtung die Gewinde drehen.

*

Ich habe Galina, nun schon seit fünf Jahren meine ANSIPRA-Mitarbeiterin, in ein georgisches Restaurant eingeladen. Georgisches Essen ist sehr beliebt in Russland und es gibt eine Menge Restaurants. Auch georgischer Wein gehört natürlich dazu, der neben armenischem zur Spitzenklasse gehört. Wir haben lange nur über E-Mail Kontakt gehabt und haben uns nicht so oft gegenübergesessen. Jetzt können wir uns richtig aussprechen, unsere Eindrücke vom Kongress austauschen, Pläne für die Weiterführung des Informationsnetzes machen, und so weiter. Wir kommen vom Hundertsten ins Tausendste.

Sie, die aus den Tiefen der Waldtundra im Süden Tschukotkas kommt, mit Fischen und Jagen als Selbstverständlichkeit aufgewachsen ist, dann in die Bezirkshauptstadt Anadyr zur Ausbildung und Arbeit ging und nun in der Weltmetropole Moskau lebt … und ich, der in der Weltmetropole Berlin aufgewachsen ist, mit dem Eisernen Vorhang direkt vor der Nase, der sich nach ausgedehnter Natur sehnte und nach Norwegen ging. Mehr entgegengesetzt kann es eigentlich kaum sein. Und trotzdem haben wir einen gemeinsamen Nenner gefunden.

„Wo und wann fühlst du dich am meisten zuhause?" frage ich. Sie überlegt einen Augenblick.

„Wenn ich die Trommeln meiner Leute höre und die mich in ihren Bann ziehen", sagt sie dann.

„Das kann ich gut verstehen, gerade nach den fantastischen Aufführungen, die wir gerade gesehen haben. Auch mir geben die Trommeln sehr viel."

Dann fällt mir ein: „Glaubst du daran, dass man mehrere Leben hat?"

„Vielleicht, ich weiß nicht. Wieso fragst du?"

„Weil ich manchmal glaube, ich habe sie schon früher gehört. Die Trommeln. Es kann aber nicht in diesem Leben gewesen sein."

Wir machen beide eine nachdenkliche Pause. Dann erzähle ich:

„Es muss vielleicht auch gar nicht sein, dass man beim nächsten Mal in die gleiche Gemeinschaft geboren wird. – Ich habe einmal einen Dokumentarfilm darüber gesehen, wie die ersten Menschen am Ende der Eiszeit über die Landbrücke von Tschukotka nach Alaska gewandert sind. Dabei hatte ich das immer stärker werdende Gefühl, dass ich damals dabei war, vor über 10 000 Jahren. Dass das mein Stamm war, der da wanderte."

„Das erklärt sicherlich, warum du jetzt hier bist und unsere Freundschaft suchst", erwiderte sie lächelnd.

Öl in der Tundra

Narjan-Mar, 3. November 2005

Der Himmel ist undurchsichtig, grau. Feuchtigkeit liegt in der Luft, Schneematsch auf den Straßen, der von schmutzigem Weiß am Wegesrand in nasses Graubraun auf der Fahrbahn übergeht. Überall Pfützen dazwischen. Die Temperatur muss dicht über Null sein.

Wir sehen uns zuerst außerhalb des Stadtzentrums um. Alte, zweistöckige Holzhäuser in hellgelben, hellblauen, hellgrünen oder braunen Farben mit langen Fensterreihen. Die Farben sind verblasst, die waagerechten Linien der Fensterreihen und Dachkanten durch die Setzung des Tundrabodens nicht mehr so ganz gerade. Wellblechdächer überall, Schornsteine über jeder Wohnsektion, Fernsehantennen auf den Giebeln. Strommasten mit Leitungen verbinden alle Häuser entlang der Straße. Die langen Häuser sind rechtwinklig zueinander angeordnet, so dass sie zur Straße hin offene Höfe bilden, in denen baufällige Geräteschuppen aus unbehandelt erscheinenden Planken stehen. Hier und da drei-vier Meter hohe Bäume, Strauchweiden und Birken, denen natürlich jetzt, Anfang November, die Blätter fehlen. Autos sehen wir wenige auf den Straßen. Ab und zu fährt eins vorbei, im Allgemeinen vorsichtig genug, um uns nicht nass zu spritzen.

Am Vorabend sind wir am Flughafen von Narjan-Mar angekommen, der Hauptstadt des Autonomen Kreises der Nenezen, mit einer alten russischen Propellermaschine aus Tromsø. In Archangelsk hatten wir Zwischenlandung. Bis Archangelsk sahen wir aus dem Flugzeugfenster Wälder, Grassteppen, Flüsse und Seen in fahlem Sonnenschein liegen. Danach wurde es dunkler und bewölkt und wir sahen nicht viel durch die Fenster, bis plötzlich nahe des Ziels im Zwielicht die breiten Flussläufe der Petschora mit ihren unzähligen Inseln auftauchten. Der Fluss war offen, die unbewachsenen Flächen weiß überschneit, der Wald dunkel. Dann landeten wir. Auf dem Flughafen fiel mir eine Reihe von kleinen An-2 Doppeldeckern mit Frontpropellern auf, die, wie ich später erfuhr, neben Mi-8 Hubschraubern die kleinen Landepisten rundum im Autonomen Kreis der Nenezen anfliegen.

Wir, das sind Boele und ich. Boele, eigentlich aus den Niederlanden, ist ein Arbeitskollege von mir, Spezialist für Datenbanken. Unser

Besuch gilt der regionalen indigenen Vereinigung ‚Jasavej' im Autonomen Kreis der Nenezen, der sich an der Eismeerküste Russlands entlang von der Mesenbucht am Weißen Meer bis an den nördlichen Ausläufer des Urals erstreckt.

Wir nähern uns dem Ortszentrum mit seinen mehrstöckigen Wohn- und Bürohäusern. Was mir zunächst auffällt, ist, dass die alten verfallenen sowjetischen Mietskasernen fast zu fehlen scheinen. Alles an städtischen Bauten ist ziemlich neu, oder wenn das eine oder andere doch mal einen älteren, sowjetischen Eindruck macht, zumindest einigermaßen restauriert – auch wenn dazwischen hier und da matschige Plätze mit Gerümpel liegen. Aber die Stadt ist eben auf Tundraboden gebaut. Unter dem Boden ist überall eine dicke Schicht von Permafrost und da läuft nach unten kein Wasser ab. Zwischen den Wohnhäusern gibt es neuangelegte Spielplätze mit Klettergeräten in knalligen Farben. Weder Rost noch anderer Verfall – der krasse Gegensatz zu meinen Erfahrungen vom Vorjahr in Magadan.

Als wir kurz nach Mittag an dem alten, malerischen Postbüro mit dem kirchenähnlichen Türmchen vorbeikommen, merken wir, dass die Fenster schon hell erleuchtet sind. Gegen zwei Uhr wird es hier nämlich langsam dunkel. Es gilt die Moskauer Zeitzone, obwohl wir uns 15-16 Längengrade weiter östlich befinden. Außerdem befinden wir uns auf 67 Grad nördlicher Breite, also nördlich des Polarkreises. Daher wird es im frühen November morgens zwar früh hell, aber nachmittags schon sehr früh dunkel.

Vor der Gedenktafel für die Opfer des Zweiten Weltkriegs brennt eine ewige Flamme. Wir stehen ein Weilchen davor und lassen den Feuerschein auf uns einwirken, der die Tafel erleuchtet, aber den Hintergrund im Dunkel liegen lässt. Dann besuchen wir das kleine Museum mit seiner Ausstellung über das traditionelle Leben der Nenezen und der russischen Siedler. Von der neueren Zeit des Ölbooms ist nichts zu sehen.

Am späteren Nachmittag sind wir im Büro von Jasavej verabredet, wo unsere Besprechungen stattfinden sollen. Wir treffen die anderen Mitarbeiter der Organisation, Aleksandr Belugin, Galina Platowa, Filip Tajbarej und einige andere.

*

Unsere Reise nach Narjan-Mar hat natürlich auch eine Vorgeschichte. Es war im Oktober 2003, also etwa zwei Jahre zuvor, als ich auf dem Weg nach Island war, wo ich zwei Anliegen hatte – eine Konferenz in Akureyri und hinterher gleich einen Projekt-Workshop in Reykjavík. Der Workshop galt meiner geologischen Hauptbeschäftigung und bezahlte für die Reise, während die Konferenz rein zufällig damit zeitlich korrespondierte und daher nicht viele zusätzliche Reisegelder beanspruchte. Sie interessierte mich, weil es um Informations- und Kommunikationstechnologie (IKT) in der Arktis ging.

Aus Tromsø kommend, musste ich auf dem Flughafen von Oslo, Gardermoen, umsteigen. Ich hatte dort ein paar Stunden Wartezeit und ging in ein Café in der Nähe meines Abflug-Gates. Kaum angekommen, sah ich ein bekanntes Gesicht. Es war Wlad Peskow, der Präsident der indigenen Vereinigung ‚Jasavej' aus dem Autonomen Kreis der Nenezen. Ich hatte ihn schon mehrfach in Moskau gesehen, aber nie viel mit ihm gesprochen. Er war etwas jünger als ich, hatte ein freundliches, etwas zurückhaltendes Wesen und sprach einigermaßen fließendes Englisch. Natürlich war auch er auf dem Weg nach Island zur gleichen Konferenz, denn sein berufliches Fachgebiet war eben IKT. Wir reisten beide allein. Daher hatten wir endlich einmal die Gelegenheit, uns bei einem Bier ausgiebig zu unterhalten.

Natürlich kamen wir auf die Zustände in seinem Heimatgebiet zu sprechen, über die Situation der rentierzüchtenden Nenezen vor dem Hintergrund des neu erwachten Öl- und Gasbooms in der Gegend.

„Ja, es gibt beunruhigende Meldungen von vielen Orten, wo die Rentierweiden und Fischgründe beeinträchtigt werden", sagte er. „Die Leute klagen über Wasserverschmutzung, unkontrolliertes Fahren mit Raupenfahrzeugen in der Tundra und darüber, dass größere Gebiete mit Bohrtürmen zugepflastert werden."

„Könnt ihr keine Klage erheben? Es gibt doch auch in Russland Gesetze, nach denen man sich richten muss", warf ich ein.

„Wir haben keine Übersicht", antwortete er. „Wenn wir klagen wollen, müssen wir genau aufzeigen, wo und welche Probleme es gibt. Wir bekommen nur ziemlich wage Meldungen und wissen weder den Umfang noch genaue Lokalitäten."

„Gibt es keine Pläne für den Ausbau der Ölgebiete, die man einsehen und mit der Realität vergleichen kann?"

„Die gibt es natürlich, aber wir bekommen sie nicht zur Einsicht", erwiderte er.

„Das würde hier bei uns im Westen nicht durchgehen. Wenn die Bevölkerung betroffen ist, muss sie auch informiert werden."

„Tja", lächelte er, „du weißt ja selbst, dass in Russland vieles anders ist."

„Man müsste systematisch eine Datenbank erstellen, mit ortsgebundenen Daten über alles, was man in Erfahrung bringt. Ich bin zwar Geologe, aber ich kann thematische Karten machen und habe die digitalen Werkzeuge dafür. Sag Bescheid, wenn ich helfen kann!"

„Wir könnten versuchen, ein Projekt aufzubauen. Es würde wohl gar nicht so viel kosten. Wenn wir von irgendwoher Funding dafür bekommen könnten, wäre das hervorragend!"

Dieses Gespräch war die Geburt eines Projekts, das am Ende viel umfangreicher werden sollte, als wir zunächst ahnten. Schon bald nach der Konferenz schickte Wlad mir eine Projektskizze, die wir dann zusammen überarbeiteten und in einen allgemeinen Antrag auf Projektgelder umformten. Es ging anfangs nur um ein Budget von knapp 40 000 Euro, also nichts sehr Umfangreiches. Wir schrieben verschiedene Sponsoren und Stiftungen an, aber ohne Erfolg. So verging mehr als ein Jahr ohne Aussicht, das Projekt zu verwirklichen.

Doch dann kam IPY (*International Polar Year*), das Internationale Jahr der Polarforschung. Die an arktischer Forschung interessierten Länder hatte die Tradition, in Zwischenräumen von etwa 50 Jahren arktische Forschung für ein paar Jahre zum Schwerpunkt zu machen und mit internationaler Kooperation und Kombination ihrer Infrastruktur große Dinge auf die Beine zu stellen. 2007 und 2008 sollten die Schwerpunktjahre werden, die aber je nach Bedarf für mehrjährige Projekte ausgedehnt werden konnten. Das war unsere Chance! Das einzige Hindernis für eine Bewerbung war nur, dass unser Projekt zu klein und zu wenig fachlich übergreifend war. Aber wir wollten es versuchen. Wlad stimmte ein.

Das Ergebnis wurde ein viel größer angelegtes Projekt unter Einbezug von sozialanthropologischer und juristischer Expertise, mit Kooperationsaspekten mit anderen IPY-Anträgen und so weiter. Die Summe, um die wir uns bewarben, war nun fast fünfmal so groß und deckte auch einen Teil meines Gehaltes ab. Jasavej benötigte solche

Projekte, um seine Existenz finanzieren zu können, denn sie hatten kein öffentliches Budget.

Die Probleme indigener Völker sind in gewissen politischen Kreisen ein heißes Thema geworden und wir malten uns Erfolg aus. Im Sommer 2005 kam dann der Bescheid, dass unser Projekt die volle Unterstützung des IPY-Sekretariats hatte. Damit war die Aussicht sehr groß, dass wir Projektgelder vom Norwegischen Forschungsrat bekommen würden, allerdings erst ab dem Jahre 2007. Vieles konnte jedoch schon im Voraus getan werden. Daher beantragten wir erst einmal Reisegelder über das Barentssekretariat, eine Einrichtung für Zusammenarbeit in der Barents-Region, um nach Narjan-Mar fahren zu können, wo wir vor Ort die Vorarbeiten für das Projekt in Angriff nehmen konnten. Mit der Empfehlung vom IPY-Sekretariat bekamen wir die Reisegelder fast auf der Stelle.

*

Narjan-Mar, 4. November 2005

Boele und ich sind nun schon den zweiten Tag in Narjan-Mar, einer Kleinstadt von über 20 000 Einwohnern. Die weiteren Besprechungen sind für später am Nachmittag angesetzt. Heute scheint die Sonne. Der Schneematsch ist weggetaut. Alles sieht plötzlich viel freundlicher und farbenprächtiger aus. Wir haben ein paar Stunden Zeit, die wir damit verbringen, uns die Stadt weiter anzusehen.

Wir schlendern zunächst durch ein Stadtviertel in Ufernähe, wo Einfamilienhäuser stehen – die meisten aus Holz, einige der neueren aus Stein. Säulen stehen zwischen den Abschnitten der Plankenwände, mehrfach aufgeteilte Fenster, Wellblechdächer. Alte, schlecht instand gehaltene Häuser fast ohne Farbe auf den Wänden stehen zwischen neu erbauten, modernen, farbenprächtigen. Alle sind in altem russischem Stil mit Bretterzäunen umgeben. Je weiter wir gehen, desto mehr überwiegen die alten Häuser. Die Straßen sind nicht asphaltiert und jetzt, nach dem der Schneematsch verschwunden ist, voller riesiger Pfützen. Hier und da steht ein Auto vor einem Haus oder fährt ein Jeep die Straße entlang, aber es ist erstaunlich wenig Verkehr. Kinder spielen in den Pfützen. Ab und zu laufen ein paar Hunde die Straße entlang, nehmen aber kaum Notiz von uns.

Dann kommen wir ans Flussufer der Petschora. Der Flussarm ist hier etwa 800 Meter breit, aber flussaufwärts, im Westen, wo er sich in zwei Flussarme aufteilt, fast zwei Kilometer. Stellenweise reichen Grasfelder oder Buschvegetation bis ans Wasser. Andernorts ist der Bewuchs fortgeräumt und kleine Motorboote liegen am Ufer. Dahinter erhebt sich eine rostige Arbeitsplattform mit einer Verladeanlage im Wasser. Im Hintergrund, jenseits des Stadtzentrums, liegt der eigentliche Hafen, wo fast ein Dutzend Kräne in den Himmel ragen.

Um ins Zentrum zu gelangen, gehen wir wieder durch die Straßen vom Vortag mit den ältlichen, teilweise etwas schiefen, zweistöckigen Reihenhäusern. Bei dem schönen Wetter heute sehen sie fast gemütlich aus. Hier und da hängt Wäsche auf Leinen zum Trocknen. Vor einigen Häusereingängen liegen Boote mit dem Kiel nach oben. Dann im Zentrum, bei hellem Tageslicht im Schein der tiefstehenden Sonne, sieht man nun noch besser, wieviel Neues hier gebaut worden ist, in verschiedenen Stilarten und Farben. Und Älteres ist restauriert und instand gehalten. Hier sind auch die Straßen asphaltiert und die Gehwege gepflastert. Erstaunlich viele Menschen sind unterwegs und genießen die Sonnenstrahlen. Wahrscheinlich wissen sie nur zu gut, dass jeder schöne Tag der letzte sein kann, bevor der lange Winter kommt.

„Ich bin in Alaska herumgekommen, aber ich muss sagen, dass hier das Allermeiste besser und ordentlicher aussieht", sagt Boele. „Natürlich ist es hier und da etwas schäbig, aber wir sind ja auch in der Arktis! Ich war auf viel Schlimmeres vorbereitet."

„Ja, man sieht deutlich, dass hier das Öl fließt und Geld einbringt", antworte ich.

Neben dem Platz vor dem Gebäude der Gebietsverwaltung steht noch immer Lenin auf erhobenem Podest. Ein Mi-8 Hubschrauber, das Arbeitspferd der Tundra, fliegt mit dem tiefen, vibrierenden Geräusch seiner fünf Rotorblätter über unseren Köpfen.

Wir passieren die Kirche, ein im Grunde achteckiges Holzgebäude mit spitzem Turm und einer kleinen, vergoldeten Kugel unter dem Kreuz. Davor liegen nach vier Seiten hin erhöhte Eingänge mit Treppen. Ein netter, grasbewachsener Platz umgibt sie, der sogar jetzt im November grün ist.

Narjan-Mar liegt am Unterlauf der Petschora mit ihren vielen, verzweigten Flussläufen. Die einzelnen Stadtteile werden von Buchten und kleinen Nebenflüssen getrennt und sind deshalb mit Dämmen und Brücken verbunden. Daher hat man bei einem Stadtspaziergang des Öfteren einen weiten Ausblick über die Flusslandschaft. Alles ist vollkommen flach, abgesehen von den schrägen, teils steilen Uferböschungen. Man sieht zahlreiche Wasserläufe und dazwischen weite Ebenen mit Buschvegetation aus Krüppelbirken, die um diese Jahreszeit und bei der tiefstehenden Sonne in satten Brauntönen leuchten.

*

Nicht lange nach unseren Besprechungen in Narjan-Mar, oder war es Anfang des darauffolgenden Jahres, teilte Wlad mir mit, dass unser Projekt die Unterstützung des Gouverneurs des Autonomen Kreises der Nenezen hätte. Zwei Kontaktpersonen aus der Verwaltung waren ernannt worden, an die wir uns wenden konnten. Solche Unterstützung war wichtig in Ländern wie Russland, wo man nicht die gleichen Freiheiten voraussetzen kann, wie man sie bei uns für selbstverständlich hält.

Im Laufe des Jahres 2006 begann ich nach und nach, auf der Grundlage von vorhandenen Landkarten und Material, das ich von Jasavej erhalten hatte, eine GIS (*Geographical Information Systems*) Datenbank zu erstellen, die später mit allen Informationen, die das Projekt beschaffen würde, ergänzt werde sollte. Auch hatte ich zwischendurch einmal die Gelegenheit, Wlad in der norwegischen Stadt Bodø zu treffen, wo er aus anderem Grund war und ich von ihm eine Menge Informationen bekam, die mit elektronischer Kommunikation nicht so einfach zu vermitteln waren.

Im Oktober bekamen wir endlich die Bewilligung vom Norwegischen Forschungsrat für das Hauptprojekt, das vorerst über zwei Jahre laufen sollte. Zwar nicht ganz die gewünschte Summe, aber immerhin 1,2 Millionen norwegische Kronen (damals etwa 150 000 Euro). Nun konnten wir endlich ein realistisches Budget aufstellen und endgültige Zusagen an die beteiligten Kooperationspartner erteilen. Voraussetzungen waren, dass ich, die norwegische Partnerorganisation vertretend, Projektleiter wurde und das alle Ergebnisse des Projektes veröffentlich werden und frei zugänglich sein mussten.

Ein wichtiges Ereignis war, dass ich ein unerwartetes Schreiben bekam, und zwar von Zoia Ravna, einer in Tromsø wohnenden Neneze-rin, die mit einem samischen Universitätslehrer verheiratet war. Ich hatte sie schon früher getroffen, aber nicht in Bezug auf mein Projekt an sie gedacht. Sie war mit Filmdokumentationen über das Leben ihrer Volksgenossen beschäftigt und fragte, ob ich nicht in meinem Projekt für sie Verwendung hätte. So wurde sie Projektsekretärin, Dolmetscherin und Übersetzerin, mit ausgezeichneten russischen, englischen und norwegischen Sprachkenntnissen. Die Tatsache, dass sie außerdem in Tromsø wohnte, trug natürlich sehr dazu bei, dass sie zu den meisten Gelegenheiten leicht erreichbar war. Sie beglei-tete uns von nun an auch auf den meisten Reisen nach Narjan-Mar. Es war von unschätzbarem Wert für unsere Tätigkeit, dass sie mein russisch-sprechender verlängerter Arm wurde.

Eine bedenkliche Entwicklung hingegen war ganz anderer Natur. Präsident Putin zog mehr und mehr die Riemen an. Gegenüber po-litischen Widersachern, gegenüber ausländischen nicht-staatlichen Organisationen, gegenüber ausländischen Aktivitäten in Russland im Allgemeinen. Gesetze, in der Jelzin-Ära geschaffen, die die Rechte der indigenen Völker sicherstellen sollten, bekamen Richtlinien hin-zugefügt, die den eigentlichen Gesetzestext in der Praxis weitgehend außer Kraft setzten. Zwar waren wir vorläufig der lokalen Unterstüt-zung unseres Projekts im Kreis der Nenezen sicher, aber man wusste ja nie, was noch geschehen würde.

*

Narjan-Mar, 16. Januar 2007

Wieder Narjan-Mar, diesmal im tiefen Winter. Die Sonne geht nicht auf. Die Stadt liegt tief verschneit. Drei-vier Stunden Dämmerlicht am Vormittag. Beleuchteter Weihnachtsschmuck und künstlerisch ange-fertigte Eisskulpturen stehen an manchen Straßen und vor zentralen Gebäuden. Nur sehr wenige Menschen sind auf den Straßen zu sehen im Vergleich mit den schönen frühen Novembertagen beim letzten Besuch.

In der Zwischenzeit hatte Putin begonnen, alle Gouverneure, die ihm nicht passten, mit von ihm selbst ernannten zu ersetzen. Von nun an würde er alle Gouverneure im Land selbst ernennen. Der Gouverneur des Autonomen Kreises der Nenezen, Alexej Barinow, der unser Projekt unterstützt hatte, saß im Gefängnis. Er war nicht von der richtigen Partei. Es wurde ihm Korruption und Betrug vorgeworfen. Seine Funktionäre in der Verwaltung sind durch neue ersetzt worden.

Wieviel Zeit und Kräfte müssen doch die Autokraten der Welt darauf verwenden, die Korruption in eigenen Reihen zu vertuschen und die anderer aufzudecken – oder, wenn keine da ist, zu inszenieren!

Zuvor hatten wir um ein Gespräch mit der Gebietsverwaltung gebeten. Wir bekamen sie auch zugestanden, nämlich vom regionalen Ministerium für Ressourcen und Umwelt. Im modernen Russland unter Putin lagen Umweltfragen geschickterweise, wie zuvor in der Sowjetunion, wieder unter dem gleichen Ministerium, das auch für die Verwaltung von Bodenschätzen zuständig ist. Dadurch umging man jede Menge unliebsame Debatten.

Man hatte mich im Voraus um eine digitale Präsentation des Projekts gebeten. Ich hatte eine Powerpoint-Präsentation geschickt, in der die Wortwahl leider nicht ganz den neuen Gegebenheiten angepasst war. Am Tage davor überarbeitete ich sie zusammen mit Wlad. Wir nahmen Formulierungen wie „die Verletzung der Rechte indigener Völker" heraus und ersetzten sie mit mehr neutralen Phrasen. Aber es nutzte nicht viel.

Als wir in den Seminarraum eintreten, ist die zuvor eingeschickte Präsentation schon an der Leinwand und wir haben keine Gelegenheit, die neue zu benutzen.

Der Ton des Gesprächs mit dem Minister ist ein ganz anderer, als ich erwartet habe. Da ich um das Gespräch gebeten habe, wäre es normal gewesen, mich zu bitten, mein Anliegen vorzutragen. Stattdessen läuft es ziemlich von oben herab ab und gleicht mehr einem Kreuzverhör. Es soll wohl kein Zweifel bleiben, wer hier der Chef ist. Mein Wunsch, dass eine Zusammenarbeit mit gegenseitigem Datenaustausch zustände kommen würde, wird ziemlich barsch abgewiesen mit der Bemerkung, man hätte die Daten, die man bräuchte. Stattdessen zählt er eine Reihe von Dingen auf, wo ihnen Wissen fehlt, die aber vollkommen außerhalb unserer Fokusses liegen. Es hört sich so an, als ob er sagen will, seht ihr, was wir brauchen, könnt ihr uns sowieso nicht liefern.

Am Ende bin ich fast überrascht, als der Minister sagt, die Gebietsverwaltung würde unser Projekt unterstützen. Allerdings hört es sich mehr wie eine Duldung an. Vermutlich hat auch Wlads diplomatischer Ton dazu beigetragen, oder aber es hat schon im Voraus ein Gespräch stattgefunden, von dem ich nichts weiß. Die der Verwaltung unterstehende Organisation NIAC (*Nenez Informations- und Analysen-Zentrum*) mit ihrem Direktor, Ruslan Bolschakow, wird uns als Kontaktpunkt mit der regionalen Verwaltung zugewiesen.

Wlad meint nach dem Gespräch, es sei ja ganz gut gelaufen. Nun, er kennt den Umgangston hier besser als ich. Natürlich bin ich froh, dass uns keine Hindernisse in den Weg gelegt werden. Allerdings verliere ich die Hoffnung, von der Gebietsverwaltung irgendeine Form von Kooperation erwarten zu können.

Ruslan Bolschakov und NIAC habe ich schon beim letzten Besuch flüchtig kennengelernt. Sie sind, für Russland typisch, ein Unternehmen, das der Verwaltung unterliegt und gewisse Aufgaben und Pflichten hat, aber seine Tätigkeit mit Auftragsmitteln finanzieren muss. Trotzdem ist es natürlich an staatliche Richtlinien gebunden. Nach einem Gespräch, das im Grunde recht kollegial abläuft, bleibt aber offen, wie wir unsere Zusammenarbeit gestalten können. Das einzige Konkrete, das wir verabreden, ist die Anfertigung und Vervielfältigung von Kartenmaterial für die geplante Umfrageuntersuchung in den nenezischen Dörfern. Das muss aber alles von Projektgeldern bezahlt werden.

Unser Besuch im Landwirtschaftministerium der Gebietsverwaltung, das für Rentierzucht zuständig ist, ist der krasse Gegensatz. Es wird ein nettes, kameradschaftliches Gespräch. Unsere geplante Arbeit sei wichtig und das Ministerium werde uns gern nach Möglichkeit mit Informationen zur Seite stehen. Es gäbe viele Probleme und jeder Beitrag sei erwünscht. Hier sind offensichtlich noch keine Chefs von Putin ausgetauscht worden.

Wir treffen auch Olga Muraschko, die eigens aus Moskau angereist ist. Ich kenne Olga ja schon von meinen Besuchen bei RAIPON. Sie ist die Sozialanthropologin des Projekts und soll die Umfrageuntersuchungen in den nenezischen Dörfern durchführen. Wir haben ein längeres Planungsgespräch. Olga will je einen Repräsentanten aus einer Anzahl Siedlungen zu einem Seminar einladen, diese anlernen und dann in den Siedlungen ihre Ortsgenossen befragen lassen. Sie hat diese Methode schon des Öfteren angewendet und sie hat sich als sehr effektiv erwiesen. Die Leute sind ihren Ortsgenossen gegenüber im Gespräch weniger skeptisch als Fremden. Zunächst einmal müssen aber Fragebögen entworfen werden. Auch müssen wir in Kooperation mit NIAC die Landkarten erstellen, auf die die einzelnen Rentierhirten ihre Wanderwege, jahreszeitlichen Lagerplätze, Weidegebiete, Fischfangplätze, und Observationen von Unregelmäßigkeiten einzeichnen sollen. Olga ist sehr engagiert und hat große Pläne – aber auch den Ruf, dass sie ihre Absichten wie geplant und erfolgreich durchführt.

Die verbleibende Expertin, die aber erst hauptsächlich gegen Ende des Projektes ihren Beitrag liefern wird, ist Juristin Jekaterina Chmeljewa vom Justiz-Zentrum ‚Rodnik'. Sie ist leider nicht zugegen.

Um eine gute Atmosphäre für die kommende Zusammenarbeit zu schaffen, veranstalten wir am letzten Tag ein Abendessen für alle Anwesende, die mit dem Projekt zu tun haben, im Restaurant des Hotels. Ich bitte Olga, das im Hotel zu arrangieren. Es kommen Wlad, Boele, Zoia, Ruslan, Olga, ein Vertreter der Ortsverwaltung und mehrere Jasavej-Mitarbeiter. Insgesamt sind wir elf Personen. Es gibt mehrere Gänge mit verschiedensten Gerichten, Fruchttellern, Getränken, einschließlich Weine und – wir sind in Russland, bitteschön – Wodka! Ich halte einleitend eine kurze Empfangsrede und ganz entgegen meiner früheren Erfahrungen in diesem Land, fühlt sich kaum jemand berufen, längere Reden zu halten. Nur sehr kurze Worte zum Anstoßen. Ich bin zufrieden damit, denn ich bin nicht unbedingt ein Freund dieser Rede-Kultur. Vielleicht hat sich das herumgesprochen. Die Stimmung ist gut und ich nehme das als ein gutes Zeichen für den zu erwartenden Erfolg.

Narjan-Mar, 6. September 2007

Die nächste Projekt-Besprechung. Zoia und ich sind in Narjan-Mar. Olga hat ihren zweiten Workshop mit den Repräsentanten der sechs Nenez-Siedlungen, die wir als Zielgebiete für unsere Analyse ausgewählt haben. Die ersten Ergebnisse liegen auf dem Tisch, Rohdaten als Striche und Symbole auf Karten sowie Notizen von Interviews. Natürlich ist noch nichts analysiert worden. Olga sieht sich die Resultate an und bespricht mit den Interviewern, was für Informationen fehlen. Gleichzeitig besprechen Wlad, Aleksandr Belugin und ich die Resultate meiner Satellitenbildanalyse und wir tauschen Daten aus, besprechen die weitere Vorgehensweise.

Heute, als Olga in den Seminarraum kommt, strahlt sie übers ganze Gesicht. Der recht beliebte, frühere Gouverneur, Alexej Barinow, der letztes Jahr inhaftiert wurde, ist freigesprochen worden. Alles sieht also so aus, als ob man ihn loswerden wollte, während man die politische Leitung des Gebietes austauschte. Jetzt stellt er kein Hindernis mehr dar und man lässt ihn laufen.

Narjan-Mar, 14. Mai 2008

Die Autonome Kreisverwaltung hat mich und drei andere Norweger zu einer internationalen Konferenz mit dem Namen ‚Ecopechora' über die Umweltsituation im Petschora-Gebiet eingeladen. Alle anderen Teilnehmer sind aus Russland. Es gibt viele interessante Beiträge. Wir vier Norweger stehen dicht zusammen und die Dolmetscher, die uns zugeteilt sind, übersetzten unermüdlich mit gedämpfter Stimme. Es gibt auch Beiträge von Vertretern der Ölgesellschaften, die natürlich hervorheben, wie gute Beziehungen ihre Gesellschaften mit der lokalen Bevölkerung haben und wie sicher die Installationen sind – neueste Technologie und alle möglichen Sicherheitssysteme.

„Das hört sich ja gut an", bemerke ich hinterher zu einem meiner Kollegen, der am Umweltzentrum in Svanhovd (Nord-Norwegen) die Entwicklung im russischen Öl- und Gastransport dokumentiert. „Das schon, aber er lügt", antwortet der spontan. Wir alle haben noch gut die Pipeline-Katastrophe bei Usinsk in der Komi-Republik von 1994 in der Erinnerung, wo zwischen 100 000 und 250 000 Tonnen Öl in die Tundra ausliefen. Pipeline-Brüche sind zwar weltweit häufig, aber die von solchen Dimensionen kann man fast an den Fingern abzählen.

Es gibt noch eine andere etwas eigenartige Begebenheit, die mir auffällt und die wiederum typisch für autokratische Regierungen ist. Als Teil unseres Projektes führen wir eine Satellitenbildanalyse der Fahrspuren von Raupenfahrzeugen durch, die den Tundraboden kaputt machen. Das hat Ruslan Bolschakow schon lange gewusst. Ich habe NIAC angeboten, dass sie unsere Daten bekommen, natürlich in der Hoffnung einer Zusammenarbeit mit Datenaustausch. Ich habe nie eine klare Antwort bekommen. Nun berichten zwei junge Praktikanten in einem Vortrag, dass sie im Auftrag vom NIAC genau das gleiche durchführen.

Das hätten sie gratis haben können, denke ich bei mir. Wahrscheinlich hat Ruslan seinem Vorgesetzten berichtet, dass ich daran arbeite, woraufhin jener gefragt hat, ob sie solche Daten selbst hätten. Da die Antwort ‚nein' gewesen sein muss, hat er wohl schnell die Auflage bekommen, sie zuwege zu bringen. Also hatte auch der Ressourcen-Minister im letzten Jahr nicht ganz die Wahrheit gesagt, als er meinte, sie hätten alles, was sie brauchten. Es war anscheinend nicht opportun, dass Ausländer Aufgaben ausführen, die eigentlich die Aufgabe der eigenen Institutionen waren. Oder aber sie wollen Vergleichsdaten haben, um zu kontrollieren, ob wir unsere Kritik an der Beeinträchtigung der Tundra nicht übertreiben.

Am Ende meines Aufenthaltes sage ich zu Wlad, sozusagen als ein persönlicher Wunsch: "Bevor das Projekt fertig ist, würde ich wirklich gern einmal eines der nenezischen Dörfer sehen..."

Verschneites Land

Nelmin Nos, 7. März 2009

Wir flitzen auf unseren Motorschlitten nordwärts entlang der Petschora, auf dem südlichen ihrer beiden Hauptwasserläufe. Er erweitert sich nördlich der Stadt auf einen knappen Kilometer Breite. Die weit ausgefahrene Fahrspur zieht sich entlang des linken Ufers dahin. Lichte Krüppelbirkenwälder rasen links an uns vorbei, rechts die schneeweiße Ebene des dick zugefrorenen Flusses. Der Horizont ist leicht diesig, aber der Himmel über uns ist blau. Es herrschen 12 bis 15 Minusgrade. Wlad fährt voran mit Filip als Beifahrer, ich hinterdrein mit Boele auf dem Rücksitz.

Nach etwa zehn Kilometern hält der Schlitten vor mir an. Wlad steigt ab und schaut mich abschätzend an.

„Alles O.K.?" fragt er. Ich habe einige Erfahrung mit Motorschlitten von meiner geologischen Tätigkeit in Svalbard und in der Antarktis. Die 20-25 Stundenkilometer, die wir bisher gefahren sind, waren gemütlich.

„Kein Problem", stelle ich fest. Er nickt zufrieden. Dann deutet er hinüber aufs andere Flussufer, wo man ein Dutzend Häuser über der Uferböschung erkennen kann, und erklärt:

„Seht ihr die Häuser dort? Das ist Nikitzy, eines unserer verlassenen Dörfer. Es hatte in den sechziger Jahren noch fast 200 Einwohner, aber die wurden in den Achtzigern nach Kuja und Narjan-Mar umgesiedelt. Die Sowjets wollten an der Infrastruktur sparen und haben eine große Zahl von Dörfern niedergelegt. Früher wurde hier Fischfang, Jagd, Viehzucht, und Gartenbau betrieben. Heute haben nur noch einige Leute aus der Stadt ihre Küchengärten dort."

Weiter geht die Fahrt. Wlad fährt jetzt schneller, nachdem er gesehen hat, dass es mir nichts ausmacht. Nach weiteren sechs Kilometern kommen wir fast vorbei an Kuja, einem noch bewohnten nenezischen Dorf am südlichen Flussufer mit etwa 140 Einwohnern, aber es liegt hinter der Uferböschung und wir sehen es nicht.

Nach noch weiteren zehn Kilometern kreuzen wir auf einem kleinen, schmalen Seitenarm des Flusses hinüber auf den westlichen Hauptarm, fahren die Uferböschung der Westseite hinauf und befinden uns plötzlich mitten in einem Dorf. Wir halten auf dem Dorfplatz an. ‚Platz' ist gut gesagt, denn alles liegt unter einer einzigen weißen Schneedecke, ob Straßen, Plätze oder Gärten.

„Das hier ist Andeg", sagt Wlad. „Hier wohnen auch Nenezen, fast 200 Einwohner."

Ich sehe mich um. In der Nähe steht ein grün gestrichenes, langes Haus mit einer langen Reihe von Fenstern. Das ist sicherlich die Schule, denke ich. Etwas abseits liegt eine Brücke über einem kleinen Flussarm mit einem Stahlgerüst zwischen zwei Betonpfeilern und einer hölzerner Fahrbahn, gestützt von einer Schicht aus ganzen Baumstämmen. Dahinter ein weiteres größeres, fahlgrün angestrichenes Haus, das eine Art Gemeindezentrum darstellen könnte. Rings umher liegen kleine, hölzerne Wohnhäuser, anscheinend mit umzäunten Gärten. An den Hauswänden fehlt jegliche Farbe. Alle Häuser haben Wellblechdächer. Auch hier sollen die Leute vom Fischfang, von der Jagd, von der Viehzucht als auch vom Gartenbau leben.

Kaum jemand ist zu sehen. Nur ein anderer Motorschlitten kommt, während wir Pause machen. Er hält vor der vermeintlichen Schule an und der Fahrer geht hinein. Vielleicht sind alle anderen im Nachbarort beim Fest, wo auch wir hinfahren?

Weiter geht die Fahrt, aber nun auf einer Abkürzung über Land. Wir folgen sumpfigen, verlandeten Flussarmen, wie es scheint, denn der Weg folgt vegetationsfreien Strecken zwischen Gebieten mit Buschvegetation und kleinen Birken. Nach einiger Zeit kommen wir wieder auf einen schmalen Flussarm.

Ankunft in Nelmin Nos, dem Ziel des Tages, nach 43 Kilometern! Dies ist ein großer Ort mit über tausend Einwohnern, fast nur Nenezen. Er ist so ausgedehnt, dass man ihn nicht überblicken kann. Wir lassen die Motorschlitten am Ortsrand stehen und gehen durch die recht breiten Straßen – jedenfalls breit, wenn man in Betracht zieht, dass es hier eigentlich keine Fahrstraßen und Autos gibt und jeglicher Verkehr zu Fuß und mit Motorschlitten abläuft. Aber dann kommen wir plötzlich an einem Monstrum von einem Jeep vorbei, der auf einem Fahrgestell mit meterhohen Ballonreifen thront. Das ist wohl die Winterverkehrsverbindung mit Narjan-Mar, während sie im Sommer durch Motorbootverkehr abläuft.

Auch hier stehen überall die typisch russischen Holzhäuser, zumeist von Latten- oder Drahtzäunen umgeben. Vielen von ihnen fehlt jede schützende Farbe. Aber ab und zu sieht man einige, wo noch stark verwitterte Farbränder unter den Giebeln sitzen. Also hatten sie einmal einen Anstrich, aber es hat sich niemand um die Instandhaltung gekümmert. Ein Problem der Infrastruktur oder der Geldausgabe? Je näher wir dem Zentrum kommen, desto mehr bunte Gebäude sehen wir jedoch. Und das in allen Farben von grün über rot und blau bis gelb.

Die Leute gehen zu Fuß auf den festgefahrenen Schlittenspuren in wadenhohen Filz- oder Pelzstiefeln. Einige Frauen tragen Pelzmäntel, die meisten jedoch Woll- oder Daunenmäntel. Viele haben Pelzmützen auf dem Kopf.

Wir kommen am Mahnmal des Zweiten Weltkriegs vorbei. ‚Den gefallenen Landsleuten 1941-1945' steht auf einer großen Tafel unter einem Beton-Obelisk. Zu beiden Seiten sind Steintafeln mit den Namen der Gefallenen aus dem Ort errichtet, etwa sechzig an der Zahl, mit Sowjetsternen darüber. Eine breite Wand dahinter ist voll von patriotischen Malereien, die Soldaten im Kampf zeigen.

Nelmin Nos wurde erst 1938, also zu Stalins Zeiten, als Sitz der neu entstandenen Rentierzucht-Kolchose Wjutscheskogo gegründet. Es ist heute einer der größten überwiegend nenezisch bewohnten Orte des autonomen Kreises. Die Einwohnerzahl hat sich die letzten Jahrzehnte hindurch bei um die tausend gehalten. Hier gibt es eine Grundschule, einen Einkaufsladen, einen Kindergarten, ein lokales Museum, ein Postbüro und sogar eine Fernsehstation. Neben der heute in eine Landwirtschafts-Kooperative (SPK) umgewandelten Kolchose sind noch sechs private Familienunternehmen ansässig, die sich mit Rentierzucht und Flussfischerei befassen, aber nicht in gutem wirtschaftlichem Zustand sind. Die Rinderhaltung wurde im letzten Jahr endgültig aufgegeben. Bislang gibt es keinen Ausbau von Öl- oder Gasförderindustrie im Einzugsgebiet von Nelmin Nos. Aber frühere Aktivitäten während der Prospektion zu Zeiten der Sowjetunion haben eine Menge Tundraboden kaputt gemacht und Fischgründe verschmutzt.

Aus Olgas sozioökonomischer Analyse weiß ich, dass die Unternehmen des Ortes im Jahre 1979 zusammengenommen noch etwa 12 000 Rentiere hatten. Heute dagegen sind es nur 4200. Die Bewohner decken ihren Bedarf an Fleisch- und Fischprodukten im Winter nur knapp, und noch viel weniger im Sommer. Das Durchschnittseinkommen eines Haushalts an Geld liegt bei etwa 1000 Euro im Jahr, also nicht genug, um den Bedarf an Handelsgütern zu decken. Ein Grund dafür mag sein, dass die Subventionierung der Rentierzucht im Jahre 2000 eingestellte wurde, während die Steuern aber gestiegen sind. Auch die Grundwasserversorgung ist problematisch.

Andererseits hat sich die Infrastruktur durch regelmäßigen Boots- und Geländewagen-Verkehr gebessert. Dies bewirkt aber leider auch, dass Angestellte der Ölfirmen aus Narjan-Mar hierher zum Fischen und Jagen und leider auch zum Wildern kommen. Die Hirten mussten ihre Routen umlegen, um zu verhindern, dass betrunkene Wilderer ihre Tiere schossen. Andere versuchen, die Einheimischen unter Einfluss von Alkohol dazu zu bringen, ihnen ihre Fisch- und Fleischprodukte viel zu billig zu verkaufen.

Viele Leute trauern dem 1952 von den Behörden niedergelegten Ort Njachar Pugra (russ. Tri Bugri = Drei Hütten) nach, der hier in der Nähe lag und wo die Verhältnisse offenbar wesentlich besser waren. Sie sagen, dass sie dort ein gutes Leben führten.

So täuscht wohl die scheinbare Idylle, die sich uns jetzt bietet, als wir uns dem Gemeindehaus nähern, über ziemlich miserable Zustände hinweg.

Über dem Eingang des grünen Holzhauses wehen die Flaggen Russlands und des Autonomen Kreises der Nenezen. Bunte Wimpelschnüre sind über den Vorplatz gespannt. Der Eingang des Hauses ist als hölzerne Nachahmung eines nenezischen Tschums (Zeltes) errichtet. Davor ist eine leicht erhöhte Tanzfläche aufgebaut. Während wir auf den Beginn der Vorstellung warten, sehen wir uns weiter in der Gegend um – gehen hinunter zum Fluss, wo Kinder in dicken Winterjacken und gefütterten Hosen im Schnee auf der Uferböschung spielen.

Dann geht ein Raunen durch die Menge, die um den Festplatz vor dem Gemeindehaus steht. Wir gehen zurück und stellen uns hinter die anderen. Gut einen Kopf höher als die meisten der Zuschauer, haben Boele und ich auch von hinten eine gute Sicht auf die Bühne. Eine Frau mittleren Alters tritt aus dem hölzernen Tschum-Eingang mit einem Mikrofon in der einen und einem eingebundenen Heft in der anderen Hand. Schmale Augenschlitze unter gewölbten Augenliedern liegen etwas eingesunken über markanten Backenknochen und einem ebenso markanten Kinn. Sie trägt ein reichlich farbig brodiertes Stirnband über dem glatten, schwarzen Haar mit dem Sonnensymbol an der Front und einem Band, das über den Kopf läuft und den Mittelscheitel nachzieht. Der Oberkörper ist in eine dicke, weiße Trachtenjacke gehüllt. Entlang der Armöffnungen und der Knopfleisten befinden sich breite, dunkelgrüne Filzbesätze mit einem Muster, das stilisierte Rentiergeweihe an den nach außen gerichteten Rändern aufweist.

„Willkommen in Nelmin Nos! Wir feiern heute den dreißigsten Jahrestag des Bestehens der nationalen Tanz- und Gesanggruppe unseres Autonomen Kreises der Nenezen, Majmbawa!" beginnt sie und Stolz spricht aus ihren Worten. Sie öffnet das eingebundene Heft und liest dann die Geschichte der Folkloregruppe vor, mit allen ihren Auftritten im In- und Ausland.

Die beschriebene Kleidung der Frau ist nur eine Variante der nenezischen Volkstracht. Denn die einzelnen Tanzgruppen, die nun nach und nach ihre Stücke vortragen, haben alle anders geformte und anders gefärbte Jacken, Mäntel und Umhänge. Was immer wiederkehrt sind die Formen der Stirnbänder mit ihrer Mittelschnur, die der Schaftstiefel aus Fell und die Borte mit stilisierten Rentiergeweihen an den Kanten der Oberbekleidungen.

Und wieder ertönen die Trommeln! Tänze, Reigen und Gesänge, um- und miteinander, das Leben in der Tundra, auf dem großen Fluss und in den weit auseinanderliegenden Dörfern beschreibend. Die Jagd, das Fischen, die Liebe, das Leben überhaupt sind ihre Themen – das Mensch-sein an sich hier draußen, jenseits der Welten, nördlich der Nacht!

Nach der vielleicht anderthalb Stunden dauernden Vorführung löst sich die Zuschauermenge auf. Einige entfernen sich, andere bilden kleine Gruppen und sprechen miteinander. Wlad deutet Boele und mir, in das Gemeindehaus einzutreten. In einem geräumigen Gemeindesaal steht eine reich gedeckte Festtafel. Sicherlich ist sie nicht für das gemeine Volk gedacht, sondern für die Mitglieder der Tanzgruppe, die Ortsverwaltung und für besondere Gäste wie uns. Wir legen jede Menge Leckereien wie Salate, Rohkost, Delikatessen aus Rentierfleisch und Lachs auf unsere Teller, stehen in Gruppen und reden miteinander. Alkoholische Getränke sind nicht dabei – gut, denn wir müssen ja noch die Strecke zurück nach Narjan-Mar fahren. Außerdem hat man hier wohl so einige Erfahrungen mit russischem Wodka und dessen Konsequenzen gemacht.

Als wir langsam zurück zu unseren Motorschlitten schlendern, geht gerade die Sonne unter. Der Dunst am Horizont hat sich aufgelöst. Als glühender Feuerball nähert die Sonne sich langsam und in unvergleichlich flachem Winkel dem Horizont – verschwindet hinter den kahlen Zweigen der Krüppelbirken und dann den Hausdächern. Als sie fort ist, verfärbt der Himmel sich unaufhaltsam, verliert seine Glut, geht über in ein seltsames Gemisch aus Lila und Rosa. Wie drohende dunkle Silhouetten heben die Häuser des Ortsrandes sich nun von ihm ab. Die Rauchfahnen aus den Schornsteinen gehen in dicken Qualm über. Es muss kalt geworden sein, sicher zwischen 20 und 25 unter null. Und als wir bei den Schlitten ankommen, drehe ich mich um und schaue gen Osten – dort hat der Horizont nun diese unverkennbare Farbe des hohen Nordens angenommen, die in mir schon vor dreißig Jahren im Norden Finnlands den Gedanken an künstlichen Himbeerbonbon aufkommen ließ, nach oben zum Zenit hin übergehend in ein drohendes, immer dunkler werdendes Blaugrau.

Wir sind spät dran, haben noch eine lange Fahrzeit vor uns. Wlad meint, das sei kein Problem und redet unaufhaltsam mit ein paar anderen Leuten. Wir drängen zum Aufbruch. Zwar haben die Motorschlitten Scheinwerfer, aber im Dunkeln würde es trotzdem recht langsam vorangehen.

Dann ist Wlad endlich bereit. Die Dämmerung schreitet voran. Wir brechen auf. Ich ziehe den dicken Wollschal bis über die Nase und die Fellmütze tief in die Stirn. Meine Fellhandschuhe, die weit über die Handgelenke hinaus reichen, werden sich jetzt bezahlt machen.

Ob Wlad nun doch gemerkt hat, dass es spät geworden ist, oder ob er mich auf die Probe stellen will, ist unsicher. Jedenfalls rast er nun was der Schlitten hält die Piste entlang. Wir kommen selten unter vierzig Stundenkilometer, und das ist bei unebener Piste ganz schön schnell. Einmal hält er kurz an um zu sehen, ob ich nachkomme. Ich bin nur fünfzehn Sekunden hinter ihm. „Na, das läuft ja ganz gut", sagt er und drückt wieder auf die Tube. Es geht wesentlich schneller als auf der Hinfahrt.

Als die Dämmerung gerade langsam in Dunkelheit übergeht, kommen wir in Narjan-Mar an. Trotz der doppelten Handschuhe merke ich die Kälte an den Händen, die über eine Stunde lang einen festen Griff um die Lenkstange hatten. In der Nacht fällt die Temperatur unter minus dreißig. Wir haben Glück gehabt.

Narjan-Mar, 8. März 2009

Nach verschiedenen Gesprächen mit Olga, Wlad und anderen bezüglich der zu erstellende Datenbank, haben wir auch wieder eine Verabredung mit Ruslan vom NIAC. Ich hatte nach Vereinbarung vor einiger Zeit eine lange Liste über Daten geschickt, die wir gebrauchen können, aber lange keine zufriedenstellende Antwort bekommen.

Ruslan ist nett und höflich wie immer. Wir gehen zusammen die Liste durch. Es geht um Kartendaten über geltende Naturschutzgebiete mit Informationen über deren Regulierung für traditionelle Erwerbszweige und Industrie, um existierende Territorien für traditionelle Landwirtschaft, Pipelines, die zusätzlich zu den von uns Kartierten existieren könnten, und ajour geführte Daten über Lizenzgebiete zur Prospektion und Förderung von Öl und Gas mit Angaben über die Lizenzträger. Wir hatten Daten über das meiste, aber die waren einige Jahre alt und unvollständig. Vor einigen Jahren hatte Jasavej noch Zugang zu solchen Daten.

Ruslan hat an allen Punkten etwas auszusetzten. Zumeist hätten sie die gewünschten Daten nicht, oder sie seien Privateigentum, so dass wir die Eigentümer – sprich Ölgesellschaften – fragen müssten. Letzteres hatten wir sehr früh im Rahmen des Projekts aufgegeben. Es war ja aus diesem Grunde, dem Fehlen von Zugang zu Daten, dass Wlad dieses Projekt mit mir zusammen aufziehen wollte.

Ruslan ist ein netter Kerl. Ich sehe ihm an, dass er persönlich gerne helfen würde und dass es ihm peinlich ist, alles abschlagen zu müssen. Aber er hat das Ministerium für Ressourcen im Nacken, und von dort aus ist der Weg zum FSB (dem modernen Nachfolger des KGB) nur millimeterweit. Die haben ihn als Aufpasser für unser Projekt beauftragt, nicht dafür, uns wirklich zu helfen. Wir gehen mit leeren Händen und seinen besten Erfolgswünschen.

Narjan-Mar, 14. Dezember 2009

Es ist mitten im Winter, zur dunkelsten Zeit des Jahres – eine Woche vor Weihnachten bei uns, drei Wochen bevor es hier Weihnachten wird. Durch die Zeitverschiebung sind die halbwegs hellen Stunden des Tages am Vormittag. Die Stadt ist tief verschneit.

Dieser Besuch in Narjan-Mar ist der letzte innerhalb des Projekts. Wir besprechen die letzten Details wie die Veröffentlichung der Datenbank im Internet, was mit in den Abschlussbericht soll, den Druck und die Verbreitung des Berichts und andere Dinge.

Wir werden zu einem nenezischen Gesangabend im Kulturhaus eingeladen. Noch nie habe ich so viele farbenprächtige Trachten auf einmal auf einer Bühne gesehen, von Vertretern aller Generationen getragen, von Kleinkindern bis zu Älteren. Wir bekommen auch noch eine private Museumsführung. Die junge Führerin legt sich ungemein ins Zeug und erklärt uns alle Details der Ausstellung.

Im Verwaltungsgebäude findet eine kurze Zeremonie statt, veranstaltet von der Stadtverwaltung und Jasavej. Zusammen mit einer Anzahl anderer anwesender Gäste bekommen wir eine Verdiensturkunde der nenezischen Vereinigung Jasavej ausgeteilt, zweisprachig, auf Russisch und nenezisch.

Dann will das lokale Fernsehen ein Interview mit uns. Wir bereiten uns kurz vor. Wlad und ich sprechen uns ab, auf was wir uns beschränken wollen, damit es nicht ausufert. Zoia dolmetscht wie ein Weltmeister zwischen Englisch und Russisch. Wlad gefällt meine Formulierung, dass das Projekt dazu dient, die Nenezen mit einer Datenbank auszurüsten, auf deren Grundlage sie *„informed decisions"*, also Beschlüsse auf Grundlage von Fakten, treffen können. Es scheint zwischen den Linien hindurch, dass sie diese Fakten nicht aus russischen Quellen erhalten. Das ist mein kleiner Stich in Richtung der hiesigen Behörden, ohne dass ich das viel weiter ausführen muss.

In der Nacht fällt die Temperatur auf unter minus vierzig. Der Schnee knirscht wie Sand unter den Schuhsohlen. Die Rauchfahnen aus den Schornsteinen sehen wie dichter Qualm aus. Heute kommt kein längerer Spaziergang auf dem Weg zum Hotel in Frage. Gut, dass wir in einem warmen Hotel wohnen – obwohl es in einem Tschum oder in einer Holzhütte abenteuerlicher gewesen wäre.

*

Haben wir nun etwas erreicht mit unserer Zusammenarbeit? War es der Mühe wert? Wenn nichts anderes, so hat das Projekt auf jeden Fall ein paar Jahre lang die Hälfte von Jasavejs Rechnungen bezahlt. Denn sie haben ja keinerlei öffentliche Zuschüsse und sind davon abhängig, über alle möglichen Projekte und Aufträge ihre Tätigkeit als Fürsprecher der Nenezen zu finanzieren.

Wir haben auch Freunde gewonnen und Kenntnisse über Volk und Land erworben. Und wir haben hautnah erfahren, wie vielseitig dieses gewaltige Russland doch ist, wie schnell sich Dinge ändern und wie wenig man für selbstverständlich halten darf.

Aber wir haben auch interaktive, elektronische Landkarten veröffentlicht, natürlich auch auf Papier ausgedruckte, die das Zusammenspiel von Rentierzucht und Ölindustrie darstellen. Zum einen zeigen sie die Wanderwege der Rentierherden, die monatlichen Lager der Hirten, Sommer- und Winterweiden und Fischplätze, und zum anderen die Bohrturmfelder und anderen Installationen, die Pipelines, die zerfahrenen Tundrastreifen, die ausgebeuteten und nicht ausgebeuteten Öl- und Gasfelder. Man kann wahlweise alles oder ausgewählte Daten in Kombination miteinander sehen. Nicht unbedingt ganz vollständig, aber doch repräsentativ – eine gute Grundlage, wenn man Pläne für die Zukunft machen will.

Zudem haben wir die Schwierigkeiten aufgezeigt, die die Rentierzucht betreffen – die Verringerung der Weideflächen, sowie auch soziale Faktoren: schlechtes Management, Wertänderungen in der Gesellschaft, Prestigeverlust der Rentierhaltung als Lebensunterhalt, aber auch soziale Apathie durch Arbeitslosigkeit. Dazu kommt die Rücksichtslosigkeit, mit der viele Ölgesellschaften die Natur, und ein Teil ihrer Angestellten die indigene Bevölkerung behandeln.

Die Umweltvorschriften sind nicht zufriedenstellend, da es keine wirksamen Kontrollmechanismen gibt. Rechtswidriges Verwenden von Kettenfahrzeugen auf Sommerweiden, die Verschmutzung von Seen und Flüssen, usw., wird oft nicht aufgedeckt, und wenn, dann nur mit symbolischen Geldstrafen beantwortet.

Wir haben gesehen, dass dort, wo in Zukunft Ausbau der Erdölindustrie erwartet wird, die Menschen Angst vor dem negativen Einfluss auf ihre traditionellen Erwerbszweige haben. In Gebieten aber, in denen die Erdölförderung schon eine Zeitlang Realität gewesen ist, haben die Menschen zwar diesen negativen Einfluss gespürt, aber auch gleichzeitig eine Verbesserung ihrer wirtschaftlichen Situation aufgrund von Investitionen der Ölgesellschaften in das soziale Sicherheitsnetz erlebt.

Aber nur wenige der Erdölunternehmen erfüllen wirklich ihre gesetzlichen Verpflichtungen gegenüber den indigenen Völkern. In den letzten Jahren hat der Trend gezeigt, dass entsprechende Verbindlichkeiten nicht mehr in den Lizenzvereinbarungen enthalten sind.

Immer noch haben die Nenezen in den Dörfern einen hohen Konsum an traditionellen Lebensmitteln. Das ist aber auch gleichbedeutend mit einem hohen Grad an Verwundbarkeit im Falle einer Verringerung oder Beseitigung der traditionellen Existenzgrundlage. Der ziemlich plötzliche und dauerhafte Ersatz traditioneller Lebensmittel durch Marktlebensmittel kann dann ihre Gesundheit ernsthaft beeinträchtigen.

*

Ein paar Jahre nach Abschluss des Projekts sprach ich wieder einmal mit Zoia, die gerade von einem Heimatbesuch aus dem Autonomen Kreis der Nenezen zurückgekommen war. Sie arbeitete an ihrer Doktorarbeit über das Schulwesen des Gebietes und hatte vor gehabt, einige Interviews an den dortigen Schulen zu machen.

„Heute hätten wir keine Chance mehr, unser Projekt dort durchzuführen", sagte sie. „Die Behörden ziehen die Riemen immer mehr an. Ich habe keine Genehmigung für meine Interviews bekommen. Die Begründung war, sie würden ethnische Differenzen vertiefen. Eine Freundin von mir, die Lehrerin ist, meinte sogar, sie würde ihren Job verlieren, wenn sie es zulassen würde und es herauskäme."

Sie war innerlich vollkommen aufgewühlt.

"Ich bin russische Staatsbürgerin und ich bin dort aufgewachsen!", fügte sie hinzu. „Du als Ausländer würdest wohl nicht einmal mehr ein Flugticket dorthin buchen können."

Ich brachte noch andere Dinge Erfahrung. Es war kurz vor den Parlamentswahlen in Russland. Die Schulleiter hatten Briefe bekommen, dass man einen gewissen Prozentsatz an Stimmen für Putins Partei erwartete, sonst könnte das Konsequenzen für die Schule haben. War das die neue russische Form von Demokratie?

Diese zähen Völker des Nordens haben die schlimmsten Zeiten der zaristischen Steuereintreibungen und Unterdrückungskriege mitgemacht, die Sowjetzeit mit der Kollektivierung, die ihre sozialen Strukturen auf den Kopf stellte, die ökonomische Krise der neunziger Jahre, befinden sich jetzt im Zeitalter des Ölbooms und bewegen sich allmählich in ein neues, autokratisches Zeitalter hinein.

Aber trotzdem ziehen die Rentierhirten weiterhin mit ihren Herden durch die Tundra, trotzen Stürmen und Mückenplagen und wohnen ihr halbes Leben lang in ihrem Tschum. Wir wissen nicht, wie lange noch. Aber das wusste man ja auch früher noch nie. Und sie sind immer noch da.

Intermezzo in Arizona: Kokopelli und die fünfte Welt

Flagstaff, Arizona, Juli 2015

Wir gehen die Straße entlang, die vom Bahnhof ins Zentrum von Flagstaff, der ‚Metropole' des Nordens von Arizona, führt. Wir kamen gestern hier an, vom trockenheißen Süden bei Ajo, wo wir die Sonora-Wüste mit ihren riesenhaften Kakteen bewundert haben, vorbei am malerischen Sedona, in den gemäßigten Norden des US-Staates. Flagstaff liegt auf dem Colorado Plateau bei etwa 2000 Metern über dem Meer. Hier wird es abends richtig kühl, auch jetzt im Juli.

Zweimal zuvor bin ich hier gewesen. Letztes Mal im Jahre 1996 mit Randi, meiner Lebensgefährtin, die ich zwei Jahre zuvor kennengelernt hatte. Damals reisten wir sechs Wochen lang durch den Südwesten und klapperten das meiste an Nationalparks und anderen Naturschönheiten, historischen Stätten und Indianerreservaten ab. Und nun, 19 Jahre später, sind wir mit Bjørn Aslak, unserem gerade 17 gewordenen Sohn hier. Wir wollen ihm die Naturwunder dieser Gegend zeigen, solange er noch mit uns zusammen verreist. Sein zustimmender Kommentar ist, wer Mexico unter geordneten Verhältnissen sehen will, sollte hierher, in den amerikanischen Südwesten fahren.

Auf dem Bürgersteig steht eine Gruppe von Indianern. Einige lässig an die Hauswand gelehnt, andere davorstehend, in ein Gespräch vertieft. Wenig abseits steht ein älterer Mann mittleren Alters mit langen, grauen Haaren und rundem, braunem Gesicht und schaut uns entgegen, als wir die Straße entlang schlendern.

„Hallo – wo kommt Ihr her?" Natürlich sieht er uns die Fremden sofort an.

„Aus Norwegen", antworte ich, und da er nicht so aussieht, als ob er das gleich einordnen kann, füge ich hinzu: „Aus Nord-Europa".

„Oh ja, das ist von weit her." Und das meint er sicherlich nicht nur rein geografisch.

„Ich bin Hopi-Indianer", fährt er fort. „Aus dem Hopi-Reservat, nordöstlich von hier. Ich wohne in Oraibi, einem der alten Pueblos dort. Ich kann Euch ein wenig erzählen – wenn Ihr nichts dagegen habt?"

Nein, wir haben nichts dagegen, im Gegenteil. Wir sind ja hier, um etwas kennenzulernen. Randi traut zwar dem Frieden nicht und will mich zurückhalten. Wahrscheinlich hat sie Angst, dass er sich als angetrunken erweist und um Geld betteln will. Aber den Eindruck habe ich gar nicht. In anderen Ländern ist es ja nicht ungewöhnlich, dass einem die Leute unaufgefordert ihren Dienst als Touristenführer anbieten, ja sogar aufdrängen, wenn ich das auch in den USA eigentlich nicht erwartet hätte. Der Unterschied ist auch, dass er durchaus höflich und zurückhaltend ist und überhaupt nichts von Bezahlung erwähnt. Sein Stolz lässt das sicherlich nicht zu, auch wenn er es insgeheim erwartet. Bjørn Aslak sieht abwartend aber nicht uninteressiert aus. Ob wir das Hopi Building gesehen hätten? Wir könnten dorthin gehen, während er uns über seinem Stamm erzählt. Wir gehen zusammen weiter.

„Wir sind jetzt fast durch mit den Mais-Tänzen in den Pueblos. Ein paar Tage noch. Mais ist unsere Haupternte. Es ist sehr wichtig für uns, dass die Bedingungen günstig sind. Deshalb heißen wir die Kachinas (sprich: *Katschinas*), die Geisterwesen, willkommen in unseren Pueblos und lassen sie für uns beten. Aber jetzt ist der Jahreszyklus der Tänze fast vorüber und es wird für einige Zeit ruhig in den Dörfern."

Er macht eine Pause. „Für uns sind diese Zeremonien sehr wichtig. Wir sind ein kleines Volk und brauchen Zusammenhalt. Um diese Tänze können wir uns sammeln. Zuschauer sind willkommen, aber wir wollen auch mal ungestört unter uns sein, deshalb sind nicht alle Tänze öffentlich. – Es geht darum unsere Kultur zu bewahren. Wir mischen uns nicht ein, was hier in der anderen Welt geschieht. Wir lassen sie machen. Wir finden nicht alles gut, aber wir wollen friedlich nebeneinander leben. Wir erwarten daher auch Verständnis für unsere Lebensweise."

Wir kommen am Hopi Building an, welches am Heritage Square liegt. Es ist ein rotbraunes Backsteingebäude, das den Hopis gehört, zusammen mit ein paar weiteren Gebäuden. Dort sind Café- und Hotelgewerbe, Geschäfte und anderes, was dem Reservat Einnahmen bringt.

An der Wand in der Eingangshalle hängen zwei große Gemälde mit Szenen der Kachina-Tänze. Er zeigt uns die Eingänge zu den runden, unterirdischen Kivas, den zeremoniellen Räumen, aus denen die Kachinas – mit Masken, Ornamenten und Federn geschmückte Männer – die Leiter emporsteigen und die Geisterwesen darstellen. Man soll nicht erkennen, wer hinter der Maske steckt, denn von nun an sind sie nicht sie selbst, sondern von den Geistern der spirituellen Wesen besessen, die die Bindeglieder von der irdischen Welt zur Welt der Götter darstellen. Sie kommen, um für gute Verhältnisse, wie die richtige Regenmenge, eine gute Ernte, und so weiter zu beten.

„Für uns gibt es einige höhere Wesen, die von großer Bedeutung sind. Wie Spider Woman, die Erdgöttin. Mit ihr ist alles, was auf der Erde geschieht, verflochten."

Nach der Schöpfungslegende der Hopi hat Spider Woman die lebenden Wesen aus Ton geformt, und Tewa, der Sonnengott, hat das Leben in sie gehaucht. Spider Woman hat sie durch die vier Unterwelten in die fünfte Welt, in der wir heute alle leben, geführt. Die vier Unterwelten waren nötig um die Erfahrungen und die Kenntnisse zu erlangen, die man auf der Erde braucht. Sie kamen aus einer einfachen Öffnung, Sipapu, empor. An der Öffnung stand eine Spottdrossel, die den Menschen Namen und Sprachen zuteilte. Die Eingänge der Kivas symbolisieren diese Öffnung.

Er ist sehr zurückhaltend mit Einzelheiten der Legende, denn er ist sicher schon an überzeugte Christen oder Anhänger anderer Religionen geraten, die keine andere als ihre eigene Schöpfungsgeschichte zulassen und dann Streit anfangen. Aber er sieht, dass wir schon von der Hopi-Legende gehört haben und dass wir sie zu schätzen wissen.

„Ihr habt sicherlich auch von Kokopelli gehört, dem Flötenspieler, der überall auftaucht und gute Stimmung macht. Er ist ein Schelm, aber führt auch die jungen Leute zusammen zur Heirat. Ihn kann man vielerorts hören." Dann wechselt er das Thema. „Ja, und Frauen ... bei uns lassen wir Frauen tun, was sie für richtig halten. Wir Männer mischen uns nicht ein und lassen sie ihre eigenen Dinge tun. Sie sind es, die uns auf die Welt bringen, und da sind wir ihnen Respekt schuldig."

Das hört sich ausgesprochen schön an, denke ich, besonders im Vergleich zu anderen Kulturen, wo die Frauen den Männern in verschiedenem Grade untergeben sind und absolut nicht tun und lassen können, was sie wollen. Aber das ist etwas, das überall im Kulturkreis der Naturvölker Amerikas und Nordasiens, die ja voneinander abstammen, und auch dem vieler afrikanischer und pazifischer Völker verankert ist. Respekt vor Frauen. Es sind im Allgemeinen Frauen, die die Gesellschaften der Stämme und Sippen zusammenhalten und die Bezugspersonen sind. Viele von ihnen, wie die Hopi, aber auch die benachbarten Navajo, haben sogar matriarchalische Gesellschaftsstrukturen.

„Die Jugend macht uns Sorgen", fährt er fort. „Sie gehen in die Städte und vergessen die traditionellen Wege. Nicht viele bleiben in den Pueblos, sie siedeln in die modernen Dörfer am Fuß der Mesas um und passen sich an das andere Leben an."

Dann werfe ich etwas ein. „Nach meiner Erfahrung mit den Sami in Skandinavien und auch Völkern der russischen Arktis, entwickelt sich zwar die Jugend in Richtung der modernen Gesellschaft – und das muss sie auch um zu überleben – aber trotzdem durchläuft sie Phasen, wo viele stolz auf ihre ethnische Abstammung sind, die Sprache neu erlernen, und die alten Traditionen wieder aufsuchen." Er sieht nicht aus, als ob ihn das beruhigt, denn offenbar sind seine Erfahrungen andere.

„Wir leben ja selbst zwischen den Welten. Wir wollen ohne Geld leben. Zuhause brauchen wir kaum etwas und es bedeutet nichts. Aber jedes Mal, wenn wir hierher kommen, geben wir einige hundert Dollar aus, die dann an diese Gesellschaft hier zurückfließen."

Wir haben sicherlich eine Dreiviertelstunde zusammen verbracht und ich danke ihm für seine Ausführungen. Wir machen ein Foto mit ihm zusammen. Und ich gebe ihm diskret eine 20 Dollar-Note in die Hand, die er annimmt und sagt, er werde gleich ins Café hier nebenan im Hopi Building gehen, hier gäbe es so gute Suppen. Ich bin froh, dass wenigstens diese 20 Dollar in die notgedrungen existierende Geldwirtschaft der Hopi einfließen werden.

Wir überlegen ein wenig, ob er diese Führung macht um Geld zu verdienen, was er sich natürlich unausgesprochen erhofft, oder um seine Kultur zu vermitteln. Wahrscheinlich beides. So sollte es ja mit einem Job sein – man soll ihn gern machen, er soll nützlich sein, und er soll Geld einbringen. Auch wenn er eigentlich der Geldwirtschaft negativ gegenüber steht, sieht er natürlich seine Notwendigkeit im Zusammenspeil mit unserer Gesellschaft ein. Auch im Hopi Building kostet die Suppe Geld, er kann sie nicht mehr gegen spirituelle Dienste oder andere Produkte eintauschen.

*

Ich erinnere mich, dass ich im Frühjahr 1994 kurz durch die Pueblos der Hopi gefahren bin. Es gibt drei Mesas, Plateaus, auf denen jeweils mehrere Dörfer liegen. Dort ist strenges Fotografierverbot. Früher gingen amerikanische Touristen fast in die Häuser der Leute um Bilder zu machen, was die Einwohner verständlicherweise so aufbrachte, dass sie überhaupt keine Fremden mehr mit Kameras herumlaufen sehen wollten.

Ich nahm damals ein paar Anhalter mit, einen Jungen und ein Mädchen, die ins nächste Dorf wollten. Ich war neugierig und erkundigte mich nach den Verhältnissen im Reservat. Ob sie Probleme mit den amerikanischen Behörden hatten, zum Beispiel. „Nein, mit den Behörden überhaupt nicht. Aber mit den Navajo. Es gibt Landgebiete, auf denen wir anbauen, und die sie für sich beanspruchen. Die Behörden helfen uns eher, unser Recht zu bekommen."

Die Geschichte ist so vielseitig. Wir hören so viel von dem Unrecht, das geschah, als die Europäer in die Neue Welt kamen, den Naturvölkern ihren Lebensraum streitig machten, während sie zuhauf an unseren Krankheiten starben. Europäer rotteten die Büffelherden der Prärie-Indianer aus und bestraften sie, wenn sie sich verteidigten – Eroberung und Vormacht als das Recht des Stärkeren.

Weniger verbreitet ist die Kenntnis darüber, dass auch schon vor 1494 in Amerika eine Menge Unrecht geschah. Das Recht des Stärkeren war nichts Neues für die Urbevölkerung, als die Europäer kamen. Die athapaskisch sprechenden Apachen und Navajo kamen aus dem westlichen Kanada in die Gegend der Hopi und Pueblo-Indianer, die seit Jahrtausenden hier zuhause gewesen waren. Einige dieser damaligen Nomadenstämme siedelten sich wohl einige hundert Jahre vor den Europäern hier an und hatten zum Aufhören der alten Anasazi-Kultur, einem Vorläufer der heutigen Pueblo-Kultur der Hopi und anderer, im 12. und 13. Jahrhundert beigetragen. Aber der Migrationsprozess mit all seinen Konflikten hielt noch an, als 1540 die ersten Spanier vom Süden her kamen. Zuvor waren die Pueblo-Völker die indigenen Völker gewesen, deren Lebensraum ihnen von den eindringenden Apachen, Navajo und Komanchen streitig gemacht wurde. Ganze Kulturkreise waren verschwunden oder zu neuen Lebensweisen übergegangen. Die geschichtlichen Zeugnisse geben nicht eindeutig darüber Aufschluss, ob Umweltveränderungen oder die einfallenden Nomadenstämme, oder beides, schuld daran waren.

Mit den hinzukommenden Europäern bildete sich ein Dreiecksverhältnis. Zeitweilig halfen die Europäer den Hopi, sich gegen die Navajo zu behaupten. Der einzige blutige Konflikt zwischen Hopi und Europäern war der Hopi-Aufstand von 1680, wo sich einige Hopi-Pueblos gegen die fortschreitende Christianisierung durch die Spanier wehrten und sowohl letztere als auch ‚abfällige' Stammesbrüder massakrierten. Auch später, während der Indianerkriege des 19. Jahrhunderts, als die Navajo das Schicksal der vorübergehenden Deportation erlitten, die als ‚Long Walk of the Navajo' (1864-66) bezeichnet wird und bei der Tausende zu Tode kamen, verhielten sich die Hopi friedlich. Einige behaupten, die Zeit der Deportation der Navajo war die friedlichste Zeit für die Hopi seit langem.

Wobei ich gleich hinzufügen will, dass auch die Navajo heute nicht nur als ein friedliches, sondern auch sehr sympathisches Volk auftreten. Sie sind wohl der zweitzahlreichste aller nordamerikanischen Stämme, der einen funktionierenden ‚Staat im Staat', die Navajo Nation, aufgebaut hat, und der Fremde willkommen heißt. Spätestens seit dem Zweiten Weltkrieg, als die Navajo den US-Truppen durch ihre Dienste als ‚code talkers' zur Seite standen (mit Navajo als Code-Sprache über Funk, die Nazi-Deutschland nie entzifferte), hat sich auch das Verhältnis zwischen ihnen und den US-Behörden wesentlich verbessert.

Schwierigkeiten gibt es immer, wenn auf dem Boden der indigenen Völker wirtschaftlich interessante Naturressourcen wie Bodenschätze entdeckt werden. Oder es wird dringend notwendig, eine Ölrohrleitung durch wichtige Weide- oder Jagdgebiete zu bauen. Oder man braucht das Land dringend zu irgendetwas Anderem. Entweder man arrangiert sich mit den Einheimischen, oder, wenn das nicht geht, greift man zu irgendwelchen juristischen Tricks aus der großen Zauberkiste, um die gewaltsame Entnahme zu rechtfertigen. Dann hat Rechtsprechung im Allgemeinen nichts mehr mit Gerechtigkeit zu tun und ist nur eine neue Art der Kolonisierung und des Landraubs.

Mehr oder weniger alle Verträge, die die US-Regierung je mit indigenen Völkern Amerikas gemacht hat, sind auf irgendeine Art gebrochen worden, und zwar nicht von den Einheimischen, sondern von den Behörden. Zur Gruppe der Gegner des einheimischen Kulturkreises gehören dann nicht nur Geschäftsleute, Staatsanwälte und Politiker, sondern auch diejenigen, die zum Beispiel die Bodenschätze gefunden haben. Geologen wie ich – auch wenn ich selbst mit Bodenschätzen nie etwas zu tun gehabt habe. Der Name genügt. Ich bin daher immer etwas zurückhaltend, in solchen Kreisen meinen Beruf anzugeben, wenn ich nicht gleichzeitig erklären kann, was ich wirklich tue.

Einmal war ich auf einem Kongress in Rovaniemi, im Norden Finnlands, bei dem es unter anderem um die Situation der indigenen Völker in den Industriestaaten der Arktis ging. Ich hatte ein Plakat aufgehängt, das über mein Informationsnetz um die Probleme der kleinen Völker des russischen Nordens und Sibiriens informierte. Irgendwie kam ich mit einem Häuptling aus Alaska ins Gespräch über dieses Thema. Als ich erwähnte, das ich hauptberuflich Geologe war, stutzte er etwas, aber meinte dann: „Ach, das macht nichts. There are always good guys and bad guys – es gibt überall gute und schlechte Leute."

Wobei es natürlich so ist, dass die ‚good guys' der einen die ‚bad guys' der anderen sein können, je nach Weltanschauung, Erziehung und Interessenlage.

FÜNFTER TEIL

SEITENSPRUNG NACH JAPAN

Die Seele hätte keinen Regenbogen,
wenn die Augen keine Tränen hätten.

Indianische Weisheit

Wer nicht um das Dunkel weiß,
kann das Licht nicht erkennen.

Japanische Weisheit

Kirschblüten

Kyōto, April 2006

Abenddämmerung im Maruyama-Park in Kyōto. In diesen südlichen Gefilden wird es schnell dunkel, wenn die Sonne untergeht. Ganz anders als im hohen Norden, wo die Dämmerung nie zu enden scheint. Gerade ist die Sonne wie ein glühender, orangefarbener Ball hinter dem Häusermeer der Innenstadt versunken, von wo her die Geräuschkulisse der regen Millionenstadt eintönig summend zu uns dringt. Krähen sammeln sich kreischend am Himmel um in ihre Nachtreviere zu fliegen. Die Glocke am Yasaka-Schrein läutet ein paarmal. Die letzten Besucher ziehen nochmal kurz an der Kordel, verbeugen sich vor dem Schrein und verlassen den Park nach einem herrlichen, sonnigen Tag. Zurück in das Verkehrsgewirr, das zwar da ist, aber das doch so viel ruhiger und geordneter abläuft als wir es von zuhause gewöhnt sind – vorbei an den winkenden Glückskatzen der Touristenläden und Restaurants, den Hi-Tech-Spielhallen, den kleinen Tempeloasen zwischen den Geschäftshäusern und unter das furchterregende Kabelgewirr in den kleinen Seitengassen.

Geishas, in Kimonos gekleidet und mit weißgepudertem Gesicht, stolzieren auf Holzsandalen durch den regen Verkehr, aus dem traditionellen Gion-Viertel kommend, oder für die Spätschicht dorthin gehend. Vorbei an all den modern gekleideten Menschen, in eleganten, dunklen Anzügen und modischen Damenkostümen, die einen anstrengenden Arbeitstag in einem viel zu engen Büro hinter sich haben und sich auf die Abendmahlzeit zuhause freuen. Auf die Kinder, die vielleicht schon friedlich schlafend im Bett liegen, und mit denen sie sich erst am Wochenende wieder richtig unterhalten können. Sie werden den Futon auf den Tatami-Matten auszurollen und schlafen gehen. Oder ist es schon Freitagabend? Werden sie noch mit Kollegen in eine Karaoke-Bar gehen und ein Bier oder ein paar Gläser Whiskey herunter kippen?

Die Hauptblüte der Kirschbäume ist schon seit ein paar Wochen vorbei. Aber es gibt noch eine große Zahl spätblühender Kirschen, deren Blütenstände zwar etwas lichter und traubenförmiger sind, aber trotzdem die Straßen und Parks in Weiß, hellem Lila oder zartem Rosa schmücken.

Ist es wirklich erst zweieinhalb Wochen her, dass wir mit Etsuko-san und ihren beiden Kindern Jun und Karin auf Ōshima waren und um den Vulkankrater wanderten? Zwei Wochen, seit wir mit Etsuko und ihrer Familie unter den Kirschblüten im Baji-Park in Setagaya ein Picknick machten? Neun Tage, seit wir den Fuji-san von Hakone aus in seiner vollen, majestätischen Größe sahen? Und erst drei-vier Tage, seit wir in den qualmenden Schlund des Nakadake-Vulkans in der riesigen Aso-Kaldera auf Kyūshū schauten, durch die regenverhangene Schlucht Takachiho mit ihren Basaltsäulen wanderten, in der sich der Legende nach einst die Sonnengöttin Amaterasu versteckt haben soll? Es könnten Monate vergangen sein. Die Zeit ist stehengeblieben. So viele neue Eindrücke täglich.

Japan – eine vollkommen andere Welt. Sagt man jedenfalls. Aber ist sie das wirklich? Oder ist das nur ein erster Eindruck, weil es oberflächlich so anders wirkt? Sind sich die Menschen vielleicht viel ähnlicher, als sie es auf den ersten Blick zu sein scheinen?

Etsuko-san ist eine entfernte Verwandte der Frau eines pensionierten japanischen Kollegen von mir. Eine junge Frau mit Familie, die in ihrer früheren Jugend mehrfach durch Europa gereist war. Sie sprach gut englisch und ein wenig deutsch. Wir hatten schon ein Jahr lang per E-Mail Briefe gewechselt, bevor meine Familie und ich uns entschieden nach Japan zu fahren.

Schon in meiner Jugend hatte ich eine Faszination für Japan gehabt und den Wunsch, das Land kennenzulernen. Aber nach und nach, durch meine Arbeit im Norden, geriet das in den Hintergrund. Dann, nach vielen Jahren, als ich mit meiner eigenen Familie in einem Restaurant am Nachbartisch eine japanische Familie mit einem ebenso kleinen Kind wie unserem sah, tauchte der Wunsch plötzlich wieder auf. Solch eine Familie müssten wir kennen! Die genauso an Europa interessiert war wie ich an Japan. Wir könnten uns gegenseitig unsere Länder zeigen. Randi, meiner Lebensgefährtin, gefiel der Gedanke auch. Später sprach ich meinen japanischen Kollegen an, und über eine Kusine seiner Frau in Japan bekamen wir schließlich ein paar Kontakte.

Wir kamen in Tōkyō bei Etsukos Eltern unter, einem liebenswerten, älteren Ehepaar, das uns nach allen Künsten bewirtete. Sie verliebten sich in unseren Sohn, der damals knappe acht Jahre alt war. Etsukos Vater und er hatten ein gemeinsames Interesse: Eisenbahnen. Er war bei einer Eisenbahngesellschaft beschäftigt gewesen. Sie verstanden sich auf Anhieb und ohne Worte. Für uns andere lief, wenn Etsuko nicht dabei war und dolmetschen konnte, die Unterhaltung mit Gebärden, Wörterbuch und wenigen englischen Vokabeln ab. Etsukos Vater hatte ein großes Phrasenbuch für alle erdenklichen Situationen, in dem er erstaunlicherweise das meiste fand, das er uns sagen wollte.

Die Begegnung war spannend für alle. Wir wollten lernen, Neues erleben, das Land von innen her kennenlernen, nicht unsere eigenen Gewohnheiten und Ansichten bestätigt bekommen. Deshalb wurden uns eventuelle kleine Fehler auch verziehen. Wir wurden Freunde und sollten es bis heute bleiben.

Heute, wo ich das zu Papier bringe, fasziniert mich Japan noch immer. Obwohl ich mehrfach wochenlang dort gewesen bin, japanische Freunde in Japan habe und Japaner im Ausland kennengelernt habe, gebrochen Japanisch zu sprechen begonnen habe, aber ohne es lesen zu können.

Kyōto ist eine Stadt der Tempel, Schreine und Gärten. Japanische Gärten sind für mich der Inbegriff Japans überhaupt. Hier gibt es keine geraden Linien, alles sieht auf den ersten Blick wie zufällig aus. Aber schaut man genauer hin, gibt es keinen hässlichen Zweig, keine verwelkte Blüte. Künstlerische Perspektiven überall. Hat man einen stilvollen Fotostandort verlassen und packt die Kamera ein, holt man sie drei Meter weiter schon wieder hervor. Alles ist haargenau geplant. Jeder Blickwinkel, jede Pflanzengruppe im Verhältnis zu den Teichen, Teehäusern und Brücken. Kein Ast wächst, wie er will. Und trotzdem könnte man meinen, alles sei natürlich so gewachsen. Unscheinbare Perfektion. Das krasse Gegenteil eines europäischen Schlossgartens, wo Symmetrie alles ist. Hier gibt es überhaupt keine.

Mit der gleichen Perfektion wird das traditionelle Essen zubereitet und serviert, werden Kameras und Autos produziert und fahren die Eisenbahnen. Während man Zugverspätungen in gewissen Ländern der Welt in Stunden angibt, in Europa in Minuten, sind es in Japan Sekunden. Überhaupt läuft hier alles wie auf Gleisen, nicht nur die Züge.

Da ich auch ein anderes, fremdes Land, nämlich Russland, kennengelernt habe, drängt sich der Vergleich geradezu auf. Schon auf den ersten Blick erscheinen diese beiden Länder wie krasse Gegensätze. Was in Japan Perfektion ist, ist in Russland Improvisation. In Japan funktioniert das meiste nach Plan, in Russland dagegen nicht viel. Aber die Russen sind Meister darin, mit unvorhergesehenen Schwierigkeiten klar zu kommen. Weil sie eben wissen, dass man sich auf nichts verlassen kann.

Während die Russen erst nach dem Zusammenbruch der Sowjetunion nach und nach gelernt haben, dass es sich lohnen kann serviceorientiert zu sein, und auch anderswo auf der Welt die Servicebereitschaft oft ziemlich angelernt erscheinen kann, habe ich in Japan immer das Gefühl, sie kommt von irgendwo tief im Herzen. Man ist für die anderen einfach da, auch wenn man überhaupt nichts von ihnen weiß. Respekt vor allem und jedem.

Das hat natürlich irgendwo seinen Preis – in Form von Stress, Unzulänglichkeitsgefühlen unter denen, die dem Druck der erwartungsvollen Gesellschaft nicht gewachsen sind. Wahrscheinlich hängt auch die hohe Selbstmordrate damit zusammen. Nichts in dieser Welt ist eben perfekt.

Einmal erzählte mir der Vater eines Klassenkameraden meines Sohnes, die Japaner seien furchtbare Rassisten. Als ich eine ungläubige Mine aufsetzte und wissen wollte, wie er darauf käme, meinte er zum Beispiel, er wäre als Seemann mal in einem japanischen Hafen gewesen. Als er mit seinen Kameraden in eine Bar gehen wollte, hätten sie sie nicht eintreten lassen. Das Lokal sei nur für Japaner.

Nun gut, dachte ich. Ich würde mich unter Umständen auch weigern, eine Truppe ausländischer Seeleute hereinzulassen, die nach aller Erwartung zu viel trinken und bald herumkrakeelen würden, und mit denen man nicht einmal auf verständliche Weise reden konnte.

Hier kommt die japanische Unsicherheit zum Vorschein, die es allem Fremden gegenüber gibt. Die Angst davor, einer Situation nicht gewachsen zu sein. Sie wird in moderner Zeit zunehmend überwunden, verstärkt durch bessere internationale Kontakte und Sprachkenntnisse, aber sie ist noch deutlich da. Hier sind die Russen, um den Vergleich fortzusetzten, das positive Gegenteil. Sie sind Meister darin, mit unsicheren Situationen klarzukommen, weil sie Tag um Tag mit solchen leben müssen. Das Ganze hat mit Rassismus überhaupt nichts zu tun – obwohl es sicher in Japan wie überall auf der Welt auch Rassisten gibt. „There are always good guys and bad guys", wie der Indianerhäuptling aus Alaska mich damals beruhigte.

*

Immer noch Kyōto, April 2006

Tetsugako-no-michi, der Philosophenweg – eine zwei Kilometer lange Bilderbuchpromenade vom SilberPavillon zum Nanzen-ji Tempel im Nordosten der Stadt. Benannt nach dem bekannten Philosophie-Professor Nishida Kitarō, der während der 1920er Jahre täglich diesen die Sinne erfrischenden Weg entlang zu seiner Universität ging. Ein eingemauertes Flüsschen, mit Kirschblüten überhangen, entlang von Gassen mit Häusern in altem, traditionellem Baustil, unzähligen Fußgängerbrücken, ein paar Cafés und unauffällige Souvenirläden. An schönen Tagen wie heute scheint sich die halbe Stadt an Orten wie diesem zu entspannen.

Oder Kiyumizu-dera, die Tempelanlage mit der heilbringenden Quelle, wo ganze Schulklassen anstehen, um eine Schöpfkelle voll von dem mirakulösen Wasser trinken zu können. Oder Kinkaku-ji, der in Blattgold prangende Goldene Pavillon, an einem malerischen kleinen See gelegen, wieder mit einem Garten aus wie zufällig verteilten, makellosen Kiefern und Ahornen am Ufer und auf kleinen Felseninseln. Oder die Tempelanlage von Kodai-ji, der Heian-Schrein, alle mit ihren verblüffenden, zu Sinnlichkeit und Meditation einladenden Aussichten und Blickwinkeln. Man kann sich nicht satt sehen.

Dann die andere Seite Japans. Das hochmoderne Bahnhofsgebäude mit seiner riesigen Glasfassade. Shinkansen, die Hochgeschwindigkeitszüge – nur drei Stunden nach Tōkyō im Norden, drei nach Fukuoka im Westen – auf Gleisen, die man selbst bei 300 Stundenkilometern kaum spürt. Irgendwie geht in Japan alles Hand in Hand. Hi-Tech und Tradition leben nebeneinander, ohne jeden Widerspruch, konkurrieren nicht gegeneinander – brauchen einander, schaffen ein Gleichgewicht, stellen das Japan unserer Zeit dar.

Reiseführer betonen überall, dass man in Japan in privaten Heimen überall die Schuhe ausziehen muss. Wenn irgendwo die Besonderheiten japanischer Gewohnheiten aufgelistet werden, steht diese Tatsachen oft an erster Stelle. Jeder schreibt wahrscheinlich von jedem ab. Was ist daran aber das Merkwürdige? Ich habe nie irgendwo gelebt, wo man sich zuhause in der Wohnung die Schuhe nicht auszieht. Zuhause sitzen Kinder auf dem Boden und spielen mit nackten Händen, die sie hinterher in den Mund nehmen. Und da soll man mit Straßenschuhen herumlaufen und den Teppich besudeln? Mir ist schon klar, dass es vielerorts leider so üblich ist, zum Beispiel in den USA, aber da sollten eher jene Schmutzfinken als Ausnahmen hingestellt werden, nicht das saubere Japan.

Dann wäre schon das Laut-durch-die-Gegend-rufen ein besserer Ausgangspunkt für einen Vergleich. Denn das sollte man in Japan lieber bleiben lassen, wenn man nicht unangenehm auffallen oder die Leute peinlich berühren will. Zuhause unterhalten sich Leute gern lauthals über das dazwischenliegende Nachbargrundstück hinweg oder halten zur allgemeinen Verärgerung aus voller Kehle einseitig erscheinende Gespräche am Handy, während sie im Zug sitzen oder die Straße entlang gehen.

All diese scheinbaren oder wirklichen Unterschiede sollten eigentlich überall selbstverständlich sein. Die Nichtbeachtung in Europa zeugt eher von Vernachlässigung und Mangel an Respekt bei uns, als von anderen Maßstäben in Japan. Wenn man einigermaßen gefühlvoll in seinem Verhalten ist, braucht man in Japan gar nicht so viel Neues zu lernen. Die Feinheiten bekommt man dann nach und nach mit. Japaner sind auch nur Menschen und im innersten Innern gar nicht so anders. Sie beißen nicht gleich, wenn man nicht alle Feinheiten der Etikette kennt, solange man sich etwas zurückhält und auf seine Art die Menschen und das Land respektiert.

In Japan hat man, wie überhaupt in Ostasien, eine Faszination für das Nordlicht. Wie auch wir sie hatten, als wir den Lemmenjoki aufwärts ins Goldgräberdorf zogen und das Nordlicht uns eine neue Welt eröffnete. Genauso empfinden es Japaner. Die wenigsten haben natürlich die Zeit und Muße, in die Tiefe der nordischen Wälder zu ziehen. Und da es in der Arktis nördlich von Japan, im russischen Tschukotka, genauso wie in der amerikanischen Arktis, kaum für diesen Zweck ausgebauten Tourismus gibt, reisen sie gern in den europäischen Norden. Zum Beispiel nach Tromsø, wo ich zuhause bin. Das Problem ist nur, dass es hier im Winter wochenlang bewölkt sein kann oder aber sich lange gar kein Nordlicht am Himmel zeigt. So mancher Japaner hat eine Menge Geld dafür bezahlt und nur einen schwachen Schimmer oder gar kein Nordlicht gesehen. Und darüber trösten die alternativen Reiseaktivitäten, die auf dem Programm stehen, auch nur begrenzt hinweg.

Japan ist nicht gerade ein arktisches Land, wenn auch – im Gegensatz zum weitaus nördlicher gelegenen Norwegen – im Spätwinter das Meereis die Nordküste bei 44-45 Grad nördlicher Breite erreichen kann. Aber Japan hat polare Ambitionen. Es hat seit jeher polaren Walfang betrieben. Seit 1973 hat es ein Polarforschungsinstitut, bereits seit 1957 eine Forschungsstation in der Antarktis, zu der in den 80er und 90er Jahren drei weitere hinzukamen, und seit 1991 eine Forschungsstation in Svalbard (in Ny-Ålesund). In den neunziger Jahren finanzierte Japan einen großen Teil des *International Northern Sea Route Programme* (INSROP) gemeinsam mit Norwegen und Russland. Der Nördliche Seeweg, oder die Nordost-Passage, also die Schiffsverbindung mit Europa entlang der sibirischen Küste, ist von großem handelsmäßigen und politischem Interesse. 2013 bekam Japan, zusammen mit anderen asiatischen Nationen, Beobachterstatus im Arctic Council.

Mein Interesse an Japan hatte mit meinen arktischen Aktivitäten ursprünglich überhaupt nichts zu tun. Es war vielleicht mehr aus dem Bedürfnis entstanden, einen Gegenpol zu finden. Aber wie immer kreuzen sich auch hier die Wege.

Krieg und Frieden

Nur selten sieht man Demonstrationen in Japan. Aber auf dem Wege zur Atombomben-Gedenkstätte in Hiroshima begegne ich einem Zug von Demonstranten mit Plakaten gegen Atomkraft. Es ist nur anderthalb Monate seit dem GAU des Atomkraftwerkes in Fukushima. Noch sind der volle Umfang der Katastrophe und ihrer Konsequenzen nicht bekannt. Das Umland ist vollkommen evakuiert. Details werden geheim gehalten. Die Bevölkerung hat das Vertrauen in die Behörden verloren, will mit Atomkraft nichts mehr zu tun haben. Alle Atomkraftwerke im Land werden abgeschaltet. Gegen Atomkraft zu demonstrieren ist in Japan zu dieser Zeit absolut opportun. Zumal in Hiroshima.

Wie ein Gespenst aus einer anderen Welt steht die Atombombenkuppel am Ōta-Fluss – das einzige Gebäude im Umkreis von Kilometern, das stehengeblieben ist. Direkt unter der Bombe, die knappe 600 m weiter oben explodierte und in wenigen Sekunden die Stadt in ein Inferno verwandelte, Zehntausende von Menschen momentan verbrannte und für ebenso viele das Leben zur Hölle auf Erden machte. Für die Gräueltaten indoktrinierter japanischer Soldaten im Pazifikkrieg rächte man sich, wie so oft, in erster Linie an Frauen, Kindern und alten Leuten.

Schulklassen in dunkelblauen Uniformen bevölkern die Friedensgedenkstätte, lesen Informationstafeln, gehen von Mahnmal zu Mahnmal. Eine Gruppe von Mädchen stellt sich für ein Gruppenfoto vor der Atombombenkuppel auf. Eine chinesische Reisegruppe zieht vorbei. Die Touristenführerin hält eine farbige Fahne hoch um ihre Gruppe nicht zu verlieren. Ein paar junge europäische Männer stehen vor dem Kinderfriedensmahnmal mit dem gefalteten Kranich. Sie sprechen französisch.

Zwei ältere japanische Frauen stehen am Rand der Gedenkstätte. Eine spricht mich an und will mich in ein Gespräch verwickeln, „we are studying the Bible ...". Ein gut ausgewählter Ort, zugegeben, denn hier sind ja Sodom und Gomorra. Oder, mit anderen Namen, Hiroshima und Nagasaki. Wer hier zurückblickte, erstarrte zur Salzsäule.

Man tut es heute fast immer noch, wenn man die Museen ausgiebig studiert und sich die Grausamkeit des Geschehenen vergegenwärtigt.

Die einzigen Atombomben, die je auf Menschen abgeworfen wurden – nicht auf eine verkommene Gesellschaft wie in Sodom und Gomorra, auch nicht auf eine aggressive Armee – nein, in erster Linie auf normale Zivile – Frauen, Kinder und Alte, die überhaupt nicht im Krieg waren und dort Gräueltaten ausführten, sondern die ihren täglichen Geschäften nachgingen. Gezielt, mit dem Wissen, Zehntausende und Hunderttausende ganz oder halb zu verbrennen, unermessliches Leid zu verbreiten. Es war kein fundamentalistisches Regime, keines der sogenannten Achse des Bösen, nein, es waren die USA, dasselbe Land, das später den Ausdruck ‚Achse des Bösen' für andere erfand und das jetzt so hartnäckig darauf bedacht ist, anderen Ländern die Bombe zu verbieten.

Wahrscheinlich verbieten sie es ihnen mit Recht. Recht und Unrecht liegen oft so nahe beieinander.

Gestern noch war ich auf Miyajima. Das ist eine kleine Insel im Seto Naikai, der Japanischen Inlands-See, nicht weit von Hiroshima. Eine heilige Stätte, sowohl für Buddhisten als auch für Schintoisten, die in früheren Zeiten für normale Bürger verschlossen war. Seit 850 Jahren bewacht hier der Itsukushima-Schrein mit seinem roten, im Wattenmeer stehenden Schinto-Tor die Insel. Er hat die Atombombe überlebt, stand weit genug entfernt vom Ort des Verderbens. Zweimal am Tage bei Flut kommt das Wasser, umspült das riesige, sechsbeinige, rote Tor draußen in der Bucht, und die kleinen Wellen laufen unter dem Holzplankenboden des Schreins aus.

Miyajima ist lebende Geschichte. Nicht nur der malerische Itsukushima-Schrein, auch die Halle der Zehntausend Tatamimatten, die fünfstöckige Pagode, der Daisho-in Tempel am Ortsrand, der Momijidani (Ahorntal) Park mit seinen jetzt zart gedämpften, aber im Herbst explodierenden Laubfarben, das weitgehende Fehlen von modernen Bauten – alles das versetzt einen in die Welt des alten Japan. Alt, aber trotzdem allgegenwärtig in diesem aus Tradition und Hi-Tech gemischten Land.

Der Weg hinauf zum 500 m hohen Misen-Berg ist eine Art Pilgerweg – jedenfalls für den, der nicht der Versuchung verfällt, die Seilbahn zu nehmen. Es gibt mehrere Wege, zwischen denen man wählen kann. Ich nahm den vom Daisho-in Tempel aus gehenden Pfad. In Serpentinen führt er den Hang hinauf, kreuzt Geröllscharten, bietet immer grandioser werdende Ausblicke über die Inlands-See und die anderen Inseln. In einigen der Kurven stehen Ansammlungen von Jizo (sprich: *Dschiso*), kleinen Buddha-Figuren, die den Weg des Wanderers überwachen. Blühende Blumen stehen davor. Kurz vor dem Gipfel ein Tempel, duftende Weihrauchgefäße, ein Mönch geht umher und sorgt dafür, dass alles zu jeder Zeit in bestem Zustand ist. In einer der Hallen weiter oben am Hang hält ein Priester eine Andacht für eine Familie, die in Reihe auf einer Matte vor dem Altar kniet. Dann, weiter oben, ein Aussichtsfelsen mit Bänken zum Ausruhen und Betrachten. Die blaue See verschwindet weit hinten am Horizont im Dunst des warmen Frühjahrstages. Von hier aus zum Gipfel ist der Weg mit steinernen Treppen ausgebaut. Kleine Seitenwege führen zu versteckten, einsamen Heiligtümern. Auf der Felsenterrasse am Gipfel laufen Rehe umher und lassen sich von Wanderern füttern.

Ich nehme einen anderen Weg zurück und komme unten durch das Momijidani, das Ahorntal. Sogar jetzt im Frühjahr deuten die verschiedenartigen Farben der Ahornbäume schon die Pracht an, die sie im Herbst tragen werden – zartes Grün und Variationen von Rotbraun bis Gelbbraun gegen das satte Grün der anderen Bäume.

Watanabe Ryōkan ist eine Gaststätte am Rande des Ortes in einem traditionellen, zweistöckigen Haus. Etsuko-san, meine Tōkyōter Bekannte, hatte sie mir empfohlen. Etsuko hatte ein paar Jahre in Hiroshima studiert. Immer wenn Besucher kamen, machte sie mit denen Ausflüge nach Miyajima und sie aßen bei Watanabe Anago-meshi, gekochten Aal, eine der Spezialitäten des Ortes. Da das aber zwanzig Jahre her war, wusste sie natürlich nicht, ob die Gaststätte überhaupt noch existierte.

Sie war noch da. Ich fand sie auf einer Übersichtskarte. Ich ging hinein und bekam von einer jungen Frau einen Tisch zugewiesen. Ob sie Anago-meshi hätten? Ja, das hatten sie. Ich bestellte. „Oishikatta desu" – es schmeckte wirklich ausgezeichnet. Dazu ein Bier von einer örtlichen Brauerei, mit dem Wahrzeichen Miyajimas, dem im Wasser stehenden Shinto-Tor des Itsukushima-Schreins auf dem Etikett.

Ich legte mir die Worte zurecht, mit der ich der Frau beim Bezahlen in meinem gebrochenen Japanisch erklärte, dass mir eine Freundin in Tōkyō die Gaststätte empfohlen hatte, die hier vor zwanzig Jahren des Öfteren gewesen war. „Zwanzig Jahre?? Da war ich ja noch gar nicht geboren!" Sie lief in die Küche und kam mit ihren Eltern zurück, denen sie erklärte, dass sich jemand nach zwanzig Jahren noch an das Restaurant erinnerte. Wir unterhielten uns ein wenig in einem Gemisch aus Japanisch und Englisch. Sie waren entzückt, dass ich ein wenig Japanisch konnte. Dann machte die Tochter mit meiner Kamera ein Foto von mir zusammen mit ihren Eltern, das ich meiner Freundin in Tōkyō zeigen sollte. Und wenn ich noch einmal nach Miyajima kommen würde, könnte ich natürlich bei ihnen unterkommen ...

Und jetzt bin ich in Hiroshima. In der Innenstadt ist nichts älter als 66 Jahre. Außer der Atombombenkuppel natürlich, das einzige überlebende Gebäude, das man als Mahnmal stehen gelassen hat.

Aber es gibt in Hiroshima nicht nur die Gedenkstätte. Es gibt Gaststätten für eine örtliche Variante von Okonomiyaki, eine Art Pfannkuchen mit eingebackenem Gemüse. Es gibt auch ein kleines, wieder aufgebautes Samurai-Schloss.

Und es gibt Shukkei-en, den japanischen Garten, eine Oase der Ruhe, des Nachdenkens, der Meditation. Eine dieser Anlagen, bei der jeder Blickwinkel, jede Perspektive durchdacht ist, wo alles wie vollkommen natürlich platziert aussieht, bis man darauf aufmerksam wirkt, dass kein Zweig wächst, wo er nicht sein soll, um das Bild der asymmetrischen Perfektion nicht zu stören. Durchgeplante Zufälligkeit, die Faszination und Sinnlichkeit hervorruft – sinnliche Harmonie am ehemaligen Ort des Verderbens.

66 Jahre sind vergangen, in denen das Bild der Welt sich mehrfach und durchgreifend verändert hat. Alte Feinde sind heute Freunde. Nicht, weil die Menschen sich verändert haben – nein, es sind die Umstände, die sich verändert haben. In der Politik sucht man sich Freunde und Feinde nicht aus. Die Umstände wählen für einen.

Damals näherte sich der Pazifikkrieg dem Ende. Man hatte in den USA enorme Summen investiert, um Nazi-Deutschland mit dem Bau der Atombombe zuvorzukommen. Die Probesprengungen waren endlich erfolgreich. Man hatte die Waffe und brauchte sie eigentlich nicht. Die Deutschen hatten sie nicht und waren im Rückzug begriffen. Wie sollte man vor der eigenen Bevölkerung die Ausgaben rechtfertigen? Man musste ihr die Waffe vorführen. Aber sie gegen Angehörige der eigenen Rasse in Europa zu benutzen, war ein Risiko, was die öffentliche Meinung anbelangte. Deutschland war außerdem im Grunde besiegt. Und es kapitulierte auch, bevor die Waffe zum Einsatz kam. Japan hingegen lag mental weiter entfernt. Das grausame Vorgehen der japanischen Armee im Pazifik war weitgehend bekannt. Das Ende des Pazifikkrieges zeichnete sich zwar ab, aber lag doch noch in etwas fernerer und ungewisser Zukunft. Handelte man schnell, würde es so aussehen, als ob die Bombe den Krieg beendet hätte, weitere amerikanische Opfer verhindert und damit die enormen Investitionen gerechtfertigt hätte.

Japan sah auch, dass der Krieg dem Ende zu ging und leitete Kontakte mit der Sowjetunion ein, um diesen einflussreichen Nachbarn bei eventuellen Friedensverhandlungen zu seinen Gunsten zu beeinflussen. Das gefiel den Amerikanern gar nicht. Sie wollten nach dem Krieg keinen Einfluss der Sowjetunion in Japan, und den Krieg unter diesen Verhältnissen zu Ende zu bringen, passte überhaupt nicht ins Konzept. Die Lösung war schließlich die Atombombe. Sie brachte Japan zur Kapitulation, bevor es der Sowjetunion Versprechungen machen konnte, und brachte sie zur Anwendung, ohne dass die amerikanische Kriegsführung das Gesicht vor der eigenen Bevölkerung verlor. Mehrere Fliegen wurden mit einer Klappe erschlagen.

Zynischerweise erklärte die Sowjetunion Japan nach der ersten Atombombe noch schnell den Krieg und entriss dem erlahmenden Land vor der endgültigen Kapitulation Sachalin und die südlichen Kurilen-Inseln. Letztere wurden zum langfristigen Streitapfel zwischen den beiden Ländern bis in unsere Tage, da sie nie zuvor unter russischer Herrschaft gewesen waren.

Die unermesslichen Leiden der Zivilbevölkerung von Hiroshima und Nagasaki wurden zum grausamen Beispiel der Abschreckung, das unter Umständen die wiederholte Anwendung der Bombe zu späteren Zeitpunkten verhinderte und schließlich, 30-40 Jahre später, die atomare Abrüstung begünstigte, den Kalten Krieg ein wenig entschärfte und möglicherweise die Konfrontation der beiden Großmächte im nordatlantischen und arktischen Raum im Zaum hielt. Niemand wollte Hiroshima wiederholen.

Recht und Unrecht haben nicht immer eine natürliche Abgrenzung gegeneinander. Unrecht kann zu Recht führen, Recht zu Unrecht. Alles geht irgendwo in einem Wirbel von Geschehnissen unter, wo Ursache und Wirkung miteinander verschwimmen und Geschichte machen. Den Preis dafür hatten Hiroshimas und Nagasakis Frauen, Kinder und Alte auf grausamste Weise bezahlt.

195

Japanische Diplomatie auf tiefster Ebene

Oslo, November 2011

Durch mein in den letzten Jahren gewachsenes Interesse an Japan hatte ich, mehr oder weniger durch Zufall, Kontakte zu ein paar Leuten an der japanischen Botschaft in Oslo bekommen. Als ich aus ganz anderen Gründen nach Oslo reiste, fragte ich eine Bekannte an der Botschaft, ob sie Zeit für ein gemeinsames Abendessen hätte. „Ich bin leider verhindert, aber einer meiner Kollegen würde Sie gern zum Essen einladen. Er will mit Ihnen über eine Landkarte sprechen." Ich wusste absolut nicht, worum es ging, außer dass ich der Botschaft über meine Bekannte vor einiger Zeit ein paar meiner selbst entworfenen arktischen Landkarten hatte zukommen lassen.

Wir trafen uns in einem japanischen Restaurant im Zentrum von Oslo. Herr S. wartete schon auf mich, als ich zur verabredeten Zeit eintrat. Glatt gestriegeltes, kurzes, schwarzes Haar, dunkelgrauer Anzug mit Schlips, schlanker Körperbau, kerzengerade Haltung. Genauso, wie man sich einen japanischen Diplomaten vorstellt. Er hatte eine nette, umgängliche, aber einstudierte Sprechweise und sprach sehr gutes Englisch. Während wir auf das Essen warteten, sprachen wir erst über alles Mögliche – meine Verbindung zu Japan, was ich dort gesehen hatte, Ländervergleiche, Norwegen und Japan, Deutschland und Japan. Deutschland und Japan hätten eine traditionelle Verbindung und viel mehr gemeinsame Beziehungen als man gemeinhin glaubt.

Nach einer Weile kam er zur Sache. Ich wäre Autor einer Karte, die die indigenen Völker der Arktis zeigt und die auf der Website des Artic Council läge. Das stimmte. Ich hatte mehrere thematische Übersichtskarten über die Arktis dem Sekretariat des Arctic Council gegeben, und die hatten sie auf ihre Website geladen. Mein Büro am Norwegischen Polarinstitut lag genau neben denen des Sekretariats, und ich kannte daher die Leute, die da arbeiteten. Aber es ging Herrn S. nur um eine ganz bestimmte Karte, diejenige also, die die Verbreitung der indigenen Völker zeigte. Auf dieser Karte hatte ich die Staatsgrenzen der arktischen Länder eingezeichnet. Ob das nötig sei? Ja, es sei nötig gewesen, wegen fehlender Daten aus China und der Mongolei über die dortige Verbreitung derjenigen Völker, die auch in Sibirien lebten. Die Grenzen hatte ich eingezeichnet, um deutlich zu machen, dass meinen Daten dort auf die Russische Föderation begrenzt waren, und dass nicht etwa der Lebensraum der Ewenken und der mongolischen Völker dort aufhörte, wo die entsprechenden Farben auf der Karte aufhörten.

Das Problem war natürlich auch nicht die russische Grenze zur Mongolei oder zu China, sondern die zu Japan. Wie alle anderen Karten zeigte auch meine diese Grenze, wo sie praktisch lag, nämlich zwischen Hokkaidō und den südlichsten der Kurilen-Inseln. Die Zugehörigkeit jener zu Russland wurde von Japan aber nicht anerkannt. Die südlichen Kurilen-Inseln, die Japan als sein ‚Nördliches Territorium' bezeichnet, wären ihm von der Sowjetunion entrissen worden, nachdem sie Japan nach der Atombombe von Hiroshima kurzfristig noch den Krieg erklärt hatten. Da hätten sie nicht nur den umstrittenen japanischen Marionettenstaat Mandschukuo und Sachalin zurückerobert, sondern eben auch diese Inseln. Die russisch-japanische Grenze war aber vielmehr bereits im Jahre 1855 als nördlich der umstrittenen Inseln liegend mit Russland vertraglich geregelt worden. Die über 17 000 auf den Inseln wohnenden Japaner und Ainu mussten 1946 sämtlich nach Japan auswandern. Die Bevölkerung ist heute vollkommen russisch.

Japan hatte sich im Jahre 2009 um einen Beobachter-Status beim Arctic Council beworben (der übrigens anderthalb Jahre später dann auch gewährt wurde, zusammen mit dem einer Reihe anderer Länder). Da wäre es ungünstig, wenn eine Karte auf der offiziellen Website des Arctic Council Grenzen zeigt, die Japan nicht anerkennt. Natürlich wolle man auch nicht Russland vergrämen, das auch Mitglied des Arctic Councils war. Ob ich die politischen Grenzen nicht einfach weglassen könnte, da sie ja nicht Thema der Karte waren? Nun, aus besagten Gründen war mir das nicht so lieb. Wir einigten uns darauf, dass ich die gestrichelten Grenzen zwischen allen Inseln im Meer wegnehmen würde, denn da würde ich sie nicht benötigen, und damit wären alle Probleme gelöst.

Mein Gegenüber meinte, das japanische Außenministerium hätte gegenüber dem Artic Council auch offizielle Wege gehen können, aber das hätte einen wesentlich größeren diplomatischen Aufwand erfordert. So wäre es doch einfacher.

Wie schnell wird man doch nichtsahnend in internationale Diplomatie verstrickt, dachte ich. Als ich wieder in meinem Büro in Tromsø war, dauerte es zehn Minuten, bis die Karte geändert war. Ich ging zu meinem Büro-Nachbarn vom Sekretariat des Arctic Council und bat ihn, die besagte Karte mit der neuen Version zu ersetzen und erklärte ihm den Sachverhalt. Er war selbst Russe. „Diese Japaner", lachte er, „nun können sie schon ohne Visum ihre Gedenkstätten dort besuchen und haben gewisse Fischereirechte, und immer noch sind sie nicht zufrieden. Aber mail' mir mal ruhig die Karte rüber, ich tausche sie dann aus."

Kurze Zeit später konnte ich Herrn S. an der japanischen Botschaft eine Mail schicken und mitteilen, dass das Problem beseitigt sei. Er bedankte sich vielmals. Das war meine erste und letzte persönliche Erfahrung mit japanischer Diplomatie, wenn auch auf tiefster Ebene.

Tsunami

Der 11. März 2011 wird für immer im Bewusstsein der Japaner verbleiben. Der Tag, an dem das Verhängnis über Tōhoku, den Nordosten des Inselreiches, hereinbrach. Wie das verheerende Hanshin Erdbeben, das am 17. Januar 1995 die Stadt Kobe verwüstete, und das große Kantō Erdbeben in Tōkyō am 1. September 1923.

Das Tōhoku Erdbeben entstand unterm Japangraben, der Subduktionszone vor der Ostküste Japans, wo die pazifische Platte mit einer Geschwindigkeit von 9 cm im Jahr unter Japan abtaucht. Es hatte eine Stärke von 9 auf der Richterskala, das viertstärkste jemals auf der Erde gemessene. Aber die Bebenwellen schwächten sich natürlich ab, bevor sie Land erreichten. Moderne Bauten, einschließlich Wolkenkratzer, sollen in Japan einer Erdbebenstärke von 8 standhalten. Und die allermeisten taten das auch. Aber obwohl man hier Erdbeben gewöhnt ist, versetzte es die Menschen in Panik. Ein normaleres, kleineres Beben hält vielleicht 20 Sekunden an. Aber dieses dauerte ganze 6 Minuten und versetzte die Häuser in enorme Schwingungen, brachte sie an den Rand ihres Widerstandsvermögens. Nur ein einziges älteres Haus stürzte in Tōkyō ein. Näher am Geschehen waren es natürlich einige mehr.

„Wo warst Du eigentlich, als das Beben eintraf?" fragte ich Etsuko, als ich fünf Wochen später in Tōkyō war. „Ich war zuhause. Karin (die 7-jährige Tochter) hatte zufällig schulfrei. Und Jun (der 9-jährige Sohn) war in der Schule. Karin kroch sofort unter den Esstisch, und ich versuchte verzweifelt, den Geschirrschrank festzuhalten." – „Konntest Du aufrecht stehen?" Sie lachte: „Nein, was glaubst Du? Ich saß auf dem Boden und stützte ihn ab. Es dauerte geschlagene sechs Minuten. Dann war alles ruhig. Ich ging in die Schule und holte Jun ab. Alle dort waren glücklicherweise gesund. Auch meine Wohnung hat alles ohne größeren Schaden überstanden."

Ein paar Jahre zuvor wollte Etsuko einmal mit mir zusammen ihren Sohn in der Schule besuchen. Sie hatte es mit dem Lehrer abgesprochen. Der schien zu meinen, das könnte ein interessantes Erlebnis für die Kinder sein. Aber gerade, als wir den Klassenraum betraten, klingelte der Alarm – Erdbebenübung. Im Nu hatten alle Schüler einen Helm auf dem Kopf, stellten sich in einer Reihe auf und gingen ruhig im Gänsemarsch unter Führung des Lehrers ins Freie auf den Schulhof. Vollkommene Disziplin, kein Hin- und Herlaufen, keine überflüssigen Worte. Wie vielen Kindern hat dieses einstudierte Verhalten im Ernstfall wohl schon das Leben gerettet?

Der 11. März 2011 wäre für viele ähnlich verlaufen, wäre das Beben nicht von einer enormen Flutwelle, einem Tsunami, gefolgt worden. Die Tsunami-Warnung wurde erteilt, Sirenen ertönten in allen Küstenorten, aber die verbleibende Zeitdauer wurde falsch eingestuft. Sie wurde automatisch vom Ort der ersten Messung des Bebens aus errechnet, aber nahm nicht in Betracht, dass die Flutwelle mehr oder weniger gleichzeitig entlang einer mehrere hundert Kilometer langen Verwerfungslinie ausgelöst wurde. Sie erreichte daher viele Orte nach z.B. zwei statt zehn Minuten. Eine zehn bis stellenweise fast vierzig Meter hohe Flutwelle brach über die Küste herein, überflutete alle Schutzdämme, riss Häuser vom Erdboden. Gebrochene Gasleitungen entzündeten sich und entfachten verheerende Brände. Benzinlager liefen aus und ließen mancherorts das Meer brennen. Der Tsunami ging über den gesamten Pazifischen Ozean und traf noch die chilenische Küste in 17 000 km Entfernung mit einer zwei Meter hohen Welle.

Und sie traf das Atomkraftwerk Fukushima, das durch das Erdbeben bereits große Schäden hatte, wo sie die Energieversorgung für die Notkühlung außer Betrieb setzte und den größten nuklearen Unfall seit Tschernobyl verursachte.

Die Bilanz war grauenvoll. Von den fast 20 000 Menschen, die ums Leben kamen, starben nur wenige hundert durch das Erdbeben, die meisten hingegen durch den Tsunami. Über 1000 davon an den Spätfolgen, und über 2500 davon wurden nie gefunden. Über 6000 wurden zudem verletzt. Über 300 000 wurden obdachlos und wurden, wenn sie nicht bei Freunden oder Verwandten unterkamen, in öffentlichen Gebäuden wie Schulen, Tempeln und provisorischen Barackendörfern untergebracht. Es sollte viele Jahre dauern, bis die meisten wieder ein normales Leben führen konnten.

Als ich Mitte bis Ende April, also 5-6 Wochen danach in Japan war, besuchte ich den südlichen Teil des Landes, wo von den Folgen der

Katastrophe nicht so viel zu spüren war. Abgesehen davon, dass deutlich weniger Ausländer zu sehen waren als normalerweise. Das Personal eines Ryōkans schrieb mich im Voraus per E-Mail an und fragte, ob ich denn wirklich kommen würde. Und mehrere Japaner sagten mir, ich sei mutig, jetzt nach Japan zu kommen. Sie spielten natürlich auf die Unsicherheit angesichts der Atomkatastrophe von Fukushima an, wegen der sehr viele Ausländer das Land verlassen hatten.

In Tōkyō aber war es anders. Viel näher am Geschehen, war die Stimmung gedrückt. Nur jede zweite Leuchtreklame in den sonst nachts fast taghellen Geschäftsstraßen von Shinjuku war in Betrieb. Die Rolltreppen in den Nahverkehrsbahnhöfen standen still. Gehbehinderte mussten die Aufzüge nehmen. Man sparte Strom. Ein Atomkraftwerk nach dem anderen wurde durch den Druck der Bevölkerung abgeschaltet. Überall entlang der Straßen waren Solidaritätsbanner aufgehängt, mit der Aufschrift ‚Ganbare Tōhoku, ganbarō Nihon' (‚Halt durch, Tōhoku, damit Japan durchhält').

*

Eine Energiekrise wurde von den sensationshungrigen Medien an die Wand gemalt, enorme Kohlen- und Ölimporte vorausgesagt, mit denen Japan sein Energiedefizit ausgleichen würde. Es hielt sich jedoch in Grenzen. Zugegeben, die Importe von fossilem Brennstoff stiegen erheblich, aber bei weitem nicht in den Himmel. Treibstoffimporte verdoppelten sich, Rohölimporte verfünffachten sich vorübergehend. Der Import von verflüssigtem Erdgas jedoch, der den weitaus größten Anteil an importierten Kohlenwasserstoffen darstellte, stieg nur um ein Drittel. Aber auch der Ausbau und die Nutzung von alternativen Energiequellen bekamen starken Aufwind.

Das verblüffendste bei alldem war, dass es Japan innerhalb von kürzester Zeit gelang, etwa 40 % des fortfallenden Atomstroms durch permanente Einsparmaßnahmen zu kompensieren. Japan erwies sich wieder einmal als ein Land, das, wenn es sein muss, ungeahnte Dinge vollbringt. Mit der gleichen inneren Aufrichtigkeit, mit der Etsuko mir schrieb, „jetzt müssen wir zusammenhalten und uns in erster Linie um die Opfer in Tōhoku kümmern", hielten Verbraucher und Industrie des Landes zusammen und schraubten ihren Energiebedarf herunter. Eine Glühbirne hier, eine Leuchtstoffröhre dort. Vielleicht reichte es aus, die Klimaanlage auf 24° statt auf 22° C einzustellen. Die Reklame musste ja nicht die ganze Nacht hindurch leuchten. Betriebe und Konzerne erarbeiteten Energiesparpläne und setzten sie in die Tat um.

Aber Importe waren natürlich dennoch wichtiger als je zuvor. LNG (verflüssigtes Erdgas) zum Beispiel hatte bereits vor dem Tsunami eine wichtige Rolle bekommen, welche nun noch wichtiger werden sollte. Japans Gesamtimport von LNG stieg von 31 auf 37 % des auf dem Weltmarkt umgesetzten, während die Einfuhrterminals und Lagermöglichkeiten ausgebaut wurden und weiterhin ausgebaut werden. Das führte natürlich zu einer Verdichtung des LNG-Weltmarktes und zu steigenden Preisen weltweit. Japan importierte 2011 so viel LNG, dass täglich mehrere Tanker an jedem der 28 Importhäfen des Landes entladen wurden.

Die größten Exporteure von LNG nach Japan sind Australien und Katar, dicht gefolgt von Malaysia. Aber 10 % des importierten LNG stammen aus Russland (2013). Das russische LNG kam zu jener Zeit ausschließlich von der Insel Sachalin, Japans nächstem Nachbar, das Japan zu niedrigeren Preisen bekommt, da die Sachalin-Verträge schon im Voraus langfristig abgeschlossen waren. Nach dem Fortfall des Atomstroms versucht Japan nun natürlich Russland zu veranlassen, die Produktion zu steigern, was nicht nur Sachalin betrifft, sondern auch ein neues LNG-Project auf der Jamal-Halbinsel veranlasst hat.

Auch hier werden die Auswirkungen von südlicheren Ereignissen auf die arktische Natur und seine indigene Bevölkerung wieder deutlich. Die indigenen Völker des nördlichen Sachalin, die Niwchen, Orotschen, Oroken und Ewenken, gehören zu den ‚Kleinen Völkern des Nordens, Sibiriens und Fernen Ostens der Russischen Föderation‘ und die Insel liegt auch klimatisch am Rande der Arktis.

Schon im Sommer 2005 hatte mich Alona, meine Bekannte vom Indigenous Peoples' Secretariat beim Arctic Council, gefragt, ob ich nicht der Vereinigung der indigenen Völker von Sachalin behilflich sein könnte, ein Poster für eine Konferenz vorzubereiten. Es handelte sich um die Proteste und Verhandlungen wegen der Konstruktion einer doppelten Erdgas-Pipeline entlang der gesamten Nord-Süd-Achse der Insel, von den Gasfeldern vor der Küste im Nordosten zum

Exporthafen im Süden bei Juschno-Sachalinsk. Sie würden durch Feuchtgebiete mit Laichgründen, sowie Migrationsrouten von Wild und Rentieren gehen, was diese stark negativ beeinflussen und bei Rohrbrüchen zerstören würde. Außerdem wäre das Gebiet seismisch sehr aktiv. Erdbeben könnten zu folgenschweren Unfällen führen. Wirtschaftlich hätte die Lokalbevölkerung wie immer kaum einen Anteil an den Profiten des Projekts, dafür aber große Nachteile durch die negativen Konsequenzen für Fischerei, Rentierzucht und andere primäre Wirtschaftszweige.

Wie nicht anders zu erwarten, wurde die Pipeline trotzdem gebaut. Indigene Völker und Naturschützer haben selten eine einflussreiche Stimme, wenn es um große Wirtschaftprojekte geht. Trotzdem sind die Verhältnisse in Sachalin verschieden von denen andernorts in Russland oder auch in anderen Ländern.

Der Niedergang der Rentierwirtschaft wie überall in Russland während der Wirtschaftskrise der 90er Jahre hatte zufolge, dass die Budgets vieler nördlicher Distrikte, in denen die indigene Bevölkerung lebt, nun fast vollkommen von Einnahmen der Öl- und Gasindustrie abhängig waren. Der Ausbau der Erdölreserven jedoch würde die letzten verbleibenden Rentierweiden unbrauchbar machen – wie immer ein Teufelskreis. Fehlendes Umweltbewusstsein sowohl bei Behörden wie auch bei Unternehmen, Wildern unter den Rentierherden durch Angehörige der Ölgesellschaften, Missbrauch von Geldern für Kompensationen und so weiter, ließen die Aussicht nicht rosig erscheinen.

Aber die Wildwest-Verhältnisse der 90er Jahre besserten sich mit dem Durchbruch der russischen Staatsautokratie. Und auch in Russland wurden sich Öl- und Gasunternehmen zunehmend der Notwendigkeit bewusst, das Vertrauen der lokalen Bevölkerung zu gewinnen und zusätzlich zu formellen gesetzlichen Genehmigungen eine ‚soziale Betriebsgenehmigung' im Einklang mit den Erwartungen der lokalen Bevölkerung zu erhalten. Zudem ist in Sachalin, ungleich anderen Gegenden Russlands, der Einfluss von ausländischen Industriepartnern noch merkbar zugegen. Die lokale Verankerung von Verhandlungen über Kompensationen sowie Maßnahmen zur Schadensbegrenzung und die Erarbeitung gegenseitigen Vertrauens zwischen Bevölkerung, Industrie und örtlichen Behörden haben hier ein vorbildliches Klima geschaffen, in dem die betroffene Bevölkerung nicht um seine Existenz zu bangen braucht.

Soziale Sicherheit und gute Kommunikation sind wesentlich für menschliches Wohlbefinden, auch wenn sie nicht unbedingt eine Garantie für das Fortbestehen der traditionellen Wirtschaftszweige bieten können. Trotzdem ist es nicht immer einfach, für oder gegen eine Sache Stellung zu nehmen, denn oft hängen so viele verschiedene Dinge miteinander zusammen. Vielleicht trägt der LNG-Export aus Sachalin auch dazu bei, zukünftige nukleare Unfälle in Japan zu vermeiden? Schwer zu sagen. Leider kann man am Ende nie genau wissen, was wäre, wenn, oder wenn nicht ...

Das alles ändert natürlich nichts daran, dass die alten Schamanen Recht behalten zu scheinen mit ihrer Prophezeiung, dass Fremde kommen und das Land zerstören würden, so dass Tiere und Menschen nicht mehr dort leben könnten, bevor sie dann wieder verschwinden würden. Aber es gilt wohl auch, in der Zwischenzeit einen Weg zu finden, mit dem alle bis auf Weiteres leben können.

Grenzland

Wolken hängen tief über dem Kussharo-ko, dem größten See Hokkaidōs, der in einer großen Kaldera, einem vulkanischen Einsturzkrater, liegt. Das Wasser des Sees ist während der letzten beiden Taifune und den darauffolgenden Regenfällen um einiges gestiegen und noch nicht über den kleinen Ausfluss an der Südostecke des Sees abgelaufen. Der Küstenstreifen steht unter Wasser, und damit die Wanderwege, Strände und eine heiße Quelle, in der man sonst vollkommen frei baden kann. Aber jetzt gibt es nicht so viel, was man hier unternehmen könnte.

Heute Morgen bin ich am Iō-zan gewesen, dem Schwefelberg, wo heiße, übel riechende Dämpfe zwischen teuflisch gelben Schwefelablagerungen fauchend in den Himmel steigen. Früher wurde hier lange Zeit sogar Schwefel abgebaut. Dann wollte ich den grandiosen Ausblick über einen anderen Kratersee, den Mashū-ko, genießen. Aber dichter Nebel verhüllte ihn. Daher bin ich schon am frühen Nachmittag hier am tiefer liegenden Kussharo-ko angekommen, habe eine kleine Waldwanderung um die Wakoto-Halbinsel gemacht, und überlege nun, wie ich den Rest des Tages verbringen soll.

Anfang September habe ich mich auf eine einwöchige Autotour durch Hokkaidō begeben, um auch einmal Japans Nordinsel ein wenig kennenzulernen. Ich bin zuvor nur einmal hier gewesen, vor fünf Jahren, aber nur kurz in den beiden Orten Hakodate und Sapporo, bei kaltem Regenwetter im späten Oktober. Ich fuhr damals mit der Fähre von Aomori aus nach Hakodate über die Meeresstraße von Tsugaru. In Aomori und überhaupt im nördlichen Honshū waren noch sehr angenehme, wenn auch herbstliche Temperaturen um die 18° C. Aber als ich in Hakodate an Land ging, war es unbehaglich feuchtkalt, plötzlich nur noch 6° und Nieselregen. Wie viel doch so eine kurze Entfernung über eine Meeresstraße ausmachen kann! Plötzlich war es wie zuhause in Norwegen, wenn auch hier nur auf 42 Grad nördlicher Breite. Schon damals hatte ich das Gefühl, das Hokkaidō anders war als das eigentliche Japan.

Als ich dann dieses Jahr meinen Freunden in Tōkyō mitteilte, dass ich vorhatte nach Hokkaidō zu fahren, schrieb mir Etsukos Vater, dass er kürzlich selbst eine Reise dorthin unternommen hätte. Und dass seiner Meinung nach Hokkaidō eigentlich mehr Europa ähnelte als Japan. Ich sollte bald merken, wie er das meinte.

Nach einem viertägigen Besuch in Tōkyō nahm ich dann den Shinkansen (japanischer Hochgeschwindigkeitszug) nach Hakodate und den Regionalzug von dort nach Sapporo. Der Hokkaidō-Shinkansen ist noch im Ausbau begriffen und noch nicht bis Sapporo hin fertig.

In Sapporo selbst fühlte ich mich noch vollkommen wie in Japan. Mit dem Unterschied vielleicht, dass es kaum augenfällige Tempel und Schinto-Schreine gibt, die das Stadtbild prägen wie weiter südlich in vielen japanischen Städten. Aber ansonsten ist es eine vollkommen typische japanische Großstadt.

Neben der Innenstadt und dem Botanischen Garten sah ich mir das Ainu-Museum an. Nicht so groß und gut bestückt wie das in Hakodate, dass ich bei meinem letzten Besuch gesehen hatte, aber es vermittelt zumindest einen kleinen Eindruck davon, dass hier in Hokkaidō die Reste einer alten Kultur existieren, die erst vor zwei-dreihundert Jahren den fatalen Zusammenstoß mit der heutigen Großgesellschaft erlebte und noch vor hundert Jahren einen großen Teil Hokkaidōs prägte. Oberflächlich leben die Ainu heute wie alle anderen Japaner, und auf den ersten Blick ist es gar nicht so leicht für Fremde wie mich, die unterschiedlichen Gesichtszüge wahrzunehmen, zumal ja auch hier genau wie in Russland und Skandinavien die Vermischung der indigenen mit der Großgesellschaft unterschiedlich weit fortgeschritten ist.

Mein Interesse an den Ainu hängt natürlich mit meiner früheren Erfahrung mit den sibirischen Ureinwohnern zusammen. Bis zum Zweiten Weltkrieg lebten auch noch viele Ainu auf russischem Territorium, besonders auf der Insel Sachalin und auf den Kurilen-Inseln. Aber die letzten von ihnen flohen nach Hokkaidō, als sich die Sowjetmacht in den letzten Kriegstagen alle Inseln nördlich von Hokkaidō zurückholte. Oder, wie im Falle der vier südlichen Kurilen-Inseln, die nie zuvor russisch gewesen waren, sie einfach an sich riss.

Vor einigen Jahren, als ich noch regelmäßig mein zweisprachiges Bulletin über die Zustände und Probleme der nördlichen indigenen Völker Russlands herausgab, suchte ich einmal einen Verfasser, der über die Ainu schreiben konnte. Über meinen japanischen Bekanntenkreis fand ich Kanako, eine junge Frau aus Japan, die in Tromsø wohnte und an der Universität ein Studienprogramm bezüglich der Nordvölker belegte. Unter ihren Vorfahren waren Ainu und sie hatte schon für internationale Organisationen über das Thema geschrieben. Für mein Bulletin kamen zwei Artikel mit den Titeln ‚The Ainu of Japan: political situation and rights issues' und ‚The Ainu – some cultural aspects' heraus, während meine russische Kollegin Olga Muraschko über die Demographie der einstigen Ainu in Russland schrieb.

Mindestens genauso interessant aber war eine zweiteilige Karte, die Kanako und ich zusammen anfertigten. Sie zeigte zum einen die geschichtlichen Wohngebiete der Ainu mit Hinweisen auf die japanischen und russischen Eroberungen und Kolonisierungen, und zum anderen einen Ausschnitt mit der Insel Hokkaidō und Hinweisen auf die Anzahl der heute noch dort lebenden Ainu in den verschiedenen Landkreisen.

Meine jetzige Hokkaidō-Reise gilt nicht besonders den Ainu, aber ich nehme sozusagen mit, was auf dem Wege liegt. So machte ich, nachdem ich Kanako vor ein paar Tagen in Sapporo besucht hatte, im Ort Shiraoi an der Südküste Halt, wo das vielleicht interessanteste Ainu-Museum Japans liegt. Am interessantesten, weil es außer den gewöhnlichen Sammlungen mit kulturellen Erklärungen im Museumsgebäude eine große Freilichtanlage mit einer Reihe von traditionellen Häusern hat, in denen verschiedene kulturelle Aktivitäten wie Gesang, Tänze und Handarbeiten ablaufen. Auch ich konnte einer Tanz- und Musikvorstellung beiwohnen – eingeleitet von einem traditionell gekleideten Mann, der etwas humorvoll seine Zuhörer in die richtige Stimmung für das folgende Programm versetzte. Dann sahen wir Ringtänze von farbenprächtig gekleideten Frauen, die ihre Bewegungen mit gutturalen Lauten und Gesängen sowie mit Flöten und Rhythmusinstrumenten begleiteten, hörten Sprechgesang und eine Mundorgel, aus der die Musikerin eine nie zuvor geglaubte Vielfalt an Lauten und Rhythmen hervorbrachte.

Und nun bin ich also in am Kussharo-ko im östlichen Hokkaidō mit seinen überschwemmten Ufern und überlege, wie ich den Rest des Tages verbringen soll. Auch hier gibt es ein kleines Ainu-Museum, nur beiläufig mit einem Satz auf einer Website der japanischen Tourismusagentur erwähnt. Ich hatte der Tatsache zunächst kaum Beachtung geschenkt und erwarte deshalb auch nicht viel. Aber nun, angesichts der wetterbedingt fortfallenden anderen Tagesziele, suche ich es auf. Es liegt in der kleinen Häuseransammlung Kotan – Dorf wäre fast zu viel gesagt – an der Südostecke des Sees. Aber ‚Kotan' bedeutet in der Ainu-Sprache ‚Dorf', und offensichtlich ist es zu alten Zeiten ein weitaus stattlicherer Ort gewesen.

Das Ainu-Museum in Kotan spricht mich schon durch seinen ungewohnten Baustil an. Ein riesiges, hellgraues Beton-Iglu, im unteren Teil pyramidenartig von Reihen aus gröberem, dunklerem Beton umgeben. Die Eingangspartie liegt in einer Wand aus ebenfalls dunklerem Beton mit einem vorgebauten viereckigen Vorraum. Die Eingangstür aus holzvergittertem Glas sieht man kaum beim Näherkommen, da mehrere obelisken-ähnliche Betonsäulen im Wege stehen, zwischen denen man hindurch muss. Ich sehe keinen traditionellen Ainu-Stil in dem Bauwerk. Vielleicht sollen die Iglu-, Pyramiden- und Obelisken-Elemente die Einheit der alten Naturvölker symbolisieren?

Auch im Innern ist das Museum ungewöhnlich. Die Iglu-ähnliche Betonkuppel wird von Holzsäulen gehalten. Darunter ein offener Platz mit Sitzen und im Spotlight die lebensgroße Figur eines bärtigen Ainu, der mit einem ausgestopften Bären kämpft. Die Ausstellungsvitrinen befinden sich um die Kuppel herum unter den pyramidenähnlichen Außenwänden. Und ich entdecke zu meinem Erstaunen, dass die Beschreibungen der verschiedenen Lebensbereiche der Ainu allesamt auf japanisch und englisch geschrieben stehen – und zudem in professionellem Englisch! Das habe ich in wenigen japanischen Museen zuvor erlebt, mit Ausnahme der Atombombenmuseen in Hiroshima und Nagasaki.

Ich bin fast der einzige Besucher. Ich lese interessiert die Texte. Nach einer Weile fragt mich die Dame von der Kasse, ob ich Englisch könne, was ich bejahe. Sie führt mich in ein kleines Auditorium am hinteren Ende des Museums und bedeutet mir, mich hinzusetzen. Dann schaltet sie einen Fernsehschirm ein und es läuft ein 25-minütiger Dokumentarfilm in englischer Sprache über das Leben der Ainu in heutiger Zeit, die Diskriminierungen in der Geschichte, die Kolonisierung des Landes durch die Japaner und über die traditionelle Kul-

212

tur in allen Lebensbereichen. Er endet etwa so: „Ich bin Japaner, lebe wie ein Japaner. Aber genauso natürlich bin ich auch Ainu. Wir haben unsere Herkunft nicht vergessen. Unsere Herkunft ist ein Teil unserer Identität, mit der wir groß geworden sind. Wir versuchen, unsere kulturellen Eigenarten wiederzubeleben, in der heutigen Zeit, sie mit unserem heutigen Leben in Einklang zu bringen. Dadurch entsteht eine neue Ainu-Kultur, auf die wir stolz sind."

Nach dem Film sehe ich mir lange die Ausstellungen und Texte an und frage dann, ob ich fotografieren dürfe. Das war in Ordnung. Als die beiden anwesenden Museumsdamen sehen, dass ich in erster Linie die erklärenden Texte abfotografiere, reden sie kurz miteinander, worauf eine der beiden aus einem anderen Raum eine Broschüre holt. 36 Seiten lang, auf Englisch, mit all den Texten, die im Museum ausgestellt sind, und noch vielen weiteren. Ich bedanke mich herzlich. Wahrscheinlich gibt es nur eine begrenzte Auflage dieser Broschüre und sie ist nur wirklich Interessierten vorbehalten.

Langsam bekomme ich Hunger. Nach einem kurzen Fotoausflug in die Umgebung gehe ich zurück in die ‚Dorfmitte', wo ein weiteres, modernes Gebäude sich auffällig aus der sonst etwas schäbigeren Umgebung hervorhebt. Aber dieses ist vollkommen holzverschalt, mit großen, in kleinen alkovenähnlich hervortretenden Fenstern in modernem Stil. Sogar die sonst immer hässlichen Klimaanlagen an der Außenwand verstecken sich dezent hinter Holzgittern. Hier ist nicht gespart worden. An der Straße stehen Schilder, auf denen ich mit meinem sehr begrenzten Japanisch die Worte ‚Hotel' und ‚Ainu-Restaurant' entziffern kann. Und in der Nähe des Hauses steht auch eine Tafel mit Bildern von leckeren Speisen. Leute sind weit und breit nicht zu sehen.

Ich öffne die Eingangstür. Drinnen steht eine Frau, die irgendwelche Gegenstände putzt. An einem Tisch sitzt ein alter Mann mit einem unheimlich zerzausten, langen Bart und traditioneller Kleidung und liest. Keine anderen Gäste sind da. Ich frage, ob das Restaurant offen sei. Ja, ich solle mich nur setzen! Die Frau weist mir einen Tisch zu. Während ich mir die illustrierte Speisekarte anschaue, kommt sie mit einer weiteren – in einwandfreiem Englisch gedruckt, mit ausführlichen Erklärungen aller Gerichte und deren Bezug zur Ainu-Kultur! Ich entscheide mich für einen Kotan-Don, allein schon wegen des

ortsbezogenen Namens und des angekündigten geheimen Soßen-
rezepts.

Der Innenraum ist faszinierend. Es ist nicht nur ein Restaurant,
sondern eine Kultstätte. Eingeteilt in verschiedene Bereiche mit vollkommen unterschiedlichen, westlichen und japanischen Stilarten,
Ornamente an den Wänden und an der Decke, eine Musikabteilung
mit jeder Menge Audioelektronik, Keyboard, japanischer Trommel
und Tempel-Gong, eine durch einen traditionellen Wandschirm abge-
teilte Nische mit einem Flügel. Ein buntes Gemisch von allem Erdenklichen, dass durch seine durchgeführt ordentliche Vielfalt einzigartig
wirkt. Ich kann mir lebhaft die Kulturveranstaltungen, Kurse und Mu-
sikeinspielungen vorstellen, die wahrscheinlich hier ablaufen.

Das Essen kommt und das geheime Soßenrezept verdient meine
volle Anerkennung. Kaffee danach mit einheimischem Gebäck machen den Genuss komplett.

Niemals hätte ich einen solchen Ort hier erwartet, zumal die Gegend rund herum einen eher etwas abgenutzten Eindruck macht. Es
ist offenbar, dass diese Leute ein großes Interesse daran haben, ihre
Kultur dem Publikum gegenüber – und deutlicherweise auch dem
ausländischen – zu profilieren. Aber es muss auch eine erhebliche finanzielle Zuwendung gegeben haben, um das alles, einschließlich des
Museums, zu verwirklichen.

*

Zuhause angekommen, sehe ich mir die Karte wieder an, die Kanako
und ich vor neun Jahren angefertigt haben, und ich entdecke den Ver-
merk beim Dorf Akan, unweit vom Kussharo-ko, dass die Ainu dort
Kultur-Tourismus organisieren.

Seit dem Beginn des zwanzigsten Jahrhunderts hatten die Ainu
nach und nach ihre Stimmen erhoben, sich organisiert, und Gesetze
gegen Diskriminierung und zum Schutz ihrer Kultur gefordert. Wie
immer dauerte es geraume Zeit, aber die Situation besserte sich langsam über die Jahrzehnte hinweg, wenn auch mit zeitweiligen Rück-
schlägen. Der Einschnitt des Zweiten Weltkriegs, mit der Flucht der
Ainu aus Sachalin und den Kurilen-Inseln nach Hokkaidō, war ein
weiterer Meilenstein in der modernen Geschichte. Nachhaltige Änderungen setzten in den siebziger Jahren ein, als das Verständnis für

den Bedarf an Maßnahmen zum Schutz von Minderheitenkulturen sich nicht nur in Japan, sondern in den Industrieländern im Allgemeinen langsam durchsetzte.

Irgendwann einmal in grauer Vorzeit wurde Japan, vermutlich vor der Ankunft der heutigen Japaner, zuerst von anderen Völkern besiedelt, so wie auch Sachalin und die Kurilen-Inseln weiter im Norden. Es ist unsicher, wann das geschah, und wie die anderen Völkergruppen nach und nach verschwanden, oder besser gesagt, ineinander aufgingen. Abgesehen von den Ainu und vielleicht den Bewohnern der Ryukyu-Inseln und Okinawas ganz im Süden, sind die Japaner heute ein ziemlich einheitliches Volk, wie sie selbst gern betonen. Die Ainu-Kultur jedenfalls, wie sie seit den ersten Kontakten mit den Wajin, den heutigen ethnischen Japanern im 13. Jahrhundert bekannt wurde, hatte sich erst wenige Jahrhunderte zuvor aus Einflüssen der von Süden kommenden, Landwirtschaft betreibenden Satsumon-Kultur (japanisch?) und der von Norden kommenden, ochotskischen Fischer-Jäger-Sammler-Kultur (sibirisch) entwickelt. Eine moderne Variante der ochotskischen Kultur findet man noch heute bei den indigenen Völkern Sachalins, wie den Niwchen, und den Itelmenen auf Kamtschatka.

Vieles verbindet die Ainu-Kultur mit den Nordvölkern Eurasiens und auch des amerikanischen Nordens. Wie der Bärenkult, zum Beispiel. Die Stärke und Autorität des Bären gegenüber den anderen Wesen der Natur hat ihm bei allen Nordvölkern Achtung und Verehrung eingebracht. Besondere Rituale waren bei der Jagd notwendig, um seine Seele zurück in Welt der spirituellen Wesen zurückzusenden, ohne dass die Menschen Schaden erlitten. Wenn es sich auch überall etwas verschieden artet, so gibt es ähnliche Regeln und Rituale bezüglich des Bären im gesamten Umkreis der Arktis. Die Sami in Skandinavien sind keine Ausnahme. Und sogar bei den geschichtlichen Germanen und Kelten war der Bärenkult in vorchristlicher Zeit vorhanden.

In Hokkaidō gibt es noch eine große Zahl wild lebender Braunbären. Vielleicht bis an die dreitausend. Besonders in Nationalparks wie auf der Shiretoko-Halbinsel, aber auch sonst, kann man in den meisten Wald- und Berggebieten auf sie stoßen. Und geschnitzte Bärenfiguren gibt es in allen Kunst- und Souvenirläden zu kaufen.

Hokkaidō ist Grenzland, zwischen Süden und Norden, zwischen Wärme und Kälte – zwischen Japan und Arktis. Hat nicht der japanische Shintoismus mit seinem Glauben an eine beseelte Natur viel mit dem alten, animistischen Glauben der Nordvölker gemeinsam?

Und im Winter kommt das Eis des Ochotskischen Meeres bis an die Küste Hokkaidōs und verbindet die Bärenwelt der Ainu mit dem Kolyma-Land im Norden, bei Magadan, wo in der jetzigen Jahreszeit sich die Lärchen gelb und der Tundraboden rot zu verfärben beginnen.

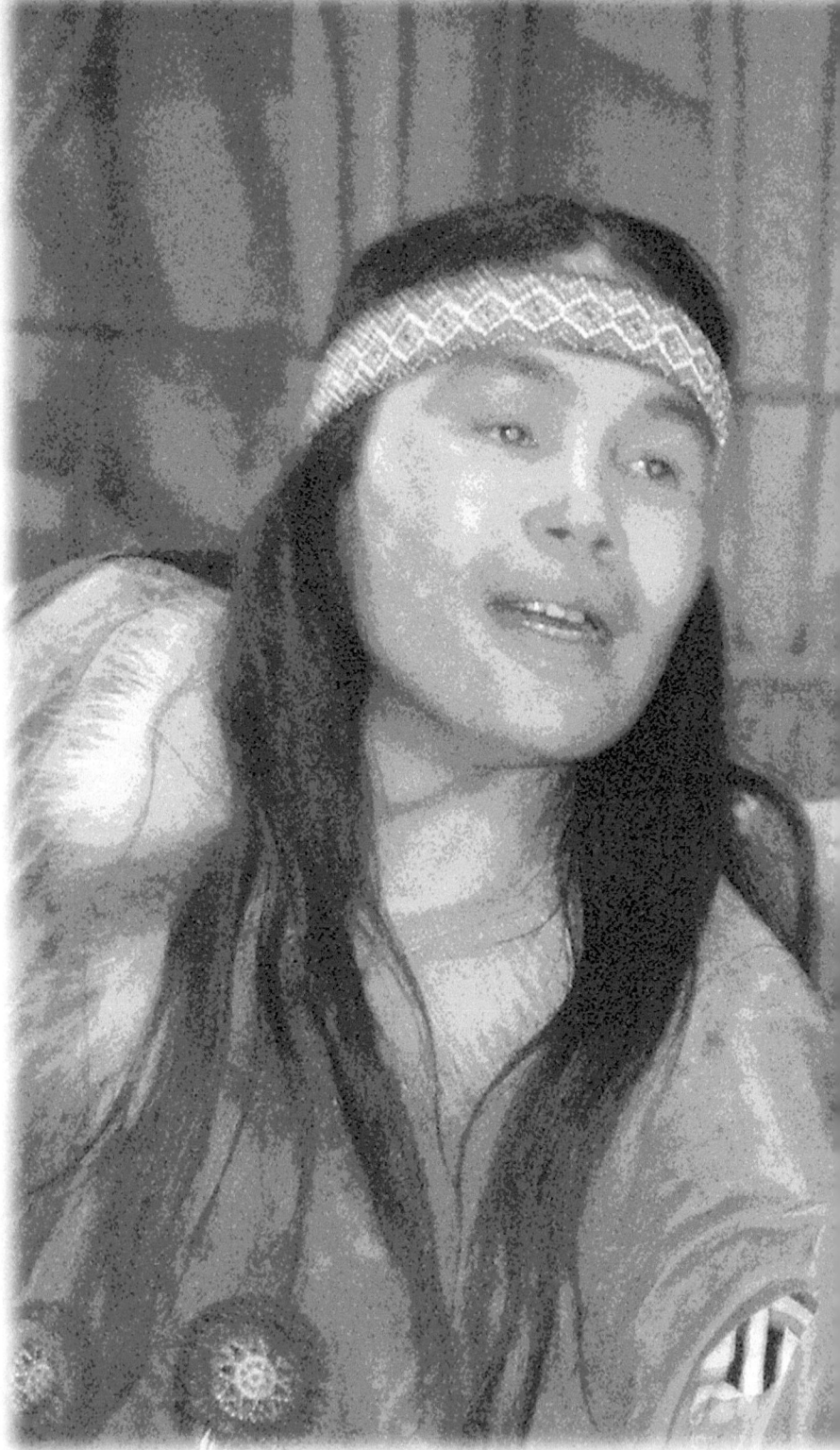

EPILOG

QUO VADIS ...

Erst wenn der letzte Baum gerodet,
der letzte Fisch gefangen
und der letzte Fluss vergiftet ist
werden wir erkennen
dass wir Geld nicht essen können.

Indianische Weisheit

Der Norden ist eine weite, offene, faszinierende Landschaft. Man kann sich leicht darin verlieren. Sowohl im eigentlichen Sinne des Wortes, als auch mental gesehen. Aber er ist nicht leer.

Nordische und arktische Natur bieten einen Lebensunterhalt für eine sehr viel kleinere Zahl an Bewohnern als die gemäßigten oder warmen Klimazonen. Er scheint nur auf den ersten Blick unbevölkert zu sein. Daher glaubten die kolonisierenden Nationen, seine Ressourcen ungehindert ausbeuten zu können, nicht verstehend, oder später nicht wissen wollend, dass sie damit den ansässigen Stammesvölkern den Lebensunterhalt zerstören. Wie wir wissen, geschah Ähnliches natürlich auch andernorts, in südlicheren Gefilden, zum Beispiel in Amerika, wo die Europäer bei der Kolonisierung den Einheimischen die Büffelherden wegschossen.

Die indigenen Völker des Nordens sind in der Geschichte keine staatsbildenden Völker gewesen. Vielleicht wären sie es einmal geworden, wenn sie sich ungehindert entwickelt hätten, aber sie wurden zuvor von staatsbildenden Völkern vereinnahmt – entweder gegen ihren Willen, oder aber ohne jegliche Voraussetzung, die Konsequenzen überblicken zu können. Sie hatten keine klaren territorialen Grenzen und ihr Besitzanspruch auf ihren Lebensraum wurde daher nie für voll genommen. Staatsgebilde haben eine stärkere Struktur und dominieren meistens kulturell und wirtschaftlich, aber nicht zuletzt auch militärisch.

Das Recht des Stärkeren galt. Sie zwangen die Stammesvölker, die Regeln und Gesetze des Stärkeren zu übernehmen, die aber nicht mit ihrer Lebensweise vereinbar waren. Das Verständnis dafür, dass sie nicht einfach ihre Lebensweise ändern konnten, fehlte den Herrschenden. Verlorene Identität, Arbeitslosigkeit, psychischer Kollaps und Alkoholismus waren die unausweichlichen Folgen.

In den letzten Jahrzehnten ist sehr viel Aufklärungsarbeit betrieben worden. Ob man es begriffen hat? Ich würde sagen, ja und nein. Staaten haben Schutzbestimmungen für indigene Minoritäten in ihre Gesetzesbücher geschrieben. Es ist viel getan worden. Dinge haben sich geändert. Vielleicht nicht genug. Mancherorts vielleicht sogar zu viel? Aber die Zeiten haben sich auch geändert. Man muss neu lernen, sich den Veränderungen anpassen. Aufhalten kann man sie nicht.

Die Bestrebungen einiger moderner Länder, den indigenen Völkern

Sonderrechte zuzugestehen, beruhen einerseits darauf, dass man ihnen Kompensation für das Verlorene geben will und andererseits auf dem Gerechtigkeitssinn, der uns heute sagt, dass alle Völker ein Selbstbestimmungsrecht haben und ihre kulturelle, soziale und wirtschaftliche Entwicklung nach eigenen Prämissen entwickeln dürfen. Das wird natürlich mit der zunehmenden Bevölkerungsdichte und dem daraus entstehenden Bedarf an Ressourcen weltweit gesehen immer schwieriger.

Die Aufteilung der Erde in Staaten wird nicht rückgängig gemacht werden. Und sobald ein gegen seinen Willen vereinnahmtes Volk seine Selbstständigkeit will, gibt es gewaltige Aufschreie. Separatismus wird kaum irgendwo geduldet. Autonomie ist das höchste, in das man bereit ist einzuwilligen, aber auch die sieht überall sehr verschieden aus und ist oft nur eine Scheinautonomie. Am Status Quo darf nicht ungestraft gerüttelt werden, auch wenn er auf den Verbrechen der Vergangenheit beruht.

Es ist ja auch nicht unbedingt wünschenswert, dass jedes kleine Volk seinen eigenen Staat hat. Viele von ihnen wären nicht lebensfähig. Aber multiethnische Staaten müssen einsehen, dass sie multiethnisch sind und nicht die stärkste Gruppe uneingeschränkt dominieren lassen. In den westlichen arktischen Ländern ist im letzten halben Jahrhundert einiges passiert, gewisse Rechte auf Gebiete und Ressourcen den ursprünglichen Völkern wieder zuzusprechen. Problematisch ist weiterhin, dass das oft gegen die Rechtsvorstellungen der Majoritätsbevölkerung geht. Diejenigen, die das durchsetzten, wollen ja eigentlich wiedergewählt werden. Und da reichen nicht die Stimmen der Indigenen. Gute und nicht so gute Dinge werden sich somit immer in der Waage halten.

In Russland, wo heute wieder eine klare Autokratie herrscht, dominieren Russen weiterhin überall und in allen Lebensbereichen, obwohl sie die größten Teile ihres riesigen Staates nur kolonisiert haben und ihre wirtschaftliche und zahlenmäßige Stärke geschichtlich gesehen nur der Ausbeutung ihrer einverleibten Kolonien zu verdanken haben. Darin unterscheiden sie sich nicht von anderen Kolonialmächten. Jene anderen haben jedoch teilweise ihren Kolonien inzwischen die Selbständigkeit gegeben, mit sowohl guten als auch schlechten Folgeerscheinungen, wie das zum Beispiel in weiten Gebieten Afrikas der Fall ist. Oder jene Kolonien haben sich mit den Kolonialherren an der Spitze vom Mutterland getrennt, ohne dass die ursprüngliche Bevölkerung dadurch zu ihrem Recht gekommen ist, wie es in weiten Teilen Amerikas der Fall ist. Russland dagegen ist weiterhin ein intaktes Kolonialreich, was nur durch seinen territorialen Zusammenhang nicht so deutlich erscheint.

Überall hat man in der Geschichte versucht, die ursprünglichen Einwohner als primitiv darzustellen und zum Aufgeben ihrer Kultur zu bewegen – immer wieder mit grausamen und kriminellen Methoden. Heute geschieht es meist durch juristische Spitzfindigkeiten, die nicht der Rechtsauffassung der kleinen Völker entsprechen. Also sind sie im Prinzip weiterhin unterdrückt. Aber in der westlichen Arktis sind Grönland und Nunavut Beispiele dafür, dass es auch anders geht, ohne dass die ursprünglichen Kolonialmächte ihre Souveränität verlieren. Da ich in diesen Gegenden nicht gewesen bin oder gearbeitet habe, will ich mir nicht anmaßen, über den Erfolg zu urteilen.

Aber ganz andere Probleme lauern im Hintergrund.

Ressourcen sind nun zunehmend auch für die Mehrheitsbevölkerungen, die Staaten, die Welt als Ganzes begrenzt. Die enorme Bevölkerungsexplosion verschärft Konflikte, zentralisiert Armut, treibt Flüchtlingsmigrationen voran, verstärkt Energieversorgungsprobleme, Verteilungsprobleme von Ressourcen, Abholzung, Verarmung der Biodiversität, den Wandel des Klimas – das Zusammenspiel von all dem wird dafür sorgen, dass sich das Bild der Erde in absehbarer Zeit in unabsehbarem Maße ändert.

Der treibende Faktor ist nicht der Klimawandel, wie es einige gern behaupten. Er ist nur eine teilweise Konsequenz. Klimawandel hat es immer gegeben, wenn auch in verschiedenem Maße und aus verschiedenen Ursachen. Er hat auch früher zu Völkerwanderungen und Eroberungskriegen geführt. Nein, es ist die Bevölkerungsexplosion, die niemand so richtig ernst nehmen will, weil es nicht sehr opportun klingt, jemandem das Kinderkriegen zu verbieten – und weil leider einflussreiche Persönlichkeiten aus religiösen oder politischen Gründen ihre eigenen Untertanen zum Kinderkriegen anhalten.

Jeder will seine eigene Kultur oder Religion bewahren, sein eigenes Volk schneller wachsen lassen als die anderen. Aber eine ständig wachsende Erdbevölkerung fordert auch eine entsprechend beschleunigte Ausbeutung von Ressourcen und eine entsprechend wachsende Produktion von Nahrungsmitteln und Gütern. Die Verbesserung der Technologien gleicht weltweit gesehen leider nicht den in die Höhe schnellenden Bedarf aus.

Aber heute ist kein Territorium mehr da, was man noch erobern kann. Ganz gleich, ob es um Klimawandel, Konflikte oder Armut geht, heute ist kein Platz zum Ausweichen mehr vorhanden. Es wird zu verschärften und gewaltsamen Konflikten ums Überleben kommen. Die Probleme der indigenen Völker werden wieder in den Hintergrund rücken und gravierenderen Problemen für die ganze Menschheit Platz machen.

Was will man auch erwarten, wenn die Erdbevölkerung in nur einem Jahrhundert von anderthalb auf sieben Milliarden gewachsen ist? Natürlich, die Kurve des Bevölkerungswachstums wird irgendwann abflachen. Aber wird es geschehen, weil höherer Lebensstandard die Familienplanung fördert, wie es in den Industriestaaten passiert ist und wie es die Vereinten Nationen gern sehen wollen? Oder werden die Konflikte überhand nehmen und ganz andere Lösungen heraufbeschwören, die wir uns überhaupt nicht wünschen?

Der Norden ist weiterhin dünn bevölkert, weil er lebensfeindlich ist. Jeder Bewohner benötigt eigentlich eine große Fläche für den Nahrungserwerb – abgesehen von denen, die Ressourcen für den Export ausbeuten und die lebensnotwendigen Güter aus dem Süden bekommen. Aber trotz der enormen Ausbeutung seiner Ressourcen ist er vielerorts immer noch ein Zufluchtsort, den nur wenige der bald acht Milliarden Menschen finden, weil er ihrem Gedankengut so fern ist. Wird es so bleiben? Ist die Weite der nordischen Natur nur noch eine letzte Illusion?

Für lange Zeit waren die indigenen Völker die Hüter dieser Natur. Was ist daraus geworden?

*

In meiner Jugend las ich einmal das folgende Zitat. Es war damals schon sehr wahr und überaus wichtig. Aber umso wichtiger ist es heute geworden:

„Die Welt braucht eine Verkörperung der Grenzmythologie, das Gefühl von unentdeckten Horizonten, das Geheimnis unbewohnter Landstriche. Sie braucht einen Ort, wo Wölfe auf der Jagd sind ... weil Land, das einen Wolf hervorbringen kann, ein gesundes, robustes, vollkommenes Land ist. Die Welt braucht dringend einen Ort, wo man an einem Winterabend unter dem schimmernden Nordlicht stehen kann, verstummt in Ehrfurcht vor der kosmischen Kälte und Stille. Mehr als das aber braucht sie das Wissen, dass es einen Ort gibt, wo Menschen in der ausgeglichenen Wechselbeziehung zwischen den Segnungen der Technik und den Früchten der Natur leben. Wenn wir nicht nachweisen können, dass eine moderne Gesellschaft in Harmonie mit dem Land gedeihen kann, sind die Fleckchen Wildnis, die wir (...) retten, nicht mehr als merkwürdige Artefakte im traurigen Museum der Menschheit."

Dr. Robert Weeden, Professor of Wildlife Management, Univ. of Alaska, College. Zitiert aus dem Alaska-Band der Time-Life Bücher 'Die Wildnisse der Welt', 1972.

ANHANG

Anmerkungen zu Schreibweisen und Aussprachen

Für Begriffe aus dem Russischen (zumeist Orts- und Personennamen) ist die deutsche Duden-Umschrift verwendet worden, es sei denn, es handelt sich um anders eingedeutschte Begriffe. Die Duden-Umschrift unterscheidet leider nicht zwischen stimmhaften und stimmlosen s-Lauten, aber wird zwecks besserer Lesbarkeit trotzdem angewendet.

Für japanische Orts- und Personennamen ist die in Japan übliche Hepburn-Umschrift verwendet worden. Sie ist zwar der englischen Umschrift angelehnt, ist aber international weitgehend die Norm und wird in Atlanten, Lexika usw. auch bei uns benutzt.

Nordische Sprachen, einschließlich Norwegisch, Schwedisch, Dänisch, Isländisch, Finnisch und Samisch werden mit dem lateinischen Alphabet geschrieben. Namen oder Begriffe sind daher in der originalen Schreibweise wiedergegeben. In einigen Fällen, wo die Aussprache wesentlich vom Deutschen abweicht, ist das beim ersten Auftauchen des Namens in Klammern vermerkt.

Im Isländischen gelten folgende Ausspracheregeln:
á – dt. ‚au‘
æ – dt. ‚ai‘
ó – dt. ‚ou‘
ý – dt. ‚i‘
ú – dt. ‚u‘
u – kurzes dt. ‚ü‘
ll – dt. ‚dl‘
Þ – stimmloses englisches ‚th‘
ð – stimmhaftes englisches ‚th‘

Eine besondere Erklärung verdient die hier angewendete Schreibweise des Volkes der Nenezen (sprich: *Neenäz*) in Nordwest-Russland. Die meisten deutschen Werke schreiben ‚Nenzen‘, ausnahmsweise sogar ‚Nenen'. Das beruht auf einem sprachlichen Missverständnis. Auf Russisch benutzt man nämlich oft die Endung ...ez (Einzahl) und ...zy (Mehrzahl) für die Bewohner eines Landes (Bsp. nemez – Deutscher, nemzy – Deutsche). Im Nenezischen ist jedoch die ...ez-Endung bereits Teil des originalen Wortstammes und wird im Russischen nicht wiederholt (nenez, nenzy), da das nicht gut klingen würde. Die ansonsten übliche Schreibweise ‚Nenzen' ist also eher mittelbar aus dem Russischen, nicht aus dem Nenezischen abgeleitet.

Karten

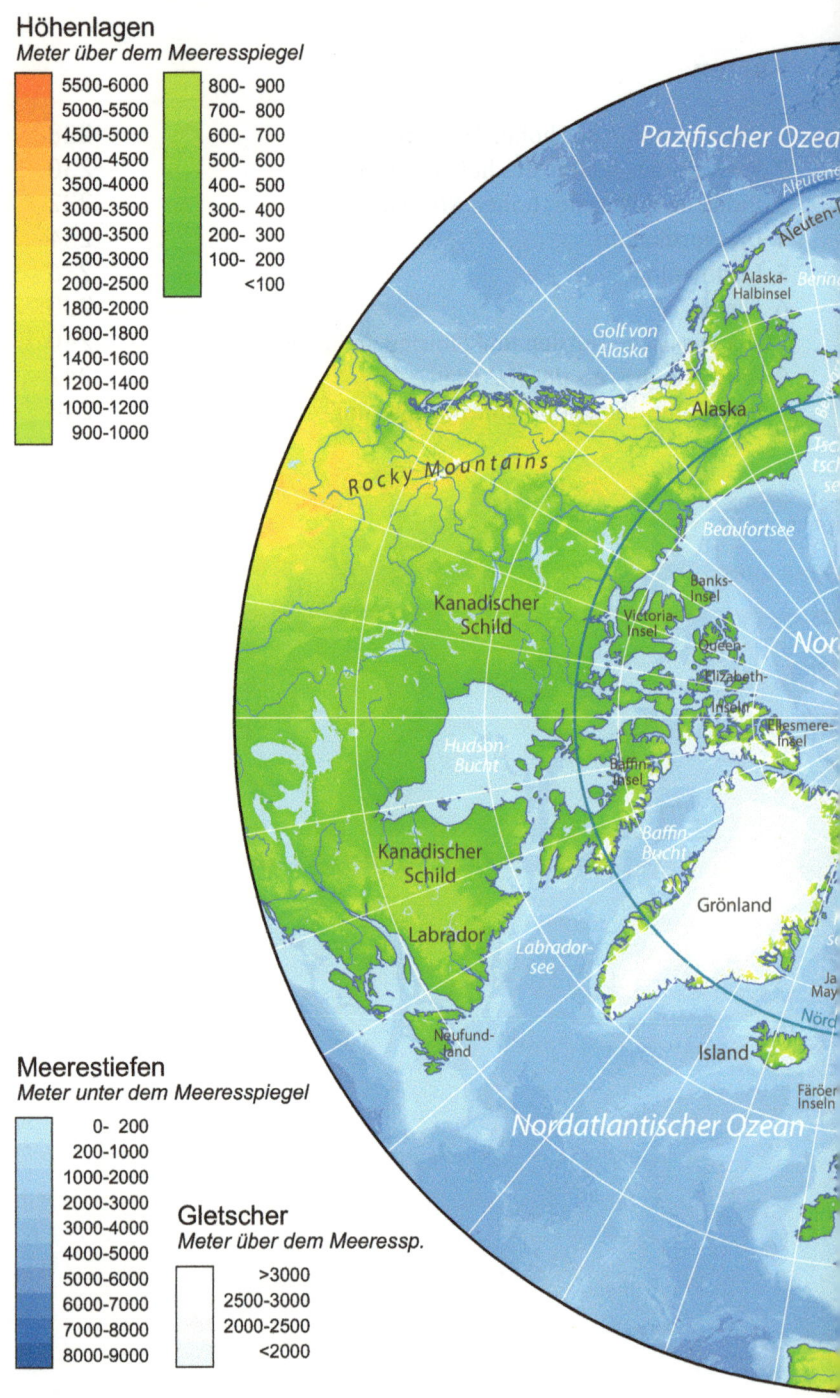

Höhenlagen
Meter über dem Meeresspiegel

5500-6000	800- 900
5000-5500	700- 800
4500-5000	600- 700
4000-4500	500- 600
3500-4000	400- 500
3000-3500	300- 400
3000-3500	200- 300
2500-3000	100- 200
2000-2500	<100
1800-2000	
1600-1800	
1400-1600	
1200-1400	
1000-1200	
900-1000	

Meerestiefen
Meter unter dem Meeresspiegel

0- 200
200-1000
1000-2000
2000-3000
3000-4000
4000-5000
5000-6000
6000-7000
7000-8000
8000-9000

Gletscher
Meter über dem Meeressp.

>3000
2500-3000
2000-2500
<2000

Pazifischer Ozean

Aleuten

Aleuten

Alaska-Halbinsel

Bering

Golf von Alaska

Alaska

Tschuktschensee

Rocky Mountains

Beaufortsee

Banks-Insel

Kanadischer Schild

Victoria-Insel

Queen Elizabeth-Inseln

Nor

Ellesmere-Insel

Hudson-Bucht

Baffin-Insel

Baffin Bucht

Grönland

Kanadischer Schild

Labrador

Labrador-see

Jan May

Nörd

Neufund-land

Island

Färöer Inseln

Nordatlantischer Ozean

Physiographie des hohen Nordens
Maßstab 1 : 60 000 000

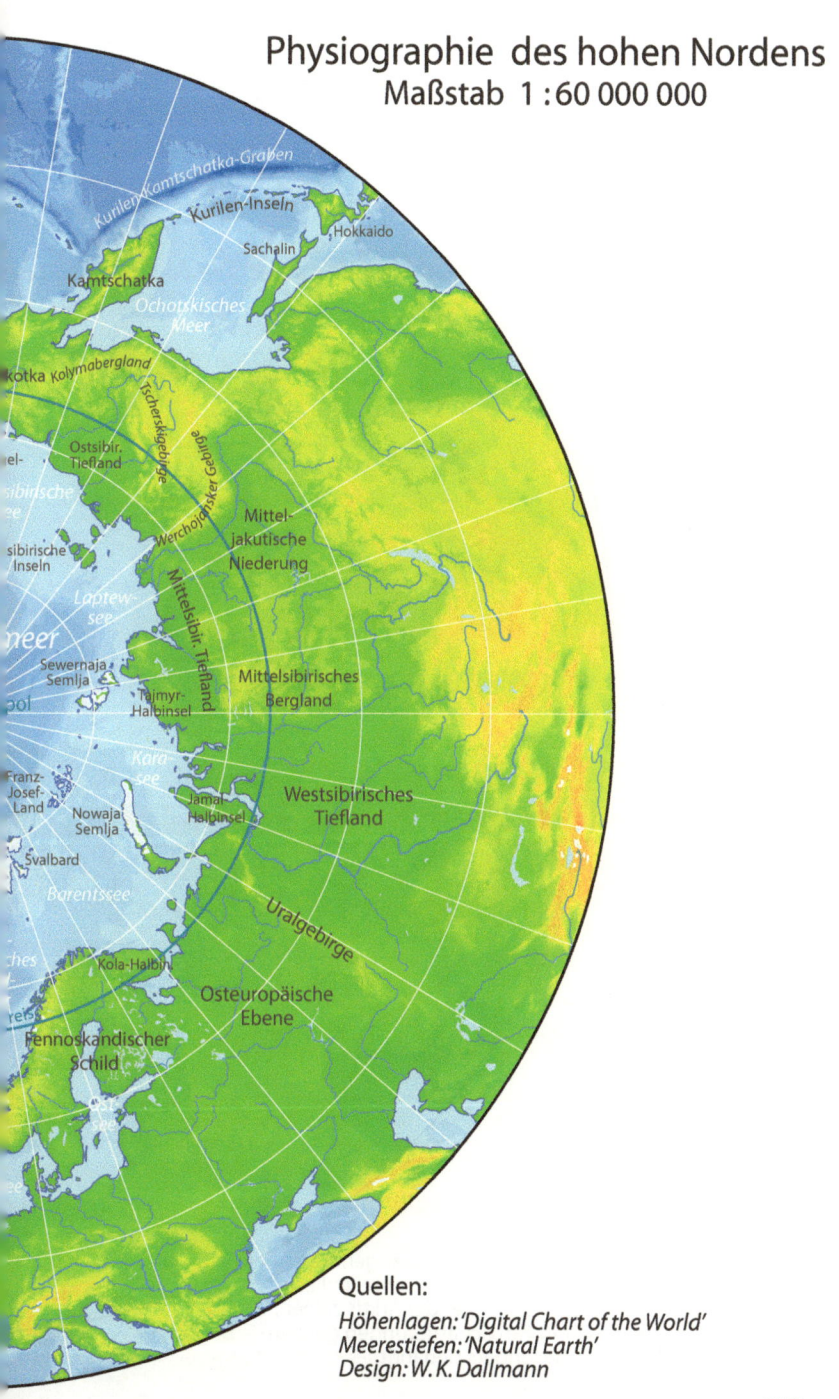

Kurilen-Kamtschatka-Graben
Kurilen-Inseln
Hokkaido
Sachalin
Kamtschatka
Ochotskisches Meer
kotka Kolymabergland
Ostsibir. Tiefland
Tscherskigebirge
Werchojansker Gebirge
Mittel-jakutische Niederung
sibirische See
sibirische Inseln
Laptew-see
meer
Mittelsibir. Tiefland
Sewernaja Semlja
Tajmyr-Halbinsel
Mittelsibirisches Bergland
Karasee
Franz-Josef-Land
Nowaja Semlja
Jamal Halbinsel
Westsibirisches Tiefland
Svalbard
Barentssee
Uralgebirge
Kola-Halbin.
Osteuropäische Ebene
Fennoskandischer Schild

Quellen:

Höhenlagen: 'Digital Chart of the World'
Meerestiefen: 'Natural Earth'
Design: W. K. Dallmann

Länder, die dem Arctic Council angehören, sind farbig dargestellt. Wenn nur Teile dieser Länder zum Einflussgebiet der Arktis zählen, so sind diese mit Farbschattierungen gekennzeichnet und besonders benannt.

Verwaltungsgebiete des hohen Nordens
Maßstab 1 : 50 000 000

Kamtschatka (Terr.)

Korjakien
(ehem.
Aut.
Kreis)

Magadan
(Oblast)

Kreis der
uktschen

Sacha (Jakutien)
(Republik)

RUSSLAND

Taimyr
(ehem. Aut. Kreis)

Evenkien
(ehem. Aut. Kreis)

Krasnojarsk (Territorium)

ranz-Josef-
Land
(Russl.)

Aut. Kreis der
Jamal-Nenezen

Tjumen (Obl.)

Nowaja
Semlja
(Russl.)

Aut. Kreis
d. Chanten
u. Mansen

albard
Norw.)

Aut. Kreis
d. Nenezen

Komi
(Republik)

Finnmark

Murmansk
(Obl.)

Troms

Lp

Archangelsk
(Oblast)

rdland

Nb

Ou

Karelien
(Rep.)

Vb

FINN-
LAND

RWEGEN

SCHWEDEN

Vb: Västerbotten
Nb: Norrbotten
Lp: Lappi
Ou: Oulu

Design: W. K. Dallmann

Einteilung nach Sprachgruppen

Eskimo-aleutische Sprachen
Östliche Eskimo-Sprachen
Westliche Eskimo-Sprachen
Aleutisch

Na-Dené-Sprachen
Athapaskische Sprachen
Eyak
Tlingit
Haida

Penuti-Sprachen

Algonkin-Sprachgruppe
Algonkin-Sprachen
Wakash-Sprachen
Salish-Sprachen

Sioux-Sprachen

Uralische Sprachen
Finno-ugrische Sprachen
Samojedische Sprachen

Altaische Sprachen
Turksprachen
Mongolische Sprachen
Tungusische Sprachen

Tschuktscho-kamtschadalische Sprachen

Indoeuropäische Sprachen
Germanische Sprachen (*hier:* Färöisch)

Isolierte Sprachen
Ketisch
Niwchisch
Jukagirisch
Ainu

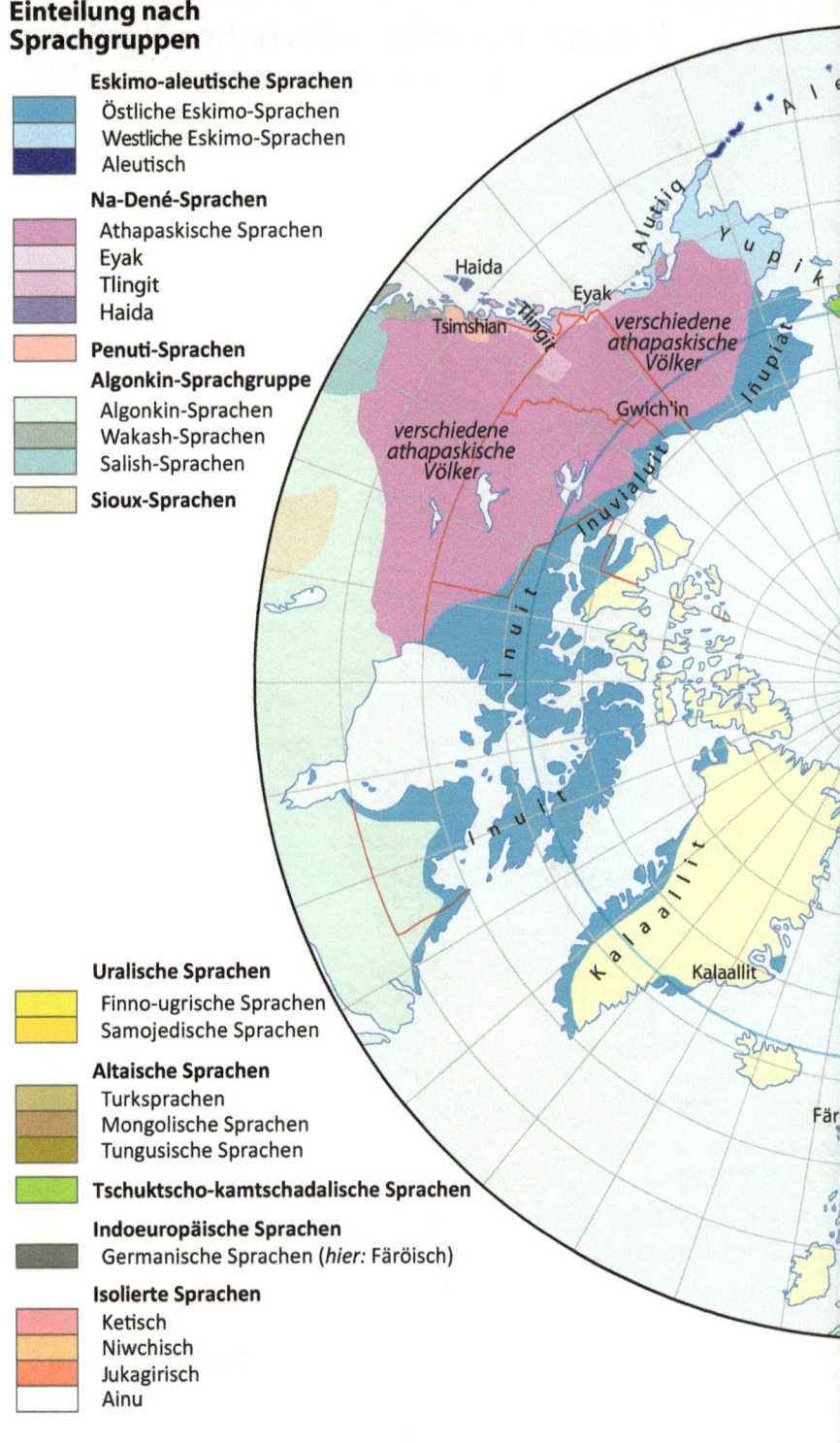

Indigene Völker des hohen Nordens
Maßstab 1 : 50 000 000

ehemals:
Ainu

Kamtschadalen
Ew.
Itelmenen

Aljutoren

Korjaken

Tschu-
wanen

Ewenen

Jukagiren

Jakuten

J.

Ewenen

Ewenen

Ewenken

Jakuten
(Sacha)

Ewenken

Ewenken

Oroken
Oroken
Orotschen
Udegen
Ultschen
Nanaien
Niwchen
Negi-
dalen

Burjaten

Sojoten

Tofalaren

Tuwi-
nen

versch.
Altaiische
Völker

Dolga-
nen

Ngana-
sanen

Enezen

K.

Keten

Selkupen

Selkupen

Nenezen

Chanten

Nenezen

Ischma-
Komi

Mansi

Komi

Komi Mort

Sami

Karelier

Wepsen

*In Russland haben nur Völker mit
weniger als 50 000 Angehörigen
einen speziellen Status. Grössere
indigene Völker sind mit grüner
Schrift gekennzeichnet.*

Design: W. K. Dallmann

Die Nordkalotte

Orte der Handlungen

Europäisches
Nordmeer

10°

70°

Tromsø

Tror

Harstad

Svolvær   Narvik

Norwegen

Bodø   Saltoluokta

Stora
Sjöfallet

Nordland   No

Nördlicher Polarkreis   Jokkm

Mo i Rana

Schw

65° nördl. Breite

Hattfjelldal

Susendalen
Børgefjellet

Namsos

Trøndelag   Västerbotte

Jämtl.

10° östl. Länge

Nordkapp

Barentssee

Hammerfest

Vadsø

Finnmark

Lakselv

Kirkenes

Alta

Neiden

Petschenga

Sevettijärvi

Karasjok

Murmansk

Kautokeino

Lemmen- Inari

Murmansk Obl.

Kaamus- joki

Ivalo

järvi

Enontekiö

Russland

iruna

Lappi

Sodankylä

Gällivare

Kemijärvi

tten

Rovaniemi

Finnland

en

Tornio

Rep.

Luleå

Karelien

Piteå

Bottnischer

Meerbusen

Oulu

ellefteå

Oulu

Maßstab
1 : 5 000 000
⊢——⊣ 100 km

Design: W. K. Dallmann   30°

Lemmenjoki

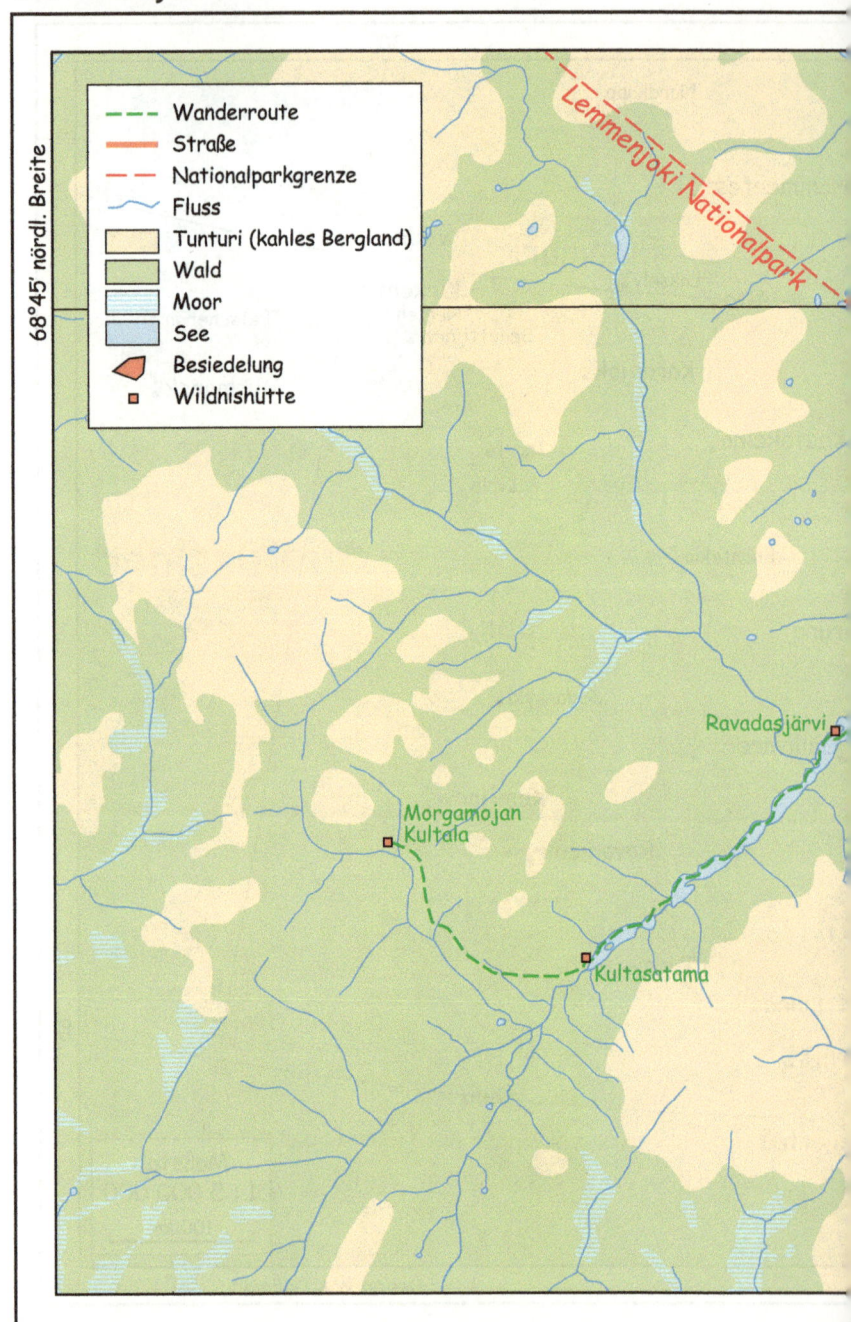

68°45' nördl. Breite

Wanderroute
Straße
Nationalparkgrenze
Fluss
Tunturi (kahles Bergland)
Wald
Moor
See
Besiedelung
Wildnishütte

Lemmenjoki Nationalpark

Ravadasjärvi

Morgamojan
Kultala

Kultasatama

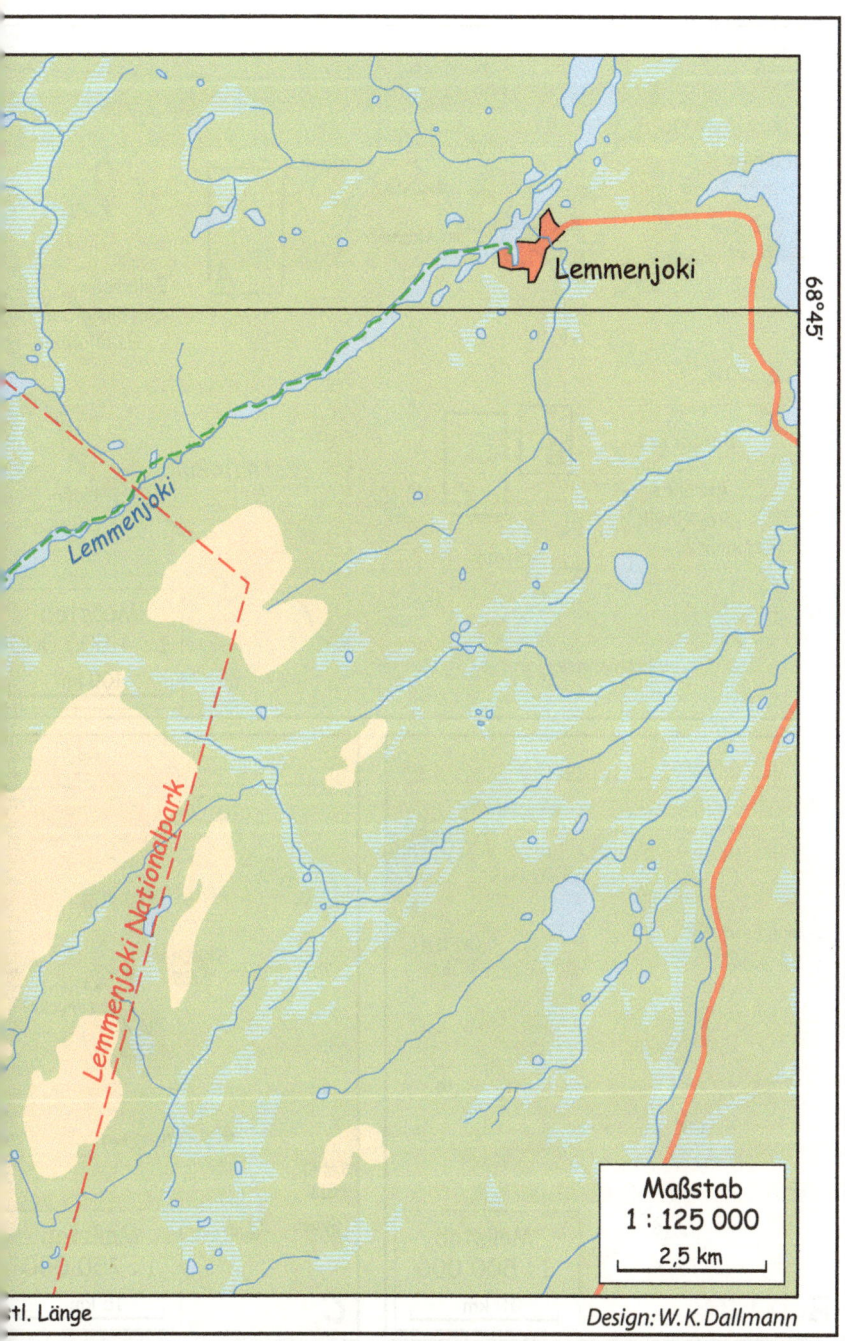

Lemmenjoki

Lemmenjoki

Lemmenjoki Nationalpark

68°45'

...tl. Länge

Maßstab
1 : 125 000
2,5 km

Design: W. K. Dallmann

Island

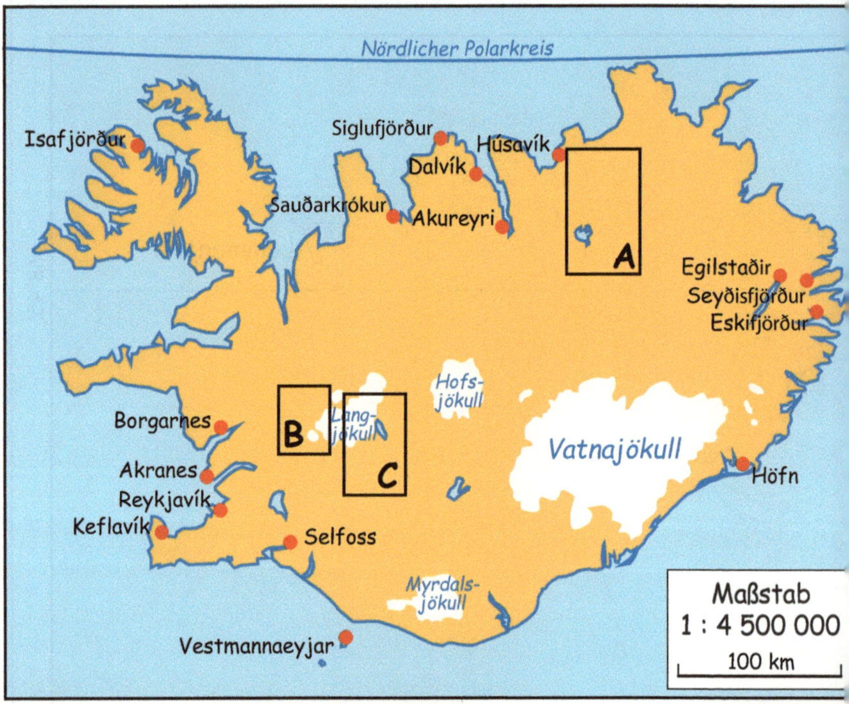

Nördlicher Polarkreis
Isafjörður
Siglufjörður
Húsavík
Dalvík
Sauðarkrókur
Akureyri
A
Egilstaðir
Seyðisfjörður
Eskifjörður
Hofs-
jökull
Borgarnes
B
Lang-
jökull
C
Vatnajökull
Höfn
Akranes
Reykjavík
Keflavík
Selfoss
Myrdals-
jökull
Vestmannaeyjar
Maßstab
1 : 4 500 000
100 km

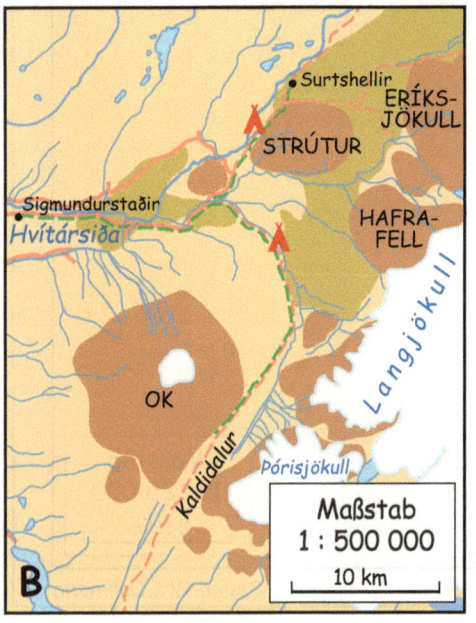

Surtshellir
ERÍKS-
JÖKULL
STRÚTUR
Sigmundurstaðir
Hvítársiða
HAFRA-
FELL
Langjökull
OK
Kaldidalur
Þórisjökull
Maßstab
1 : 500 000
10 km
B

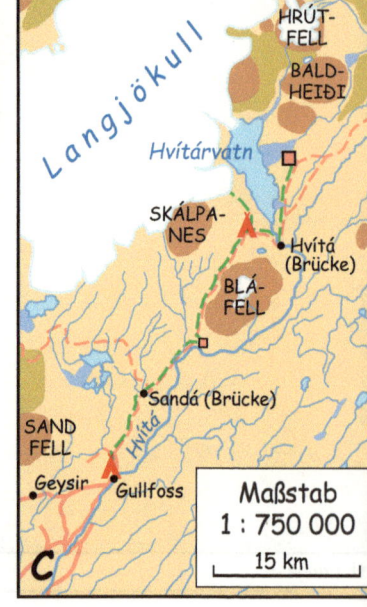

Langjökull
HRÚT-
FELL
BALD-
HEIÐI
Hvítárvatn
SKÁLPA-
NES
Hvítá
(Brücke)
BLÁ-
FELL
Sandá (Brücke)
Hvítá
SAND
FELL
Geysir
Gullfoss
Maßstab
1 : 750 000
15 km
C

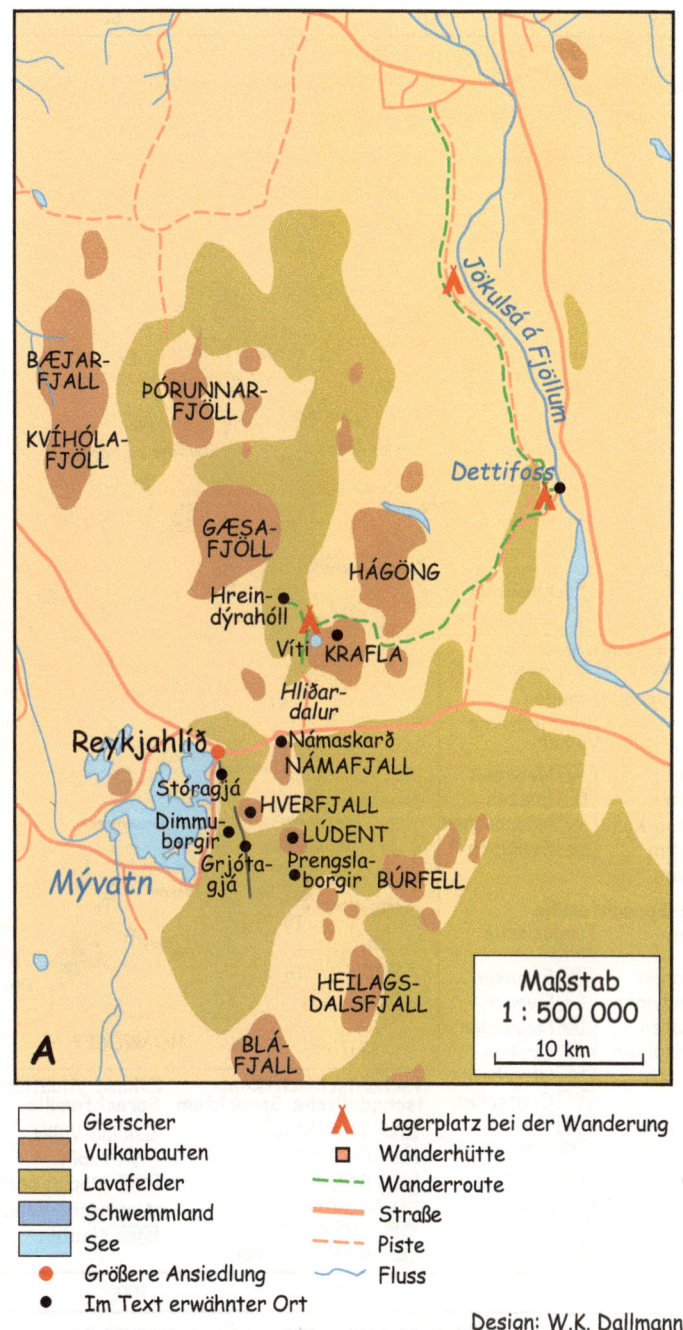

BÆJAR-FJALL

ÞÓRUNNAR-FJÖLL

KVÍHÓLA-FJÖLL

Jökulsá á Fjöllum

GÆSA-FJÖLL

Dettifoss

HÁGÖNG

Hrein-dýrahóll

Víti KRAFLA

Hliðar-dalur

Reykjahlíð

Námaskarð
NÁMAFJALL

Stóragjá

HVERFJALL

Dimmu-borgir

LÚDENT

Grjóta-gjá

Prengsla-borgir BÚRFELL

Mývatn

HEILAGS-DALSFJALL

BLÁ-FJALL

A

Maßstab
1 : 500 000
10 km

Gletscher
Vulkanbauten
Lavafelder
Schwemmland
See
Größere Ansiedlung
Im Text erwähnter Ort

Lagerplatz bei der Wanderung
Wanderhütte
Wanderroute
Straße
Piste
Fluss

Design: W.K. Dallmann

239

Der russische Norden und Sibirien, indigene Völker

östliche Länge

Die "kleinen indigenen Völker" des Nordens (jeweils >50 000 Angehörige)

Uralische Sprachfamilie

Finno-Ugrische Völker
- Sa Sami
- We Wepsen
- Km Ischma-Komi
- Ch Chanten
- Ma Mansen

Samojedische Völker
- Ne Nenezen
- En Enezen
- Ng Nganasanen
- Se Selkupen

Altaische Sprachfamilie

Turkvölker
- Do Dolganen
- Tl Tschulymen
- Te Teleuten
- Ku Kumandinen
- Sh Schoren
- Tb Tuba
- Tg Telengiten
- Tn Tschelkanen
- To Tofa
- Tu Toschu-Tuwiner

Tungusische Völker
- Ek Ewenken
- Ew Ewenen
- Nd Negidalen
- Or Oroken
- Ul Ultschen
- Ot Orotschen
- Na Nanaien
- Ud Udegen
- Ts Tasen

Mongolische Völker
- So Sojoten

Tschuktschisch-Kamtschadalische Sprachfam.
- Tk Tschuktschen
- Ke Kereken
- Kj Korjaken
- Al Aljutoren
- It Itelmenen
- Kd Kamtschadalen

Eskimo-Aleutische Sprachfamilie
Eskimo-Völker
- Yp Yupik
- Iñ Iñupiat (Alaska

Aleutische Völker
- At Aleuten

nördliche Breite

Geographische Verteilung hauptsächlich nach "Enziklopedija korennych malotschislen

240

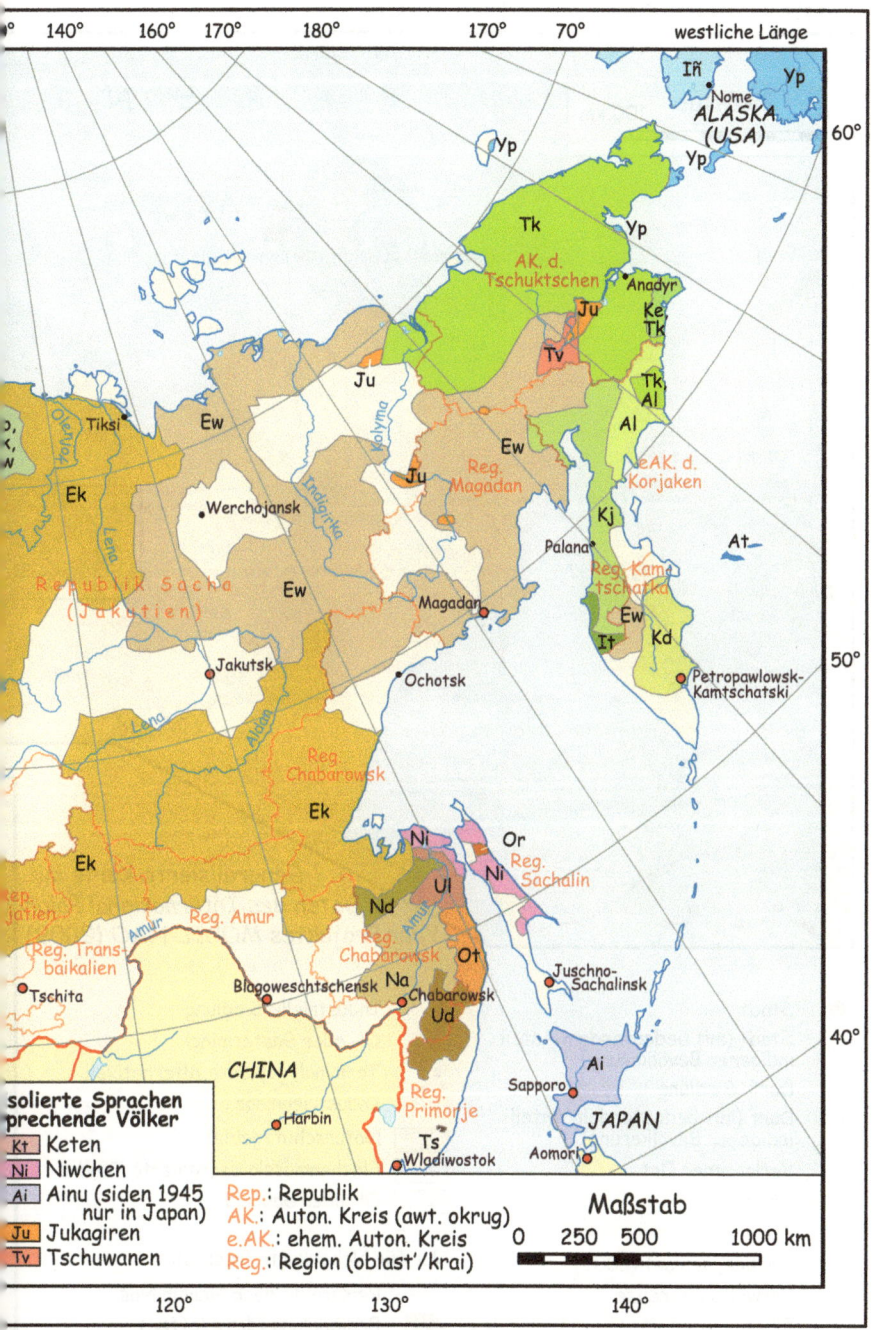

westliche Länge

| 140° | 160° | 170° | 180° | 170° | 70° |

60°

Iñ
Nome
ALASKA
(USA)

Yp

Yp

Yp

Yp

Tk

Yp

AK. d.
Tschuktschen

Anadyr

Ju

Ke.
Tk

Tv

Tk.
Al

Ju

Al

Ew

Ew

Reg.
Magadan

e.AK. d.
Korjaken

Ju

Kj

At

Palana

Tiksi

Ew

Ek

Werchojansk

Republik Sacha
(Jakutien)

Ew

Reg. Kam-
tschatka

Magadan

Ew

It

Kd

Jakutsk

Ochotsk

Petropawlowsk-
Kamtschatski

50°

Reg.
Chabarowsk

Ek

Ni

Or

Ek

Reg.
Sachalin

Ni

Rep.
...atien

Ul

Nd

Reg. Amur

Reg. Trans-
baikalien

Amur

Reg.
Chabarowsk

Ot

Tschita

Blagoweschtschensk

Na

Juschno-
Sachalinsk

Chabarowsk

Ud

40°

CHINA

Reg.
Primorje

Ai

Sapporo

Harbin

Aomori

JAPAN

Ts

Wladiwostok

solierte Sprachen
prechende Völker

Kt	Keten
Ni	Niwchen
Ai	Ainu (siden 1945 nur in Japan)
Ju	Jukagiren
Tv	Tschuwanen

Rep.: Republik
AK.: Auton. Kreis (awt. okrug)
e.AK.: ehem. Auton. Kreis
Reg.: Region (oblast'/krai)

Maßstab

0   250   500   1000 km

| 120° | 130° | 140° |

...dow", RAIPON/RITC, 2005. Geringfügige Änderungen und Design: W.K. Dallmann.

Autonomer Kreis der Nenezen

Maßstab
0   100 km

B A R E N T S

44°   48° östl. Länge   52°

69°

Peschtschanooserskoje
Mestoroschdenie

Kolgujew

Bugrino

Pomorstraße

68°

Kanin

Schojna

Halbinsel

Kija

Malosemelskaja
Tundra

Indiga
Wjutschejski

Chongurej
Kamenka
Laboschskoje

NAR.
MAR

Pylemez

Welikowisotschno
Toschwiska

Tschoscha-
Bucht

Timanrücken

67°

Tschischa

Wolonga

Schtschelino

Kotkino

Weißes
Meer

Belusche

Nischnjaja
Pescha

Nes

Wischas

Oma
Snopa

Werchnjaja
Mgla.

Werkhnjaja
Pescha

Wolokowaja

Kanin Tundra

Nördlicher Polarkreis

66°

MESEN

Generalisierte Karte mit
Daten des *International Polar*
Year Projektes MODIL-NAO (2009)

	Stadt			Industrielle Siedlung
	Stadt (mit bedeutendem Anteil indigener Bevölkerung)			Öl- oder Gasterminal
	Dorf, Siedlung			Terminal, geplante Alternativen
	Dorf (mit bedeutendem Anteil indigener Bevölkerung)			Industrieanlage
	Verlassener Ort			Naturschutzgebiet
	Straße			Flächenmässig degradierte Tundra
	Pipeline			Öl- oder Gasfeld
	Pipeline, geplant (2009)			
	Verwaltungsgrenze			
	Fluss			

Nur für Nebenkarte (rechts):

- - - Reiseroute nach Nelmin Nos

Besiedelung (dicht/offen)

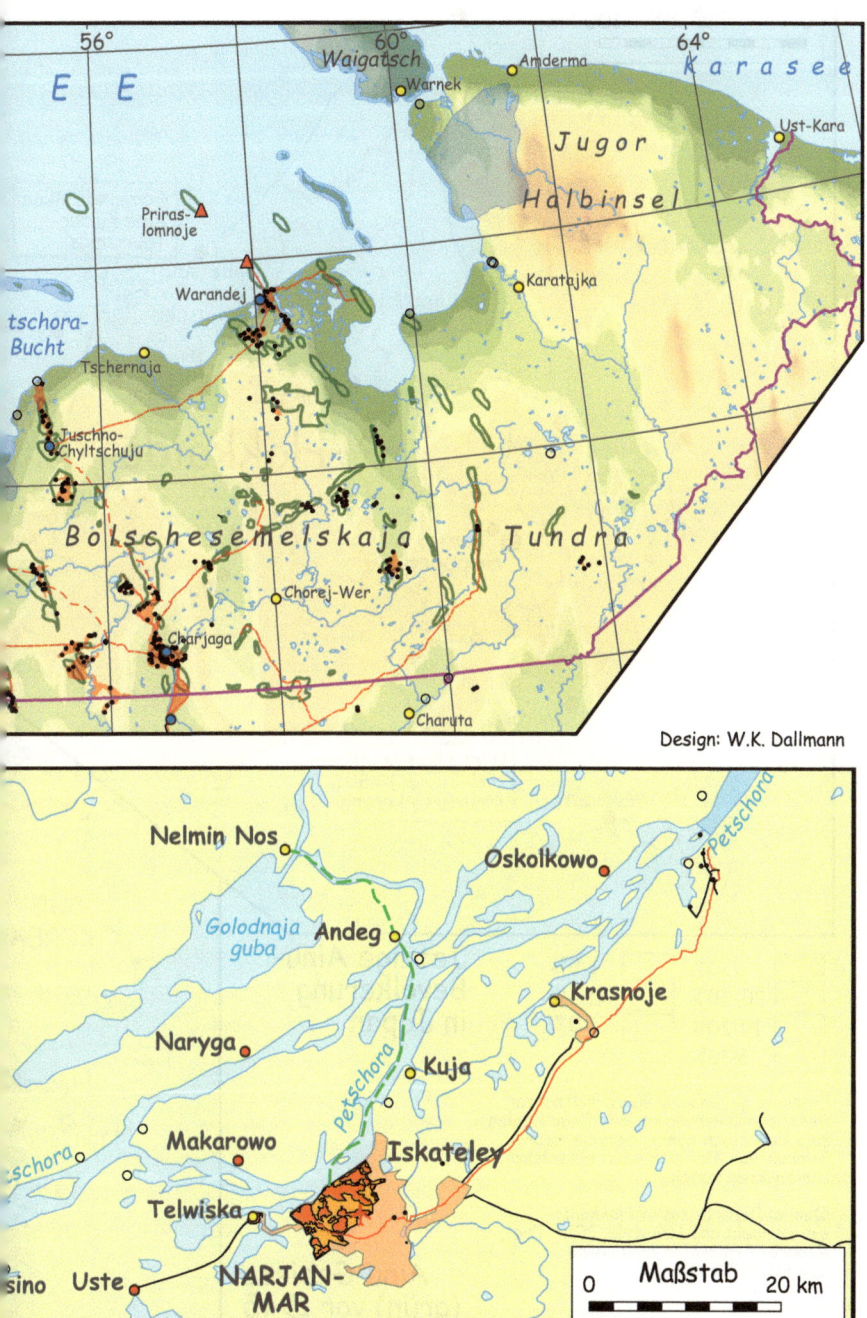

Design: W.K. Dallmann

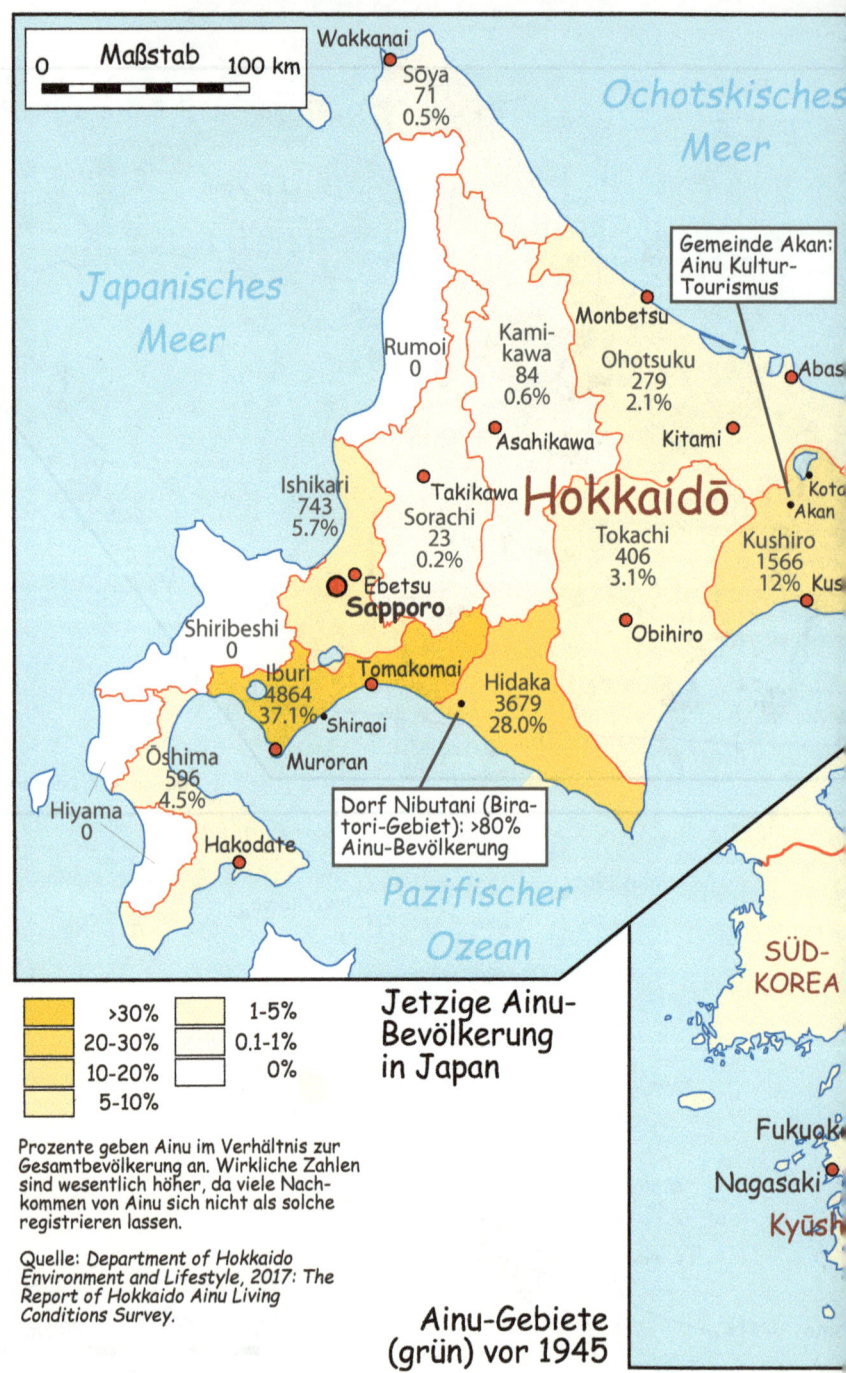

Maßstab

0   100 km

Wakkanai

Sōya
71
0.5%

Ochotskisches Meer

Japanisches Meer

Gemeinde Akan: Ainu Kultur-Tourismus

Rumoi
0

Kami-kawa
84
0.6%

Monbetsu

Ohotsuku
279
2.1%

Abas

Asahikawa

Kitami

Hokkaidō

Kota
Akan

Ishikari
743
5.7%

Takikawa

Sorachi
23
0.2%

Tokachi
406
3.1%

Kushiro
1566
12% Kus

Ebetsu
Sapporo

Obihiro

Shiribeshi
0

Iburi
4864
37.1%

Tomakomai

Hidaka
3679
28.0%

Shiraoi

Ōshima
596
4.5%

Muroran

Hiyama
0

Dorf Nibutani (Bira-tori-Gebiet): >80% Ainu-Bevölkerung

Hakodate

Pazifischer Ozean

SÜD-KOREA

Fukuok

Nagasaki

Kyūsh

>30%	1-5%	
20-30%	0.1-1%	
10-20%	0%	
5-10%		

Jetzige Ainu-Bevölkerung in Japan

Prozente geben Ainu im Verhältnis zur Gesamtbevölkerung an. Wirkliche Zahlen sind wesentlich höher, da viele Nach-kommen von Ainu sich nicht als solche registrieren lassen.

Quelle: *Department of Hokkaido Environment and Lifestyle, 2017: The Report of Hokkaido Ainu Living Conditions Survey.*

Ainu-Gebiete (grün) vor 1945

Japan und Hokkaidō, Ainu-Bevölkerung

RUSSLAND

Ochotskisches Meer

Sachalin

CHINA

"Nördliche Territorien"

nuro

NORD-KOREA

Ainu-Bevölkerung Sachalins und der Kurilen-Inseln wurde 1945 durch sowjetische Invasion zur Flucht nach Japan gezwungen

Südliches Sachalin: Japanische Besiedlung seit 1679; unter russischer Verwaltung 1875-1905, japanisch 1905-1945

Shiretoko: Kunashiri-Menashi Krieg, 1789

Südl. Kurilen

Hokkaidō: Japanische Besiedlung örtlich seit dem 16. Jh.

"Nördliche Territorien"

Hokkaidō Sapporo

Hakodate: Koshamain Krieg, 1457

Hidaka: Shakushain Krieg, 1669

Japanisches Meer

Japanische Eroberung, Jahre n.d.Z.

850
825
800
750
700

Aomori

Tōhoku

Südliche Kurilen: Japanische Besiedlung seit Mitte 18. Jh.; unter russischer Verwaltung seit 1945

JAPAN

Honshū

Hiro-shima Kyōto Nagoya **Tōkyō**

Osaka

Shikoku

Miyajima

Pazifischer Ozean

0   **Maßstab**   400 km

Zusammenstellung und Design: W.K. Dallmann and K. Uzawa

Vom gleichen Verfasser:

Tränen am Ararat. ©Books on Demand, Norderstedt, 2018. 216 Seiten, 4 Karten. ISBN: 978-3-746-09879-1

Norwegische Übersetzung:
Tårer ved Ararat. ©W.K. Dallmann, 2020. 196 sider, 4 kart. ISBN: 978-82-692023-0-4

Der Berg Ararat, der Massis der Armenier, steht wie ein Pfeiler zwischen West- und Ostarmenien, der verlorenen und der wiedergewonnenen Heimat. Er ist das Sinnbild für das Leiden eines Volkes, das durch zahllose Jahrhunderte hinweg keine Ruhe gefunden hat.

Im Sommer 1976, als abenteuersuchender Zwanzigjähriger, reiste der Verfasser durch die östliche Türkei, um nach den Spuren des Völkermordes zu suchen und sich ein Bild von der Situation der wenigen Übriggebliebenen zu machen. Die Geschehnisse lagen damals schon etwa sechs Jahrzehnte zurück.

Inzwischen sind weitere vierzig Jahre vergangen. Deutschland hat 2016 endlich jenen Völkermord offiziell als solchen anerkannt, während die Türkei ihn weiterhin verleugnet. Mehrfach hat es seitdem politische Turbulenzen in der Türkei gegeben. Das Thema der Minderheiten im Lande gewinnt jedes Mal an Aktualität, auch gegenwärtig. Sollte man nicht versuchen, aus der Vergangenheit für die Zukunft zu lernen?

Dieses Buch ist eine Momentaufnahme aus der jüngeren Geschichte, in der Form eines Reisetagebuchs mit dokumentierten Rückblicken in die Zeit des Völkermordes und mit einer Bilanz der damaligen Zustände. Ein aktualisierendes Vorwort und spätere Anmerkungen stellen den Bezug zur Gegenwart her.

Araratfjellet, som armenerne kaller Masis, står som en søyle mellom Vest- og Øst-Armenia, det tapte og det gjenvunne hjemlandet. Det er blitt et symbol for lidelsen til et folk som gjennom utallige århundrer ikke har funnet fred.

Sommeren 1976 reiste forfatteren som eventyrlysten tjueåring gjennom Øst-Tyrkia for å søke etter spor til folkemordet og for å få et inntrykk av situasjonen for de få gjenværende armenere. Hendelsene lå da omtrent seksti år tilbake.

I mellomtiden har det gått nye førti år. Tyskland har endelig anerkjent folkemordet som sådan i 2016, mens Tyrkia fortsatt benekter det. Flere ganger siden har det vært politisk uro i Tyrkia. Temaet 'minoriteter i landet' aktualiseres hver gang, også i dag. Burde vi ikke kunne lære av fortiden, slik at vi kan forhindre at lignende ting skjer i fremtiden?

Denne boka er et øyeblikksbilde fra nyere historie, i form av en reisedagbok med dokumenterte glimt fra folkemordet og en oversikt over de daværende forholdene. Et oppdaterende forord og senere kommentarer knytter innholdet opp mot nåtiden.

Über den Verfasser:

Winfried K. Dallmann, geboren 1956 in Berlin, wuchs in West-Berlin auf, wo er auch an der Technischen Universität Geologie studierte. 1982 zog er nach Norwegen und promovierte dort 1987 an der Universität Oslo. Anschließend begann er seine Arbeit am Norwegischen Polarinstitut in Oslo. Er folgte diesem bei dessen Umzug 1999 nach Tromsø. Seine Arbeit betraf hauptsächlich die geologische Kartierung Svalbards (Spitzbergens). Nebenbei beschäftigte er sich seit seiner Jugend mit den Problemen ethnischer Minderheiten und indigener Völker, beginnend mit einer Reise in die östliche Türkei im Jahre 1976, wo er nach den Spuren des armenischen Völkermordes von 1915-1922 suchte und um sich ein Bild vom derzeitigen Schicksal der Armenier in der Türkei zu machen. Später verbrachte er viel Zeit mit Untersuchungen und Berichterstattungen über indigene Völker der Arktis, insbesondere, nach dem Zerfall der Sowjetunion, den in Russland ansässigen. Seine Veröffentlichungen sind zumeist in englischer Sprache erschienen. Sein erstes deutschsprachiges Buch ist „Tränen am Ararat" (Books on Demand, 2018), welches sich mit seinen frühen Erkenntnissen anlässlich seiner Reise 1976 mit den in der Türkei lebenden Armeniern befasst. 2020 veröffentlichte er die norwegische Überstützung im eigenen Verlag. Die nachfolgende Erzählung „Jenseits der Welten, nördlich der Nacht" (Books on Demand, 2021) baut auf seinen Erlebnissen und Begegnungen im hohen Norden Europas und Russlands auf.